ÀS MARGENS
DO GANGES

MARTINE QUENTRIC-SÉGUY

ÀS MARGENS DO GANGES

Contos dos Sábios da Índia

DIRETORES EDITORIAIS:
Carlos Silva
Ferdinando Mancilio

EDITORES:
Avelino Grassi
Roberto Girola

COORDENAÇÃO EDITORIAL:
Elizabeth dos Santos Reis

TRADUÇÃO:
Ivo Storniolo

REVISÃO:
Elizabeth dos Santos Reis

PROJETO GRÁFICO
Marco Antônio Santos Reis

DIAGRAMAÇÃO:
Simone A. Ramos de Godoy

CAPA:
Reginaldo Barcellos

FOTO DA AUTORA:
Adine Sagalyn / Opale

Título original: Au bord du Gange – Contes des Sages de l'Inde
© Éditions du Seuil, 1998
ISBN 2-02-033644-8

Todos os direitos em língua portuguesa, para o Brasil,
reservados à editora Ideias & Letras, 2013.

2ª reimpressão

Editora Ideias e Letras
Rua Diana, 592, Conj. 121, 12º andar
Perdizes - 05019-000
São Paulo-SP
Tel. (11) 3675-1319
vendas@ideiaseletras.com.br
www.ideiaseletras.com.br

Dados Internacionais de Catalogação na Publicação (CIP)
(Câmara Brasileira do Livro, SP, Brasil)

Quentric-Séguy, Martine
Às margens do Ganges: contos dos sábios da Índia / Martine Quentric-Séguy; [tradução Ivo Storniolo]. – Aparecida, SP: Ideias & Letras, 2004.

Título original: Au bord du Gange, Contes des Sages de l´Inde.
ISBN 85-98239-20-8

1. Contos indianos I. Título.

04-6798   CDD-891.4

Índices para catálogo sistemático:
1. Contos: Literatura indiana 891.4

Introdução

Se, como dizia Patrice de La Tour du Pin, "todos os países que não têm mais lendas serão condenados a morrer de frio", não é de se espantar que o clima da Índia seja tão ardente, pois cada pedra, cada lugar, cada planta, cada animal, cada situação, cada aspecto do divino e de numerosos humanos têm aí uma ou muitas histórias!

Esta antologia começa com Ganésha porque, na Índia, ninguém começa nenhuma coisa sem previamente a ele se remeter. Entrar na memória das fontes não é também tentar viver no ritmo dos costumes do lugar?

A cultura indiana é espiritual, e seus contos se encontram naturalmente impregnados com essa espiritualidade. Duas noções voltam incansavelmente, a de "darma", relativamente traduzível por "lei cósmica ou divina, destino, dever...", e a de "carma", quase intraduzível, porque escapa totalmente a nossa concepção do mundo. O carma é ao mesmo tempo a própria ação, ritual ou impulsiva, mas também a marca que toda ação poderia deixar sobre o futuro individual ou coletivo, não somente nesta vida, mas no decorrer de múltiplas reencarnações. O carma determina a estrutura e a qualidade dessas vidas. Nelas nada se perderá, em cinco minutos ou em mil anos, e toda semente produzirá fruto.

As reencarnações podem se assemelhar a facilidades para alcançar cedo ou tarde o fim natural de toda a vida, que é o de reintegrar o estado divino. Elas, por vezes, são fáceis, gloriosas, e até divinas, porque os deuses da Índia ainda não são mais que manifestações e, portanto, etapas. Mas elas frequentemente são difíceis, dolorosas, até demoníacas ou animais. O fim natural de toda vida está contido no termo "liberação", que implica tanto escapar às reencarnações, ao sofrimento e à ilusão, quanto reconhecer e integrar lucidamente as reencarnações, o sofrimento e a ilusão no seio da realidade – sem julgamento, sem rejeição, sem fuga.

Diversos caminhos são propostos aos hindus para realizar isso e alcançar a sabedoria. Um deles se chama Vedânta.

Os contos deste livro são oferecidos em uma ordem relativa, que tenta sugerir o sabor das quatro qualificações preliminares para se empenhar nesse caminho.

De início, é preciso um ardente desejo de se libertar da ignorância e dos ciclos de morte e de renascimento. Com esse desejo no coração, trata-se de desenvolver o discernimento, que é ao mesmo tempo bom senso e conhecimento imparcial da realidade das coisas e das situações, a pacificação das paixões, assim como dos desejos, e as seis virtudes. Essas seis virtudes se referem à pacificação dos sentidos e do mental, a paciência e a aceitação longânime, a fé no Mestre sob sua forma humana ou em sua essência última, a concentração mental, a renúncia às ambições e às ilusões do mundo material.

Alguns contos tentam igualmente fazer respirar um pouco do perfume do além de toda noção de caminhada.

Alguns termos de origem sânscrita já figuram nos dicionários de vernáculo. Outros são conservados na transliteração, como *ashram, pândit, satí, stupa.**

Espero que estes contos possam levar vocês ao mais profundo de suas memórias para aí redescobrir os prodigiosos tesouros enterrados em vocês mesmos!

* Sobre o significado desses termos, ora transcritos do sânscrito ora do hindi, ao invés de notas ao pé da página, foi organizado um *Glossário*, que se encontra no fim do volume. Aí o leitor brasileiro encontrará de forma resumida o significado básico dos termos que poderiam dificultar-lhe a leitura. Por outro lado, a acentuação dos textos em sânscrito e hindi não é *técnica* (dificilmente o leitor comum atinaria com a equivalência dos sinais técnicos), e sim *prática*, indicando a possível tônica para uma pronúncia aportuguesada satisfatória (N. do T.).

Ganésha

Dizem que um dia Parváti, a bela e casta esposa do deus Shiva, decidiu tomar um banho na ausência de seu esposo. Ela, porém, hesitava em tirar a roupa. Alguém poderia aparecer de repente em seus aposentos e surpreender sua intimidade. Para se proteger, imaginou um guardião capaz de afastar os intrusos. Com seu suor, perfumado com creme de sândalo com que ungia o corpo, ela modelou um corpo de ouro vermelho, com largo peitoral. E nele insuflou uma grande determinação.

— Eu lhe dou o nome de "Senhor dos obstáculos" — disse ela. — Seja o que for, que ninguém penetre em meu aposento se eu mesma não o convidar.

"Senhor dos obstáculos" prostrou-se aos pés da deusa mãe, e depois se postou resolutamente diante da porta.

Mil seres que sonhavam contemplar o corpo divino e, sem preparação, provar sua inefável intimidade, tentaram aproximar-se ou forçar a porta. Foram todos afastados.

De repente, o próprio Shiva se postou diante da porta e intimou:

— Abra esta porta, pois quero encontrar-me com minha esposa.

"Senhor dos obstáculos" estava impressionado com esse asceta selvagem, descabelado, sujo de cinzas funerárias; contudo, balançou a cabeça, murmurando:

— Não posso abri-la.
— Você não tem a chave?
— Senhor, não posso mentir, mas esta porta não está fechada a chave. Apenas a ordem de Parváti me proíbe que deixe entrar, seja quem for que o deseje.
— Está bem, você cumpre seu dever. Eu, porém, sou esposo de Parváti. Deixe-me, pois, entrar.

Inquieto, mas firme, de olhos respeitosamente baixados, mas com espírito indomável, "Senhor dos obstáculos" postou-se diante da porta, repetindo:
— Conforme a ordem de Parváti, ninguém pode entrar sem seu convite, seja quem for que o deseje.

A cólera do deus foi breve, mas terrível. Paráshu, seu machado mágico, fendeu o ar e se abateu tão poderosamente sobre "Senhor dos obstáculos" que sua cabeça voou, brilhou no espaço e desapareceu.

Shiva, furioso, entrou ruidosamente no aposento de Parváti. Encontrando-a no banho, ficou emocionado. Compreendeu então a utilidade do "Senhor dos obstáculos":
— Vou pôr um novo guardião em sua porta.
— Por que um novo guardião? Onde está aquele que concebi com meu próprio suor?
— Eu matei aquele obstinado.
— Matou? Obstinado? Por quê?
— Ele pretendia impedir minha entrada.
— Ele desafiou o senhor?
— Ele ousou, minha senhora!

Parváti saiu do banho em lágrimas, comovida pela lealdade de "Senhor dos obstáculos", e desolada por tê-la pago com sua vida.
— Não chore mais, minha senhora – disse Shiva. – Como você gosta dele, vou reanimá-lo.

Foi até onde "Senhor dos obstáculos" jazia e inclinou-se sobre ele, a fim de ressuscitá-lo. Todavia, como insuflar vida em suas narinas ausentes? Chamou suas legiões de emissários e lhes mandou procurar em todo o reino a cabeça decepada. Depois o monte Káilas foi passado na peneira, e até o próprio espaço foi percorrido em todos os sentidos. A busca foi inútil. Parváti continuava inconsolável.

— Percorram o reino celeste — ordenou Shiva —, e tragam-me a cabeça de um recém-nascido cujo olhar tenha se dirigido imediatamente para a luz espiritual do norte!

Encontraram apenas um ser voltado para o norte, um elefantinho, que há pouco nascera nos estábulos reais. O sacrifício foi imediatamente realizado, e a cabeça animal foi retirada e levada para Shiva. E ele, colocando-a sobre o corpo decapitado, tornou-o mais que um homem: um deus, seu próprio filho, filho de Parváti.

— Sua face — disse ele — será única no universo. Ela representará a vibração primordial, que os humanos pronunciam "Aum". Doravante você é Ganésha, o "Senhor das criaturas". Abro seu terceiro olho e suas largas orelhas. Daqui por diante você vê e ouve com Verdade e Sabedoria. Você não será mais o obstáculo, mas o protetor e o guia dos humanos, e é a você que eles rezarão antes de agir, de viajar, de estudar. É diante de você que se prostrarão antes de toda obra piedosa, porque você estará para sempre na porta dos templos, das moradias e dos corações.

De todos os horizontes vieram os deuses, carregados de presentes para Ganésha. Sarasváti, deusa das artes, do conhecimento, da música e da palavra, ofereceu-lhe um cálamo de escrevente. Brahma, o deus criador, deu-lhe um rosário de cento e oito pérolas. Indra, o senhor dos seres celestes que cavalga um elefante, entregou-lhe o gancho dos cornacas. Lakshmí, deusa da multidão e da fortuna, presenteou-lhe um lótus. Ele recebeu também o cordão que liga, as guloseimas do coração, o machado que rompe os obstáculos, os tesouros da virtude. Por fim, a deusa Terra lhe ofereceu um veículo:

— Para você, que não teme sequer a cólera de Shiva, e que doravante tem a aparência do elefante, dou como montaria o rato astucioso e hábil para vencer os obstáculos. Desse modo cada um poderá ver que o sábio cavalga seu medo sem esmagá-lo.

Ganésha, por compaixão para com as criaturas, desceu até nosso mundo. Os fiéis, gratos, o alimentaram abundantemente, com ternura e piedade. Ele devorou desordenadamente seus doces, seus sofrimentos e suas felicidades ilusórias. Kubera, o deus das riquezas, ofereceu-lhe também uma enorme refeição. Inutilmente! Ganésha terminou o festim, mas não apaziguou sua fome. Arrancou as flores e as pinturas que decoravam a sala do banquete, e devorou-as sem chegar à saciedade. Shiva, percebendo sua aflição, apareceu diante dele, colocou em sua tigela uma só porção de arroz tostado. Ganésha o comeu e, enfim, ficou saciado para sempre.

Ele, todavia, não ficou livre de todas as preocupações. Ganésha, na verdade, não era o filho único de Shiva e de Parváti. Subramanýa era seu irmão. Tanto um como outro haviam sido concebidos divinamente fora do tempo e do espaço, e não chegavam a estabelecer qual dos dois possuía o direito de primogênito. Foi por ocasião de uma reunião familiar sobre o monte Káilas que uma conversa entre os irmãos, cortês no início, acabou se envenenando. Ouvindo os filhos em discussão, Shiva e Parváti intervieram:

— Qual problema está dividindo vocês dessa forma?

— Desejamos saber qual de nós é o mais velho.

— Como falar de mais velho se a noção de tempo não existe?

— Alguma coisa, todavia, deve nos diferenciar, pois a situação é insuportável: impossível passar por uma porta sem nos trombarmos, impossível saber quem deve falar primeiro... Digam-nos: quem tem a precedência?

— O que significa essa palavra bárbara e que soa tão mal? Filhos, vocês estão convivendo muito com os humanos. É isso que perturba vocês.

— Pai, o senhor nos quis um como "Senhor das criaturas" e o outro como "Amigo dos brâmanes". É difícil para nós ficar longe dos humanos!

— Está certo, respondeu Shiva. Proponho então que seja chamado de mais velho aquele que realizar mais rapidamente a volta do universo.

Imediatamente, Subramanýa, de corpo esbelto, cavalgou o pavão, seu veículo, a fim de percorrer o mundo do modo mais rápido possível. Ganésha, de corpo pesado, contemplou seu veículo – o pequeno rato teimoso e sagaz. Suas patas curtas não podiam sem dúvida entrar em competição com as largas asas do pavão para cobrir uma distância apreciável. "É inútil, pensou, tentar a excursão em torno do universo físico." Continuou sentado, concentrando o espírito em si mesmo, e depois se levantou, vagarosamente, realizando a volta em torno de Shiva e de Parváti, antes de tornar a se assentar diante deles para esperar o retorno de Subramanýa.

Quando o pavão pousou, começou a se ostentar garbosamente, com as plumas arrastando no chão. Depois abriu a cauda em leque, mostrando o traseiro, enquanto Subramanýa se apresentava ruidosamente, a fim de reclamar o título de primogênito. Ganésha interveio, tranquilamente:

— Realizei a volta da totalidade dAquilo que É, e já há muito tempo estou sentado à espera do retorno de meu irmão. Eu sou, portanto, o primogênito.

— Ganésha, você está espantando seu irmão, diz Shiva. Diga-lhe como você realizou a volta do universo.

— Nada está fora do infinito. Portanto, fazendo a volta em torno de Shiva e de Parváti, percorri inteiramente o Tudo, o Nada e o Possível. Por outro lado, eu também poderia ter realizado a volta do universo voltando-me em torno de mim mesmo!

Unindo o gesto à palavra, ele fez a volta lentamente, atentamente, sobre si mesmo.

Shiva estendeu a mão para os céus, e em sua palma apareceu um colar sublime, engastado com joias da sabedoria. Sem hesitar, ele o pôs em torno do pescoço de Ganésha, enquanto Parváti lhe entregava o fruto do mirobálano, totalmente cheio do néctar do conhecimento, tão saboroso quanto inesgotável.

O Papagaio

Em uma grande e bela gaiola vivia um magnífico papagaio. Fora comprado em um mercado na Pérsia por seu dono, um comerciante caxemiriano. Toda a família estava orgulhosa do papagaio, que falava admiravelmente bem. O dono, sua esposa e seus filhos o estimavam muito. Orgulhavam-se dele, e o convidavam para suas festas.

Esse papagaio, todavia, ignorava a felicidade. Estava prisioneiro, longe dos seus. Tentara expressar o quanto se sentia infeliz. Respondiam-lhe trazendo deliciosos alimentos em abundância, conforme esses jogos estranhos que agradam aos humanos. Eles o aturdiam com carícias e belas palavras, mas ninguém lhe abria a gaiola. Ele pensava apenas em se libertar, mas não encontrou nenhuma solução viável. Havia feito amizade com um adolescente, tão escravo e infeliz quanto ele, pois seu dono também o havia comprado de seus miseráveis pais.

Alguns dias antes de uma viagem para a Pérsia, o secretário do dono caiu doente. Decidiram bruscamente que o adolescente acompanharia seu patrão. Então o papagaio chamou a atenção dele e lhe pediu para se aproximar da gaiola o mais perto possível. Em grande segredo, murmurou:

— Quando você estiver na Pérsia — eu lhe suplico — vá até a floresta. Conte aos meus parentes onde estou morando.

Conte a eles sobre minha tristeza e descreva minha gaiola. Peça-lhes um conselho, um socorro. Seja qual for a resposta deles, quando voltar, você que sofre uma situação semelhante, prometa contá-la a mim.

O adolescente balançou a cabeça.

— Sim, eu irei, prometo, pois eu também gostaria muito de poder enviar notícias aos meus e receber notícias deles!

A viagem foi longa. O jovem, que ignorava o mundo, descobriu suas belezas, comoveu-se com elas, apaixonou-se. Entretanto, não esqueceu a promessa que fizera ao papagaio. Assim que pôde, foi para uma floresta, com a cabeça levantada para o topo das árvores e o arco-íris das plumas; contou as infelicidades do irmão distante, tentou ouvir os conselhos que os seus poderiam lhe dar. Três papagaios caíram mortos a seus pés. Ele ficou sobressaltado. "A emoção, pensou, e sem dúvida a tristeza, mataram esses velhos." Não recebeu nenhum conselho a transmitir, nada além das notícias da floresta.

Quando voltou da Pérsia, o adolescente foi contar ao papagaio sua visita às grandes árvores, e lhe transmitiu as esperadas notícias.

— Tenho receio de deixar você triste — acrescentou — mas devo lhe dizer que três velhos morreram quando falei de você.

— Mortos? Como aconteceu?

— Eu lhes falei de você, dei suas notícias e perguntei se tinham conselhos para dar a você. Os três papagaios caíram mortos no chão. Provavelmente perturbados por causa do luto, não deram nenhum conselho. Seus parentes conseguiram apenas me confiar essas poucas notícias.

— Agradeço-lhe vivamente, e vejo que você cumpriu muito escrupulosamente sua missão. Não perca a coragem, ame a liberdade, e a liberdade amará você!

Logo que o adolescente partiu de novo, o papagaio caiu de seu poleiro, de bico aberto, olhos fechados, os pés recurvados sobre o ventre multicor.

O criado que o percebeu nesse estado chamou o senhor, que correu, tomou a ave em suas mãos, soprou sobre suas plumas, derramou algumas gotas-d'água em seu bico. De nada adiantou, pois o papagaio não dava nenhum sinal de vida. Então o homem, chorando, o depôs sobre um monte de folhas para queimar, murmurando uma prece funerária.

O papagaio ainda não havia tocado as folhas quando, no instante em que as mãos se abriram, bateu asas e abriu voo no vento que soprava na direção da Pérsia.

Mais Tarde

Ananda terminou de estudar as Escrituras com seu guru. Então o mestre lhe propôs continuar junto dele, para aprofundar seus conhecimentos, ou renunciar ao mundo para partir pelos caminhos de uma vida errante, com uma tigela, uma tanga e um bastão, a fim de encontrar a essência do Ser.

— Meu senhor — disse ele tristemente, porque seu coração o atraía para Deus —, não posso renunciar ao mundo hoje, pois meu pai me espera para retomar sua loja. Ele é um velho homem, sou seu filho primogênito, e meu dever é assumir seu lugar para cuidar da família.

— Você tem certeza disso? Seus pais, seus irmãos e irmãs, colocados diante da oportunidade de partir em busca do essencial ou de permanecer para cuidar de você, abandonariam sua chance de se libertar para sempre da prisão das aparências?

— Sem dúvida, meu senhor. Além disso, meus pais trabalharam até hoje para assegurar minha subsistência.

— Já que impuseram que você nascesse, não deveriam cuidar de você? Seria necessário que você vivesse para realizar os ritos funerários sem os quais eles perdem suas chances de renascer em mundos mais favoráveis?

— Sim, meu senhor, é meu dever realizar os ritos para meus antepassados e para meus pais, sem dúvida. Quem pode escapar a seu dever? Voltarei mais tarde.

— Vá, realize seu dever para com eles, mas não se esqueça: seu dever é também o de realizar Aquele que você É.

Ananda voltou para casa. Seus pais lhe apresentaram a jovem que as casamenteiras haviam escolhido para ele, e cujo horóscopo, comparado com o dele, prometia uma união harmoniosa.

O mestre veio até a loja para ver seu antigo discípulo.

— Renuncie ao mundo antes que o mundo reduza você à escravidão. Parta para o caminho da busca do Essencial!

— Meu senhor, meus pais organizaram esse matrimônio. Eles esperam a alegria de embalar seus netinhos. Essa jovem não desmereceu. Como poderia lhe anunciar que prefiro a vida de monge mendicante à de esposo? Quem mais a desejaria depois de ela ter sido prometida e rejeitada? Meu dever é o de esposá-la, dar-lhe belos filhos e assegurar sua vida material antes de partir, mais tarde, em busca do Essencial. Como escapar a meu dever?

— Preste atenção, Ananda, porque o amanhã nunca é certo!

Ananda era o pai de cinco filhos. Tinha realizado os ritos funerários para seu próprio pai, ganhara suficiente dinheiro para casar honrosamente suas filhas e providenciar rendas para sua mãe, sua esposa e seus filhos.

O mestre veio até o pórtico de sua moradia.

— Renuncie ao mundo antes que ele renuncie a você. É o tempo certo para você se pôr a caminho. Parta em busca do essencial!

— Meu senhor, minha mãe e minha esposa pedem que eu espere ter casado todos os nossos filhos antes de partir.

— Quando seus filhos estiverem todos casados, você desejará conhecer todos os seus netinhos. Quando você saberá qual é o último? Na dúvida, você não partirá. O que acontecerá com sua chance? Você se esqueceu que, já nesta vida, poderia libertar-se da cadeia dos renascimentos?

— Meu senhor, se eu partir hoje, deixaria tristeza atrás de mim. Teria eu direito, para salvar a mim mesmo, de fazer sofrer aqueles que me amam? Irei um pouco mais tarde, quando minha família estiver conformada com a ideia de minha partida.

Sobreveio o tempo em que Ananda caiu mortalmente enfermo. Os médicos chamados a sua cabeceira ignoravam como cuidá-lo, pois ele, a cada dia, mais se enfraquecia. Certa tarde, sem que ninguém conseguisse impedir, ele entrou em coma. O mestre chegou ao pé de seu leito. Na cabeceira do moribundo estava a muito envelhecida mãe de Ananda, encarquilhada e de cabelos brancos, sua esposa já grisalha, seus filhos com as esposas, e também seus netinhos. Esperavam as filhas de Ananda, que viajavam para velar seu pai nos últimos cuidados desta vida. Todos choravam, gemiam, se revoltavam contra uma tão precoce morte, pedindo ao monge que rezasse por ele, que conseguisse curá-lo ou que realizasse um milagre.

— Mãe, disse o mestre à bem idosa senhora, posso dar novamente a vida a seu filho, mas é preciso uma vida em troca; a da senhora, na verdade, está chegando a seu termo, e seu esposo já se encontra entre os antepassados. A senhora pode salvar seu filho dando aquilo que resta de sua vida em troca da dele.

— Vejamos, meu senhor, se eu der minha vida por este único filho, o que irão pensar meus outros filhos? A mãe é insubstituível, e não posso causar-lhes essa tristeza.

O mestre balançou a cabeça e virou-se para a esposa.

— Mulher, disse ele, o que vale a vida sem esposo? A existência de uma viúva é uma longa penitência. Como todos os seus filhos já estão casados, aceite dar sua vida para que seu esposo volte a si e realize a busca do Essencial, à qual ele renunciou outrora para proteger a reputação da senhora, para garantir sua subsistência e poupar toda a sua tristeza.

— Meu senhor, meus pais ainda estão vivos. Como poderia eu lhes impor o luto de seu filho? Minha sogra é uma senhora idosa, que tem diariamente necessidade de minha ajuda, as esposas de meus filhos são jovens sem experiência, e meus conselhos ainda lhes são úteis. Não posso renunciar à vida. Se meu destino for o de conhecer a viuvez, que assim seja.

Ela ainda falava, quando as filhas de Ananda finalmente chegaram, chorando e arrancando os véus, prontas já para o luto próximo.

— Filhos e filhas de Ananda, disse o mestre, vocês todos aceitariam dar cada um cinco anos de sua vida a fim de que ele volte a viver?

— Infelizmente nossos filhos ainda são demasiadamente novos para que assumamos tal risco. Nosso dever é de estarmos presentes a eles, meu senhor. O que lhes aconteceria se morrêssemos antes da hora?

O mestre se calou, pronunciou uma oração antes de deixar a cabeceira do moribundo. Quando estava para sair do aposento, ouviu a voz fraca de Ananda, chamando:

— Meu senhor, espere-me, cuide de mim, pois ainda não estou morto. Sem dúvida é tarde, mas estou pronto para partir pelos caminhos, em busca do Essencial.

Uma grande alegria substituiu os choros, e cada um se rejubilava:

— Ah, meu filho está vivo, e poderá proteger minha velhice, realizar meus ritos funerários!

— Ah, meu esposo está vivo, e não precisarei vestir a túnica branca das viúvas, viver isolada e em penitência!

— Ah, nosso pai está vivo, e não teremos de assumir tão já as responsabilidades pelos negócios da família!

— Mãe, diz Ananda, a senhora será protegida por seus netinhos e pela graça de Deus. Filhos, vocês deverão daqui para frente trabalhar para obter seu ganho. Eu deixo para vocês a empresa da família, pois é tempo de vocês assumirem suas responsabilidades. Quanto a você, minha esposa, você usará a túnica branca das viúvas, porque, com este passo, vou realizar meus próprios ritos funerários: eu renuncio ao mundo e a suas ilusões.

— Como você tem coragem de nos abandonar, nós que lhe demos a vida, alimentamos, amamos, e depois velamos e cuidamos conscienciosamente de você enquanto estava doente?

— Saibam que o coma impede de falar, mas não de ouvir, e agora sei o que significa amar neste mundo!

Depois de dizer isso, ergueu-se lentamente na beira do leito, levantou-se antes de percorrer, cambaleando, alguns passos para se apoiar sobre o ombro do mestre. Juntos partiram e desapareceram sobre o Caminho do Norte, em direção à Liberdade na realidade.

Vina

Parváti, a bela montanhesa, estava deitada. Dormia. Suas ancas largas e arredondadas continham o universo. Seu talhe esbelto e delgado se levantava até um seio doce e perfeito, que seu braço, elevado acima de sua cabeça morena, deixava livre para melhor oferecer essa visão perfeita para o olhar de Shiva, enternecido com tanta beleza. Ele foi tomado pelo desejo de conservar presente para sempre essa imagem da amada. Com um gesto, colheu uma grande jaqueira de madeira dourada. Nela esculpiu as formas lânguidas de sua bela esposa. Ora, quando estava polindo as curvas de sua obra, ela despertou. Ele depôs sua escultura na encosta do monte Káilas. Ela murmurou seu nome. A voz da deusa era incomparável. Nada podia se aproximar desse som silencioso que ela emite, essa inefável música da Origem.

Ele acariciou seus lábios. Acariciou seus seios. Seus corpos se roçaram apaixonadamente, e o ardor do desejo os uniu. Os céus estremeceram com uma vibração fulgurante que se condensou em gotas. Nuvens ribombaram. Ele se pôs a chorar a Vida em germe dentro de cada gota. Desse modo apareceu o mundo. Ele tomou a forma de pedras, cobriu-se de vegetação, de animais e de humanos. Então a vibração pareceu tornar-se audível, e do *anad* primordial nasceu *nad*. O som tornou-se silêncio e palavra, pausa e música.

Quando Naráda, meditando, viu a escultura pousada na encosta do monte Káilas, quis dela se apoderar. Ela estava lá há tanto tempo que cipós inextricáveis haviam brotado a seu redor, envolvendo-a e paralisando-a. Ele tentou enfiar a mão na rede vegetal, e o roçar produziu um som divino. Naráda retirou a mão, hesitou, pousou delicadamente o indicador sobre um cipó, e um novo som se ouviu, diferente, mas igualmente belo. Então ele tomou juntos a escultura e os cipós. E foi acariciando esse objeto maravilhoso que ele despertou a música celeste.

Sarasváti, a deusa de quatro braços, esposa de Brahma, encantada com a sonoridade desse novo instrumento que foi chamado *vina*, quis nele tocar. Ela o pediu a Shiva. O deus o ofereceu a ela, sem o tirar de Naráda. Dessa forma, tanto os deuses como os humanos puderam fruir sua música, tão doce e tão terna que não desperta aquele que dorme perto do músico.

Ora, por esse tempo, sobre a terra, os sábios que meditavam na floresta foram gravemente perturbados por um dragão que cuspia chamas dolorosas. Tentaram domá-lo, mas não conseguiram. Não queriam fazer-lhe mal, mas queriam dar-lhe um grão diferente para que moesse e se sentisse feliz como eles. Tiveram de invocar Brahma em seu socorro.

Brahma consultou Sarasváti porque, melhor que todos, as mães sabem tranquilizar seus filhos.

— É preciso tocar a vina lá na floresta, disse ela.

— Por que não? — respondeu Brahma.

Ela se postou então na orla dos bosques e tocou as cordas vivas levemente, amorosamente. O dragão, de imediato, parou de se agitar febrilmente. E logo não cuspiu mais que pequeninas chamas esporádicas, suspirando satisfeito. Procurando a fonte dessa irresistível melodia, encontrou-se fora da floresta, diante da deusa. Pousou sua grande cabeça aos pés de Sarasváti, permanecendo imóvel e sem cuspir a menor chama enquanto ela tocava. Quando a música cessava, o olhar dele se enchia de tal melancolia que ela retomava logo a vina. Desse modo a vibração o enfeitiçou durante uma estação inteira. Entretanto, era preciso que a situação chegasse ao fim, e que Sarasváti voltasse para junto de seu esposo. Ela era não só a deusa da música, mas também das artes, do conhecimento e da palavra, cargo muito pesado, até para a esposa de Brahma.

— Leve-me consigo, suplicou o dragão. Não me deixe entregue ao ardor de minha alma! Permita-me, eu lhe peço, que eu sempre esteja presente quando a senhora tocar.

— Não posso levá-lo, pois você é demasiado grande e incômodo. Também não tenho certeza de pensar em avisá-lo a cada vez que eu for tocar.

Imediatamente o dragão renunciou, sem hesitar, a seu corpo e ao mundo, conservando apenas sua cabeça com grandes olhos e largas orelhas para ver e ouvir. Sarasváti a depôs delicadamente sobre a haste da vina, e depois voltou para as moradias divinas.

A partir desse instante, a cabeça do dragão nunca mais deixou a haste das vinas.

Quando Chegar a Hora

Todo dia, na hora em que devia mendigar para sobreviver, o monge atravessava uma aldeia a passos lentos. De todos os lugares, as mulheres vinham espontaneamente depositar alimento em sua tigela e uma moedinha em sua mão: ele parecia tão jovem, tão delicado. Diante desse grande adolescente, umas reagiam como mães, outras como irmãs. Algumas percebiam uma sabedoria nascente nesses traços ainda lisos e vinham colocar flores a seus pés. Todas se comoviam com sua face serena, seu olhar decidido e terno.

Sidarta Gautama permanecia impassível diante dos sinais de devoção, pois sabia que essas flores se dirigiam ao essencial nele, e não a esse corpo que passava lentamente, parava em silêncio diante de cada porta, ficava o tempo de uma prece, e de novo partia. Quer fosse oferecida alguma coisa ou não, ele se inclinava sempre, agradecendo a oferta ou a lição de humildade.

Quando entrou nessa aldeia, passou sob as janelas de uma cortesã magnífica, inteligente, artista e sorridente. Suas formas e seus talentos lhe haviam assegurado uma vida muito confortável; seus amantes, querendo ser notados, e até amados, rivalizavam com presentes suntuosos.

Ela estava, naquele dia, inclinada à janela. Notou o jovem monge, distinto, harmonioso, que passava. Mandou imediatamente suas servas lhe oferecerem uma cesta de frutos perfeitos de seu jardim e lhe pedirem que viesse até seu palácio. Mas ele recusou o convite:

— Eu renunciei ao conforto das casas e não frequento a intimidade das mulheres. Se a senhora de vocês quiser me falar, precisará sair de seu palácio para vir me encontrar em público.

Ao ouvir a resposta, a cortesã sorriu, achando o pequeno monge um tanto azedo. A resposta, porém, pareceu-lhe ao mesmo tempo impertinente, provocante e lógica. Deu de ombros, deixou sua janela para se entregar às mãos experientes da serva que vinha massageá-la longamente antes de trançar um ramo de jasmim em seus abundantes cabelos escuros.

No dia seguinte, pela segunda vez, Sidarta Gautama passou sob as janelas da jovem, que o viu, mandou-lhe alimentos saborosos e repetiu seu convite. Ele continuou impassível, agradeceu, inclinou-se, e de novo partiu.

Como ele voltara, ela sabia que deveria voltar mais uma vez, pois os monges errantes contentam-se em passar, ou se concedem três dias de parada antes de retomar seu caminho de errante. Algo nela murmurava que iria reencontrá-lo. Então mandou cancelar todos os encontros do dia seguinte e, vestindo-se modestamente, pediu que a levassem de palanquim até a praça, um pouco antes da hora propícia para a mendicância, no lugar em que o monge havia aparecido antes.

Ele despontou no fim da estrada, em meio à luz e à poeira do caminho. Ela esperou que ele já estivesse na aldeia para sair a seu encontro, com os braços cheios de presentes.

— Meu senhor, minha vida é diferente da sua, mas meu coração é sincero. Gostaria de lhe oferecer um lugar para repousar a cabeça, um abrigo para os dias ventosos, um alimento sadio para facilitar sua busca. Antes de recusar, reflita. Não repare o que eu sou. O senhor não seria obrigado a viver em meu palácio. Permita que eu purifique meu carma realizando essa obra piedosa. Venha, sinto que isso é justo.

Sidarta a olhava, sorrindo, sem nenhum desprezo em sua atitude, em seus olhos ou em suas palavras:

— Certo, eu irei, mas não hoje. Um dia eu irei.
— Quando?
— Se você puder, ore, emende sua vida. Sua oferta sincera já melhora seu carma. Não me retenha agora. Prometo que virei quando chegar a hora.

Ela se inclinou diante dele, ele se inclinou diante dela, agradeceu as ofertas e retomou o caminho, pois três dias haviam passado.

Passaram-se os anos. A jovem perdeu primeiro um pouco de seu brilho e, portanto, de sua clientela, depois desenvolveu a lepra. Então foi rejeitada por todos, expulsa do palácio e depois da aldeia, para esses lugares insalubres em que andam errantes os doentes, os moribundos, os sem-casta, os cães e os abutres. Desses lugares, já impuros, ela foi expulsa para os montes de lixo, pois a lepra a tornava odiosa até para os mais excluídos entre os excluídos.

Sidarta Gautama estudara junto aos mestres, meditara no Bodh-Gaya debaixo de uma árvore, e encontrara a verdade sobre o sofrimento e o fim do sofrimento. Numerosos monges haviam se tornado seus discípulos. Ele ensinava as quatro nobres verdades, assim como o caminho óctuplo para reconhecer o estado de Buda.

Contudo, naquele dia, ele deixou seus discípulos para caminhar até o monte de lixo em que jazia uma pobre coisa informe, dolorosa, abandonada por todos. Trouxe água fresca, deu-lhe de beber, lavou seus pés. Depois a carregou até um tapete de folhas que havia preparado ao pé de uma árvore.

— Quem é você, que não teme a lepra?
— Lembre-se: eu lhe havia prometido que viria quando chegasse a hora.
— Então é você? Na verdade, eu o estava esperando! Agora vou morrer, e ignoro qual vida futura me espera. Temo que

ela seja terrível, e hoje compreendo aquilo que pode ser uma vida na dor.

— Não tema! Deixe-me cuidar de você, pois você quis facilitar minha busca e reconheceu o Buda antes que ele tivesse encontrado a verdade sobre o sofrimento e o fim do sofrimento. Vim para curar suas feridas e ensinar seu coração.

Ele se inclinou até ela e ali, sob as árvores, contou-lhe o grande segredo. Ela balançava sua cabeça machucada, e lágrimas corriam das cavidades em que outrora haviam brilhado seus encantadores olhos. Todo o ser dela escutava. Quando ele terminou de falar, uma paz imensa irradiou do pavoroso corpo que ele instruía. Ele se prostrou enquanto um último alento deixava os lábios da mulher.

Aqueles que contemplavam a cena incrível, a distância, viram o corpo dela tornar-se novamente sublime, antes de desaparecer no meio da neblina matinal.

Depois o Buda voltou para junto de seus discípulos, e ninguém ousa impedi-lo de deixar esse lugar de exclusão, do qual ninguém, nunca antes dele, daí tinha voltado.

Satí

Salíla era viúva e não tivera filhos. Quando atravessava o povoado, seus véus brancos afastavam as mulheres. Elas temiam o destino que duramente a ferira, imaginando que esse destino podia invadi-las como a aranha voraz que deixa sua presa esvaziada para se alimentar de carne nova. Os homens baixavam os olhos, e a chamavam de "mãe", justamente ela, cujo sofrimento era o de não o ser. Ninguém desejava ver seu rosto tão jovem, seu corpo sadio, sua vida ardente, pois ninguém poderia esposá-la sem se manchar gravemente. Então preferiam não saber, não olhar, não ver.

Salíla perturbava: estava viva, mas sua vida já terminara. Por que não se teria lançado nas chamas da pira funerária de seu esposo? Ela não pudera, não quisera. Por que estaria morta, tão jovem, casada com um velho homem porque este aceitara sem dote sua beleza adolescente? O matrimônio seria apenas esse comércio?

Ainda menina, e tão cedo núbil, ela fora expulsa do lar, ornada de pesadas joias que teriam rasgado suas orelhas, cortado seu pescoço. Tinham-na revestido de modo tão espesso, com tantos véus e seda vermelhos, que ela quase sufocava. Mil guirlandas douradas haviam recoberto seu medo de garotinha. Havia chorado, soluçado, sob os olhares e os meneios de cabeça satisfeitos. Ninguém viera lhe estender a mão e dizer-lhe "Venha, acabou, não chore mais". Enquanto as mãos gordas enrolavam almôndegas saborosas e os queixos provavam salgados e doces, a casada chorava em seu trono de um dia e o casado cochilava no dele. Na opinião de todos, a festa fora um sucesso.

Ela não tivera escolha. Continuou sentada diante do fogo ritual, deixara o homem tomar sua mão, como sonâmbula realizou sete voltas em torno do fogo. Depois seu velho esposo a tomou, febrilmente a desnudou e, sem uma palavra, sem ternura, dilacerou seu corpo com uma queimadura insuportável.

Ela se refugiava na cozinha, depois de realizar as tarefas domésticas em silêncio, tentando ficar invisível. Mas, logo que a noite caía, ele voltava, nem sempre lhe concedendo tempo de despir seu sári, não deixando nenhum espaço para ela, sequer o interior de seu corpo.

Depois ele se enfraquecera, a doença tomou conta dele e o reteve, e as noites se tornaram suportáveis. Na aldeia murmuravam que ela o matara, que ela era demasiado jovem, que ele era demasiado velho, que a violência de seus impulsos adolescentes haviam consumido a energia de seu esposo. Ela nada respondia. Sabia, doravante, que ser mulher é suportar em silêncio.

No instante em que esse corpo, que até morto a assustava, deixou a casa, todos os olhares se voltaram para ela, esperando que ela desaparecesse heroicamente nas chamas da pira funerária, que ela aceitasse morrer para justificar suas decisões, que ela desse um sentido para aquilo que eles chamavam de matrimônio. Ela recusara; eles a haviam empurrado, insultado, rejeitado, mas ela se agarrara à vida. Ela correu até a casa de sua infância, crendo aí encontrar um refúgio, esperando sair do pesadelo que vivia. A porta continuou fechada, pois a voz paterna a rejeitara:

— Parta e jamais volte aqui. Você não é mais nossa filha; você é a mulher dele. Sua recusa de segui-lo é uma vergonha para nós. Desapareça de nossa vida!

Ela voltou para a casa designada como sua. Os irmãos de seu esposo a expulsaram, atirando pedras.

— Esposa indigna, nunca mais ponha os pés aqui!

Não sabendo para onde ir, ela construiu uma cabana à margem da aldeia. Um sem-casta aceitou empregá-la para juntar esterco de vaca. Ela o misturava à palha e o secava ao sol. O homem ganhava sua vida vendendo essas placas como combustível para os fornos domésticos. Algumas pessoas temeram que o contato de Salíla pudesse ter poluído o esterco. O brâmane, no templo, as tranquilizou, decretando que o fogo purificaria a eventual poluição. Salíla pôde continuar seu trabalho e se alimentar. Ela quis agradecer ao brâmane, inclinar-se diante dele, mas ele cuspiu diante de seus pés descalços.

Nunca mais alguém olhou para Salíla, sequer seu patrão sem-casta. Seu desejo de viver era um erro tão grave que também ele preferia viver à margem daquele destino. Por vezes ela pensava que teria sido preferível se consumir com seu esposo, a ter de viver assim, como fantasma solitário e sofredor. Quando as noites eram demasiado longas, demasiadamente silenciosas, ela deslizava em passos lentos à margem do rio, contemplando seus remoinhos, imaginando que afogar neles a libertaria de seus sofrimentos. Mas ela ouvira dizer, quando menina, que o suicídio levava infalivelmente a uma reencarnação terrível. "Quem sabe, imaginava ela, eu talvez seja uma alma que se suicidou e que agora está pagando por sua falta? Como arriscar uma próxima reencarnação pior do que esta? Existiria algo pior? Sim, sem dúvida, pois tenho sorte de poder me alimentar, não tive de mendigar nem de vender este corpo doloroso a fim de sobreviver!" Arrepiada de horror com o pensamento do pior, tremendo na brisa úmida do amanhecer, ela voltava, esquecia de se alimentar, tornava a amassar o esterco, com o corpo vergado sob o olhar dos felizes. O entardecer a levava até sua cabana, onde desmoronava de cansaço, continuando de olhos abertos, incapaz de dormir. Então ela retomava sua errância noturna.

Naquela noite, à margem do rio, um estranho andava também. Sua tez era tão sombria que tinha reflexos azuis. Ele pousou seu olhar profundo sobre Salíla e ousou sorrir. Ela corou, depois empalideceu, baixou os olhos, escondeu os ombros, deslizou o pano de seu sári diante da face e correu para seu casebre. A jornada seguinte foi leve; Salíla não ousou cantar, mas vieram-lhe, do fundo de sua memória, as melodias de sua infância. A noite chegou depressa no fim de um dia sem sofrimento. Quando, à noite, ela pousou diante de si a folha de bananeira, enfeitada com um pouco de arroz e algumas pimentas esmagadas com noz de coco, ficou admirada porque seu coração estava aberto. Reviu a face sorridente e descobriu que estava feliz porque, por um instante, ela sentiu que existia.

Cedinho na manhã seguinte ela foi até o rio, esperando cruzar com o sorriso do estranho. Não encontrou ninguém. Noite e manhã, todo dia, ela aí voltou, mas nunca mais o reviu. Certa manhã, ela se deixou cair sobre uma pedra chata, borbulhando na esperança de vida. "Deveria continuar aqui, nessa aldeia onde serei sempre a viúva que não realizou o tão honrado satí?" – ousou pensar. Voltou a seu casebre, juntou suas roupas, pôs fogo na palha trançada e ficou por um momento vendo seu passado queimar. Depois fixou o horizonte e foi embora com passo decidido.

Ela se dirigia para Vrindavan, a aldeia das viúvas, onde Krishna as protege, onde elas se sentem um pouco menos sozinhas pelo fato de estarem juntas. No caminho ela mendigava sua vida, alguns davam à viúva, outros à beleza, muitos evitavam olhá-la. Ela adquirira o hábito da transparência. Alimentava a esperança de que Krishna a tomaria pela mão.

Certa manhã ela o reviu. Ele parecia fatigado. Seus olhares se cruzaram, ele lhe sorriu, ela lhe sorriu. Maravilhada, ela o olhou passar, depois ousou aproximar-se dele:

— Quem é você? Como se chama? De onde você é?

Ele a olhou gentilmente, voltou a sorrir, mas não respondeu: ele era de outro lugar e parecia não compreender sua língua. Ela baixou a cabeça e disse, mostrando seu corpo:

— Chamam-me de Salíla: "lágrima".

Ele a saudou de modo estranho, o modo de seu país, sem dúvida, mas havia respeito em seu gesto, talvez ternura também. Uma onda de vida a percorreu. E cada um retomou seu caminho.

Na manhã seguinte ela foi ao rio para lavar seu corpo e seus trapos. Ele estava lá, tremendo de febre. Ela se aproximou com uma tigela de água, molhou um trapo para lhe refrescar a fronte, deu-lhe de beber. Ele sorriu ainda, tomou sua mão, murmurou "Salíla" e, ao clarear a manhãzinha, adormeceu para sempre.

Ela continuou durante muito tempo à margem do rio. Havia pousado a cabeça do homem sorridente sobre seus joelhos, segurava sua mão, cantava-lhe as canções de sua infância. Uma flauta próxima parecia acompanhar sua voz. Quando o sol se tornou ardente, ela se levantou resolutamente, foi juntar lenha seca, correu comprar um pouco de óleo com as moedinhas que lhe restavam, tomou banho, orou junto dele, empilhou a lenha, ergueu e carregou o homem sobre a pobre pira, derramou o óleo, acendeu o fogo. Então, com sorriso nos lábios, ela se deitou junto dele, na luz.

Seja Aquele Que Você É

A tigresa ferida se arrastara até a água e bebera. As contrações haviam estriado seu corpo, percorrendo-o com ondulações cada vez mais vivas. Com grande esforço se refugiara no mato alto para dar cria a um filhote cuja pele demasiado grande se dobrava aqui e ali. Enquanto ela o lambia, sua língua caiu entre as presas. Morreu com um último tremor.

O filhote se levantou, titubeou, encontrou um equilíbrio sumariamente eficaz. Avançou até o grande focinho materno para solicitar alguma atenção. Frustrado pela imobilidade da tigresa, tentou mamar, empurrando as tetas mortas com a testa raivosa. Desamparado, acabou por andar a descoberto, com o cordão umbilical entre as patas, arrastando a placenta como bola viscosa. A imensidão que ele descobriu levou-o ao desespero. Pôs-se a chorar de fome, de medo, de solidão.

Uma fêmea ouviu seu apelo. Hesitou, aproximou-se às escondidas, temendo que a tigresa aparecesse. Viu a fera morta. Encorajou-se até ficar perto do filhote, e se deitou junto dele, para que mamasse. O pequeno tigre sugou em longos goles, e depois sua benfeitora cortou o cordão umbilical e lambeu ternamente o recém-nascido. Então ele ficou sabendo que ela era sua mãe e que ele era seu cordeiro.

A ovelha acabara de perder um filhote depois de longa esterilidade. Tinha de início andado errante pelo rebanho, tentando adotar qualquer filhote para fugir de sua angústia. Tentara até subornar as mães mais jovens ou mais fracas, que encontravam dificuldades de assumir a maternidade, para que lhe entregassem seu recém-nascido. Uma delas, que não soubera se defender, vira seu cordeiro partir. Ele a abandonara sem mau humor, mas bem cedo se tornara nervoso, exigente, vulnerável à menor pressão. Aquela que o pusera no mundo havia mergulhado em tal melancolia que só lhe faltou morrer. O rebanho decidiu intervir. O cordeiro foi entregue a sua mãe. Contudo, doravante estranhos um para o outro, eles não se reconheceram. Como o filhote jamais fora o filho da ladra, acabou se tornando um órfão ladeado por duas amas.

Vendo isso, o rebanho expulsara a ovelha causadora de desordens. Ela não fora para longe, mas seguia o grupo a distância, despojada de tudo o que desejara conservar, desprovida tanto de seus hábitos como de seus amigos, transviada.

Apenas então ela se interrogou e questionou aquilo que chamava de sua má sorte. Para grande surpresa sua, a má sorte respondeu. Também ela estava só, também ela fora rejeitada. Tinha grande necessidade de falar com alguém, ainda mais por ter muito a dizer. Ela lhe perguntara:

— Por que sou estéril?

Ela respondeu, não com palavras, mas com imagens, com traços de luz e com sons. Ela reviu o filho que tivera, e que renegara, traíra, esquecera, que jamais havia podido florescer.

— Como acolhê-lo hoje — disse ela —, dar-lhe espaço em minha vida?

Ela se viu lutando contra a corrente, tentando fazer a água voltar para sua fonte, construindo canais, barragens, a fim de dominar as correntes.

— Tanta luta! Sinto-me esgotada. Como encontrar a paz?

Um ruído de cadeias martelou "para mim", "o meu", "tenho um filho", enquanto uma voz terna murmurava "para ti" "a tua" "sou tua mãe".

Lágrimas ardentes brotaram, lavaram-lhe o coração e transformaram a violência do desejo em entrega. As lágrimas lentamente se tornaram doces, mornas, reconciliadas, enquanto ela aceitava a vida tal como ela é, abundante ou estéril. Vieram então lágrimas felizes, fortes por sua fraqueza. Ela acabava de terminar seu luto de toda posse de um filho.

Quando ela ouviu o grunhido queixoso do filhote de tigre, sentiu-se capaz de arriscar sua vida para salvá-lo. Por quê? Porque ele estava aflito. Nem por um instante ela pretendeu torná-lo seu. Ela respondera ao apelo, apenas isso. Agora ambos estavam aí. Ele a olhava cheio de confiança, ela se perguntava se tinha o direito de aceitar o papel que ele oferecia. Temia ser incompetente, percebia de longe os próximos períodos junto de um filho que iria rapidamente tornar-se poderoso, temível, capaz de destruí-la.

Depois de alimentá-lo uma segunda vez, ela baliu, fazendo-se de isca para atrair um tigre adulto a fim de que o filhote fosse adotado por seu clã, e depois foi embora depressa, para evitar a morte. Quando estava em lugar seguro, fez uma pausa, virou-se para ver se o truque funcionara. Não vendo nem filhote de tigre nem tigre, esperou, farejando o ar, e não percebeu nenhum perigo. Então retomou seu caminho em direção à distância habitual do rebanho. Como ela trotava, um ruído de folhas atrás dela deixou-a em sobressalto. Virando-se rapidamente, viu o filhote de tigre desajeitado e feliz que a seguia, de gatinhas. Ela apressou o passo, ele também. Ela desceu uma encosta correndo, ele baralhou as patas e rolou até ela, rindo. Então ela suspirou, deitou-se junto dele. Ele se enrolou como bola contra seu ventre aquecido. Ela o lambeu para o adormecer. Ela acabava de aceitar todos os riscos da maternidade, e o chamou de "Haridáyah": "Presente do Deus que despoja".

Ao cabo de alguns dias, eles passaram a viver perto do rebanho que, depois da primeira surpresa, contemplava com perplexidade e desconfiança aquele casal bizarro. Uma tarde, o carneiro-chefe foi até a mãe:

— Insensata!, disse-lhe. — Tirar um cordeiro de sua mãe não bastou para sua loucura? Agora você cria um tigre!

A ovelha falou da tigresa morta e da escolha do filhote. Ele não acreditou em nada. Ela teve de mostrar o despojo mutilado pelos abutres e pelas formigas. Entretanto, o carneiro-chefe temia pela futura segurança do rebanho; exigiu que ela expulsasse Haridáyah. Ela recusou prontamente.

— Eu já fui banida – disse ela. – Se for preciso, carneiro-chefe, posso ir para mais longe com o filhote. Não tenho mais medo da solidão.

O rebanho havia se aproximado e formara um círculo ao redor deles. As fêmeas menearam a cabeça. Como exigir que uma mãe abandone um filho? Elas decidiram acolher Haridáyah no rebanho, onde seria mais fácil educá-lo, a fim de que ele se tornasse um carneiro aceitável.

Foi assim que Haridáyah cresceu entre os carneiros, pastando relva, balindo com voz um pouco rouca e aprendendo a respeitar os costumes do clã. Verdade que encontrava algumas dificuldades quando fazia traquinagens com seus amigos de infância, que reclamavam: "Atenção, menos força!". Frequentemente recusavam correr com ele, pois ele corria sempre na frente, apesar dos esforços para conter sua energia. Com o passar do tempo ele acreditou que sua vida fora traçada de modo previsível. Na adolescência, porém, foi tomado por uma estranha melancolia. Gostaria de conhecer as emoções amorosas de seus companheiros quando as jovens ovelhas balançavam com passos lentos suas ancas lanosas diante de seus focinhos excitados. Mas nenhuma delas vinha perturbá-lo. Ele frequentemente se encontrava só, longe da alegria. Ele não fora completamente rejeitado, mas também não era verdadeiramente aceito, e sentia-se diferente sem conhecer o motivo, e a diferença criava uma distância penosa que ele, entretanto, não estava certo de querer preencher. Estava cansado de aguentar conselhos e repreensões:

— Você não pode fazer nada como os outros? Há erva para tosar, pare de perguntar por que você nasceu! Contenha-se, faça um esforço!

Certa noite o rebanho inteiro se agitou, foi dado o sinal de alarme, uma onda surda lançou todo o clã em uma corrida louca até um lugar seguro. Quando, finalmente, parou, Haridáyah perguntou:

— Qual era o perigo?
— Um tigre! — respondeu sua mãe.
Um tigre? Esse nome lhe pareceu familiar.
— Mãe, qual seria o risco?
— Os tigres são feras: matam os cordeiros e os devoram.

Haridáyah ficou sonhando por longo tempo, com a espinha percorrida por desconhecidos arrepios.

Os dias passaram. A tristeza de Haridáyah se tornava mais aflita ainda quando ele pensava nos tigres. Queria ver um deles, sentia-se explorador, magnetizado, incapaz de resistir ao apelo. Quando um rugido forte fazia tremer a floresta, ele empertigava as orelhas como todos os outros no rebanho, mas a vibração que o invadia não se devia tanto ao medo, e sim ao desejo. Seu ser inteiro estremecia de prazer tenebroso, profundo, inconfessável. Apenas uma vez ele tentara confiar a seus amigos a estranha paixão que fazia seu coração arder. Eles ficaram tão alarmados que ele precisou tranquilizá-los, fazer de conta que estava gracejando, renunciar a contar o que sentia.

Ele foi até sua mãe, e ansiosamente lhe fez a confidência. Ela baixou a cabeça e seus olhos se embaçaram.

— Sim, eu compreendo — respondeu ela.

Sua mãe compreendia. Ele se sentiu um pouco menos solitário.

— Você os deixa inquietos. Volte para o meio deles, tente se adaptar.

Ele se contraiu, representou seu papel, participou nas reuniões do conselho baixando o tom da voz, parou de se admirar publicamente de que se possa viver sem procurar conhecer os tigres, tornou-se um cordeiro mais ou menos aceitável.

Na surdina, porém, no fundo do ser e da solidão, seu desejo o invadia, tomando agora a amplidão de uma torrente selvagem. Sua vida cotidiana lentamente se esvaziara de todo sentido. Ele agia de modo automático, proibindo-se olhar para a floresta, a fim de não sentir seu peito se escavar dolorosamente. "Não há nada a fazer, nada a esperar. Não há de fato nada nesta vida. Eu não deveria ter nascido, eu gostaria de morrer" – repetia-se ele com frequência, querendo desenraizar o desejo, escondendo seu fogo sob as cinzas.

Certa manhã de primavera, estava pastando silencioso e só, longe do rebanho, quando uma grande cabeça amarela e negra apareceu fora do mato alto, a três passos de seu focinho. Ela lhe pareceu amigável. O animal adiantou-se até ela. Uma pata com garras acariciou seus bigodes e o grande corpo rolou alegremente na relva entre suas patas. Um estranho impulso o lançou ao chão, rolando jovialmente. Ele mordiscava sem parar o pescoço dessa fêmea cujo odor o enlouquecia. Na excitação do momento ele baliu. A fêmea saltou sobre as patas, considerou-o estranhamente, rugiu despeitada e desapareceu mato afora. Ainda incomodado, com a língua pendente, ele sentiu-se trespassado de alegria e de dor agudas. "Uma tigresa, gemeu ele, e só agora estou compreendendo! Voltará um dia? Nunca mais, sem dúvida! Deixei passar a ocasião!"

Ele voltou para o rebanho, mas perdeu o apetite. Nem a relva mais tenra, nem a solicitude de sua mãe chegaram a lhe poupar a saudade dos instantes maravilhosos que vivera durante aquele breve encontro. Um mundo mágico parecia existir lá, debaixo das grandes árvores. Mais que um mundo: a verdadeira vida. Entretanto, ele tentava raciocinar, repetindo os avisos que ouvira, particularmente aquele que dizia: "Ninguém pode encontrar um tigre sem morrer". Todavia, depois que a tigresa viera a seu encontro, ele se sentia mais vivo do que nunca. Não era o encontro, mas a separação que era terrível, infernal.

Ele confidenciou mais uma vez com sua mãe, que disse:

— Sim, eu compreendo.

Ela chorou, desta vez incapaz de conter as lágrimas. Depois acrescentou:

— Para ser bem sucedido na vida, cada um deve reconhecer Aquele que ele É.

Então ela chorou e sorriu ao mesmo tempo. Lambeu ternamente o focinho dele, depois deixou que um longo silêncio se fizesse, e finalmente murmurou:

— Vá para onde todo o seu ser o chama, Haridáyah. Por meio de você, Deus me permitiu saborear a felicidade de ver um filho crescer. Não importa que isso tenha sido um risco para minha vida! Ele me ofereceu a capacidade de dar, a força para receber, a de abandonar meus medos e também meus velhos hábitos. E me colocou no caminho que leva à única liberdade desejável: ser o que eu sou. Agora é a vez de você se libertar. Vá, seja Aquele que você É.

Haridáyah não compreendeu essa declaração inteira, mas sabia que esse amor lhe abria a porta. Foi tentado a mamar uma última vez, a fim de levar esse gosto cálido, esse calor, essa promiscuidade benfazeja. Considerou-se demasiado grande para ousar tal gesto de criança. Havia crescido tanto que ela parecia tão pequena junto dele. Ele a olhou como se nunca a tivesse visto, para imprimir dentro de si a magnífica imagem dela. "Como é bela! – pensou. – Por Deus, como é digna de amor!". Saindo repentinamente, deslizou pela relva.

Ele perdia tudo, seu clã, seus costumes, seu conforto afetivo. Renunciava a tudo isso para caminhar para o clã dos tigres, para a morte, talvez, para uma alegria sublime, sem dúvida, ainda que não durasse mais que um instante. Tinha medo, é claro, mas seu desejo era mais poderoso do que seu medo. Avançou diretamente para a floresta, onde nenhum cordeiro se arriscaria a penetrar.

Ele chegou à orla da floresta. A tigresa estava lá, perambulando, com ar perdido. Ela o fixou. Seus olhos exprimiam um desejo intenso, uma incompreensão total. Ele quis se juntar a ela, mas ela desapareceu com um salto dentro da mata fechada, deixando-lhe no ventre o abismo de um desejo imenso. Ele decidiu permanecer ali, para que ela pudesse reencontrá-lo, caso tivesse fome dele assim como ele tinha fome dela. Os dias passavam. Ele pastava o suficiente para se manter vivo, pois havia se instalado diante da floresta, imóvel, atento, esperando que ela voltasse.

Um grande e velho macho o observava há tempo. Certa manhã ele se aproximou e lhe atirou uma coxa de cerva. Haridáyah ficou alarmado. Inquieto e enjoado com o cheiro insípido da carne, imaginou que isso fosse uma espécie de provocação, uma ameaça não disfarçada para lhe mostrar a sorte que o esperava. Baliu dignamente, não tentou nenhuma submissão servil, não renunciou também a sua espera, apesar do medo intenso que sulcava seus flancos. Preferia morrer a renunciar à tigresa. O velho tigre pareceu ficar zangado:

— Tigre indigno, pare de pastar e de balir como um carneiro! Alimente-se corretamente!

Apesar da dureza dos termos, toda a atitude dele exprimia uma compaixão insondável.

— Os carneiros comem relva e eu sou um carneiro! – respondeu Haridáyah.

— Estou vendo aqui um tigre e nenhum carneiro. Você é um tigre. Repita depois de mim: "Eu sou um tigre!"

"Seria uma iniciação? — pensou Haridáyah. — Talvez minha paciência e a força de meu desejo esperaram esse velho. Será que ele me aceita em seu clã? Então esse ritual deve ser mágico, e me torna seu semelhante".

Ele se inclinou e murmurou:

— Sim, Mestre, eu sou um tigre.

O velho o contemplou, viu que Haridáyah sempre se considerava como carneiro, meneou a cabeça e disse:

— É preciso que você seja aquele que você é. Renuncie ao carneiro.

Haridáyah sempre soubera que o carneiro devia morrer, pois ninguém pode encontrar um tigre e continuar vivo. Preferia morrer a ter de voltar para o meio dos carneiros. Estava feliz por ter recebido essas breves visitas de tigres. "Morrer, depois disso, seria quase simples para mim" — pensava.

O velho mestre partiu novamente, e Haridáyah continuou prostrado diante da coxa de cerva, incapaz de compreender essa frase estranha que sua mãe já havia dito:

"Seja aquele que você é". Ele repetia conscienciosamente: "Eu sou um tigre, eu sou um tigre". Mas as palavras continuavam na superfície de sua realidade e alguma coisa nele respondia: "Eu sou um tigre também, eu sou um tigre debaixo de um carneiro, eu sou um carneiro que deseja ser tigre, eu tenho um coração de tigre", ou seja: "Quando a alma não é tigre nem carneiro eu não sou nada, e não sendo nada eu sou Tudo, sendo Tudo eu sou tigre também..."

Repetir "Eu sou um tigre" tornou-se para ele cada vez mais difícil, cada vez menos convincente. Entretanto, sentia que era necessário. Chamou o velho tigre. Ele veio. Haridáyah lhe perguntou:

— Poderia eu realmente tornar-me um tigre? Já aconteceu alguma vez que um carneiro se transformasse em tigre?

— Aquele que é É, sem se tornar – rugiu o mestre.

Perdido em seus pensamentos, mais perturbado que esclarecido por essas palavras estranhas, pareceu-lhe ver no bosque a silhueta sedutora da tigresa. Seu desejo logo se inflamou e o incendiou. Repentinamente sentiu-se pronto para tentar tudo a fim de se aproximar dela, para dançar uma vez mais com ela na relva perfumada. Levantando-se repentinamente, com o focinho farejando o ar, ele suplicou:

— Mestre, mostre-me o tigre que eu sou.

O tigre lhe atirou uma coxa de javali, ordenando:

— Coma isso!

Haridáyah fechou os olhos, convencido de estar quebrando os tabus mais sagrados de sua raça. "Se essa carne deve me iniciar, fazer de mim um tigre, devo comê-la". E mordeu fundo.

Logo que sua língua e seu paladar sentiram a textura e o sabor cru da carne, uma alegria fulgurante dele se apoderou, um prazer que reduzia a bruma tudo o que ele conhecera até o momento. Um riso poderoso o abalou. Ele grunhiu profundamente antes de devorar a carne sangrenta.

— Venha — disse o velho mestre.

Ele o levou até o rio. Ambos se inclinaram sobre a água.

— Olhe seu reflexo e compare-o com o meu. Veja a realidade. Eu sou um tigre, e você também é.

Haridáyah já sabia. Ele não precisava de nenhum reflexo para se reconhecer, pois o tigre havia finalmente preenchido todas as suas células, todos os seus pensamentos. Poder, flexibilidade e liberdade corriam dentro dele, inundando-o com uma alegria sem medida.

Entretanto, sobreveio-lhe uma dúvida:

— Agradecido, Mestre, agradecido! Agora eu sou um tigre. Mas o que o carneiro se tornou?

— Nunca existiu o carneiro.

Haridáyah continuou perplexo. Então o mestre, vendo-o perturbado, apresentou-lhe a seguinte questão:

— Um tigre caminha na floresta pelo anoitecer. As nuvens passam diante da lua. As trevas invadem o bosque. Repentinamente, diante de si, ele vê uma serpente venenosa. Ele para, assustado, procurando evitar a picada mortal. No céu, as nuvens deslizam. A lua brilha novamente, e torna clara a situação: não existe nenhuma serpente, nada mais que um pedaço de corda abandonado por humanos. Diga-me: o que a serpente se tornou?

Haridáyah era um tigre, sem dúvida, mas um tigre noviço. Continuou junto do mestre para aprender a arte de farejar, de espreitar, de caçar. Seu pêlo se tornou tão brilhante e espesso quanto o do tigre. Haridáyah recusou apenas perseguir os carneiros: a imagem da mãe que o havia amamentado e protegido sua vida até esses dias esplêndidos estava plantada nele como um pilar de aliança.

Certa manhã, ele tornou a encontrar à espreita o olhar vivo e terno da tigresa. Ela o esperava, não havia mais nenhuma dúvida, mais nenhum recuo. Ele se adiantou até ela, tão magnetizado que não viu seu mestre se afastar na selva e desaparecer. Eles se esfregaram um no outro, rolaram na relva, brincaram incansavelmente. Como ela se abria para ele, achatando-se no solo, ele mordiscou suas costas e, em meio ao deslumbramento, ofereceu ao universo uma ninhada de tigres.

Pegadas

O homem estava morto, inerte, banhado, envolvido com lençóis brancos. Seu espírito derivava no entremeio estranho que vem depois do sombrio mergulho. Acabava de deixar uma vida, uma história, um mundo. Enquanto imergia na espiral luminosa que se materializava passo a passo diante dele, sua aventura humana voltava-lhe ao espírito. Ele a viu como passos que se imprimiam na areia — leves quando a vida era simples ou brilhante de alegria, pesados e profundos nos dias de angústia.

Sua ligação com Deus jamais falhara; ele a vivera em estado de memória permanente. Jamais havia esquecido o Ser. Também o Senhor o acompanhara em todo lugar. Ele viu as pegadas dele ao lado das suas. Sorriu. Depois, contemplando mais seu caminho, percebeu que a dupla fila de pegadas não era constante. Deus havia atravessado com ele suas felicidades, porém, nos dias de infelicidade, ele, o humano, o pobre homem, tivera de caminhar sem nenhuma companhia.

Sua alma, em agonia, interpelou Deus:

— Senhor, por que me abandonou? Veja como eu estava mal, como eu estava sozinho!

Deus, sempre junto dele, respondeu:

— Olhe melhor o formato das pegadas: quando você estava alegre eu estava junto de ti, mas quando você sofria, quando estava exaurido para enfrentar as dificuldades do mundo e não conseguia mais ficar de pé, eu estava carregando você!

O Ouro do Lago

Perto do topo, o ar se torna tão tênue, tão transparente, que é preciso inspirar profundamente para colher ínfimas partes dele. Os raros viajantes que se animam a subir a montanha caminham em silêncio sobre o filete de terra que margeia precipícios. À esquerda, a ardósia ardente fende na passagem sua pele ressequida pelo sol. À direita, o olhar evita pesquisar o vazio: perceber a enorme torrente como um fio de prata no fim do mergulho faz o coração bater entre os dentes. Acima, o céu azul que sobrepuja todas as nuvens é incomensurável. Aqui ninguém sabe se o inferno se encontra lá embaixo ou lá em cima.

Na volta de uma curva, a parede desaparece. O passo hesita. O mundo poderia terminar aqui. O corpo se inclina imperceptivelmente, o olhar contempla e se admira de que o caminho repentinamente se estenda, verdejante. A relva tenra espera o intrépido. Pouco mais longe, a água transbordante de um lago bate no pé das bétulas dispersas, cujas folhas cinzentas e troncos brancos parecem irreais na leve neblina.

Os viajantes, exauridos, tanto pela caminhada como pelo pavor que os torturava enquanto beiravam o infinito, depõem a bagagem na margem das águas límpidas, se ajoelham, inclinam-se sobre a água para beber e molhar o rosto, o pescoço, os braços. Alguns tiram os calçados e mergulham os pés fatigados na intensa frescura. Por fim, pegam seus cantis, derramam o líquido velho e morno que escorre do couro curtido no sol, e fazem provisão de água fresca e pura.

A água é profunda, mas tão transparente que apenas o reflexo do céu a indica acima dos seixos que brilham no fundo. Um deles mergulha o braço e grita, chamando a atenção de todos. As perguntas se misturam, alguns se deslocam para compreender.

Na água, um colar de pedras raras e de ouro espera ser colhido. Recompensa para aqueles que tiveram coragem de desafiar sua vertigem? Uma bela senhora que passara talvez o deixara cair! O lago é transparente, mas gelado e profundo. O ar muito frio desencoraja o banho. A dama não pôde retomar o que era seu. Ela era rica, sem dúvida, e preferia perder a joia a se molhar na água gelada. E depois, todo mundo sabe que os lagos de montanha são habitados por rakshásas, seres meio-fadas meio-demônios, que se ofendem com qualquer intrusão em seu domínio. A joia talvez fosse uma armadilha para aqueles que transpõem a crista ou o limiar de seu reino. Se usavam essas pedras como enfeites, talvez fosse perigoso nelas tocar.

O mais jovem não é necessariamente o mais corajoso, e sim o mais louco. Ele tira a roupa em um instante e corre para a margem. Sua decisão provoca discussão entre aqueles que o ouro fascina e aqueles que temem os rakshásas. Ele continua, indiferente aos comentários e, apertando os dentes, deixa a água chegar aos joelhos, gelar suas coxas, encolher sua virilidade. Inspira profundamente e mergulha. A joia imediatamente se desfaz, desaparece. O rapaz volta à superfície, escarra, bate um pouco os dentes, inspira, mergulha novamente, toca de novo o fundo. Sua mão colhe apenas seixos. Na margem cada um confirma que o colar voou em brilhos, que se espalhou no lago antes de desaparecer. Os rakshásas sem dúvida o recuperaram!

O rapaz sobe rapidamente para a margem, fricciona-se energicamente com o tecido que lhe estendem, veste-se de novo às pressas e assoa o nariz com os dedos. Perto dele, de repente, exclamações se misturam. O colar voltara. Cada um, perplexo, o vê. Os temerosos afirmam que os rakshásas o protegem. Aqueles que são fascinados pelo ouro franzem as sobrancelhas, procuram, calculam e tentam avaliar a profundeza do lago naquele lugar. Um deles o sonda e põe-se a pescar, usando um galho seco. O colar novamente se desfaz, se dissipa. O gesto brusco do pescador frustrado quebra o galho seco. Os mais temerosos se afastam e previnem os outros, reforçando com gestos.

— Os rakshásas estendem uma armadilha. Não veem que eles caçoam de vocês? Estão arriscando morrer! Por outro lado, vejam como treme esse louco que ousou mergulhar imprudentemente. Já está branco como um cadáver!

O medo faz refletir. As discussões voltam à cena. O pequeno grupo zumbe como colmeia. Alguém dele se afasta, toma uma atitude solitária, reflete por si próprio. Depois o grupo inteiro avança até a margem e contempla o colar. Por fim, a colmeia se desfaz. Alguns retomam sua bagagem e, correndo, alcançam aqueles que já haviam renunciado, os outros farejam o campo com o olhar para encontrar um galho mais sólido que o primeiro. É assim que, levantando os olhos, eles percebem o colar, suspenso em uma bétula.

O intrépido mergulhador retoma suas cores e corre para sacudir a árvore, rindo. No alto a ave incomodada levanta voo enquanto chovem raminhos, folhas e cascas. Com um ruído seco o colar encalha nos pés das pessoas. Eles se precipitam em confusão, de mãos estendidas.

— É meu! — grita um.
— Tire a mão! — ruge o outro.
— Atenção! — queixam-se aqui e ali.

A ave mergulha e levanta voo em um átimo; com o tesouro no bico, ela foge para longe dos xingos e das pedras que eles atiram. Então cada um passa a insultar o outro com palavras pesadas e gestos bruscos. Um afirma que o estava segurando, que teria sido necessário deixá-lo, outro que foi culpa deles que...

Sobre a outra margem do lago, a ave deixa cair o colar sobre uma pedra inclinada. O que poderia fazer com ele? É demasiadamente pesado e não comestível. Arrastado pelo próprio peso, o colar escorrega e afunda na água. Sem uma onda, sem remoinho, esta fecha sobre ele seu silêncio.

O Que Você Vê?

Às margens do rio Yamuna tinham sido erguidas duas cabanas de ramos secos. O rio as separava. Em uma delas vivia uma santa; na outra, ensinava um asceta. Para evitar qualquer impureza pelo olhar ou pelo pensamento, haviam combinado, anos antes, no primeiro dia de seu retiro, que ela se banharia ao nascer do sol, e ele ao pôr do sol. Nenhum dos dois, no decorrer de anos, jamais falhara com o compromisso.

Ora, certa manhã, a santa, ao meditar, entrou em tal êxtase que o tempo se desvaneceu. Voltando, por fim, a este mundo, ela percebeu que a luz era sempre a da manhã e foi para o rio, a fim de fazer suas abluções. Entrando na corrente, depois de espalhar seus cabelos para os lavar, ela viu chegar o asceta na margem oposta. Não era o amanhecer, mas o anoitecer... O dia havia passado sem que ela percebesse. A fim de não violar a promessa, ela saiu da água e ia embora, quando ouviu o asceta resmungar atrás de si:

— Mãe, a senhora não tem vergonha?

Ela fez meia-volta. Seu sári, pingando, molhava um corpo cansado pelos anos. Respondeu, tranquila e correta:

— Vergonha, eu? Não. Se você espera a vergonha, é porque a conhece. Ela está em você mesmo, pobre homem.

Ele bem sabia que não era um sábio e que se enganavam aqueles que vinham a ele, persuadidos de encontrar nele um. Como ela teria podido, em um instante, adivinhar sua miséria, quando há anos não tinham se avistado novamente?

— Mãe, por que você me acusa?
— O que você vê?
— Um corpo de mulher em que as roupas estão coladas.
— Nuvem de aparências. Olhe bem! É apenas o Si-mesmo, nem masculino nem feminino.

Ela desapareceu imediatamente, deixando sobre a margem apenas duas pocinhas de água cinzenta, onde os pés descalços haviam pousado. Ele ficou desorientado por um momento, depois decidiu deixar sua cabana e suas ilusões de sabedoria. Despediu os discípulos cada um para sua casa e atravessou o rio. Aproximou-se da cabana para tentar estudar junto da santa. Ninguém respondeu quando chamou. Perguntou aos camponeses da aldeia próxima onde ela se encontrava. Eles lhe disseram que ninguém jamais habitara a cabana de que ele falava. Os aldeões o olhavam, admirados, e recuavam, dizendo:

— Se alguém apareceu a você e seu espírito não está confuso, foi um demônio ou então um deus.

Ele partiu dali para longe, a fim de se instalar à margem do Ganges. Meditou sozinho e com sinceridade, não procurando nenhum saber, nenhum poder, nenhuma glória, mas apenas a Verdade. Com o passar do tempo, os aldeões vizinhos sentiam afeto pela sua simplicidade. Desse modo, quando, depois de chuvas diluvianas, o rio cresceu e eles temeram uma inundação, vieram preveni-lo, pedindo-lhe que deixasse a cabana à beira das águas em troca de uma ou outra casa na aldeia, enquanto esperava que o rio baixasse.

— Nada temam — respondeu ele, totalmente confiante —, vou orar ao Senhor, e ele me protegerá.

E continuou lá, não mudando nada em seus costumes.

Continuando a subir, a água chegou até a frente da cabana. As vagas marulhavam no limiar do modesto alojamento. Os aldeões acorreram de novo.

— Venha para nossa casa, santo homem! Continua chovendo, e o senhor está se arriscando a se afogar!

— Parem de se inquietar! Fiquem sabendo que o Senhor não abandona seus filhos.

Apesar da insistência deles, ele retomou sua meditação, com os pés na água e a fronte nas nuvens. Na manhã seguinte a água entrou na cabana. Ele subiu sobre o telhado e aí se assentou, orando ardentemente a Deus. Uma barca encostou-se junto à parede molhada.

— Se você quer continuar vivo, apresse-se, venha para o seco sobre a colina!

— Homens de fé pequena! – suspirou ele, antes de voltar a suas orações.

A água subiu até o teto, acariciou seus tornozelos, envolveu seu corpo, atingiu seu pescoço. Uma barca passava, arrastada pela corrente furiosa. O barqueiro jogou uma corda para que ele a agarrasse e se juntasse aos passageiros.

— Siga seu caminho, bravo homem, Deus o abençoa por seu gesto; é ele que me sustenta, eu nada temo.

A água submergiu sua boca e suas narinas. A casa desmoronou debaixo dele.

Quando ele saiu do túnel da morte, no limiar do outro mundo, encontrou-se diante do próprio deus Vishnu.

— Ah! — revoltou-se ele – eu orei ao Senhor, e o Senhor me respondeu que viria, e aqui estou eu, morto. É assim que o Senhor protege? Por que o Senhor me enganou?

— Eu fui diversas vezes.

— Mentira! Eu não vi nem ouvi o Senhor!

— Essas pessoas que lhe ofereceram o abrigo de sua casa, esses barcos e o barqueiro que você não quis ouvir, quem eram eles, senão eu próprio? Por três vezes eu estendi a mão para você, e você a recusou!

O asceta permaneceu mudo. Seu espírito reviu em um relance a santa, os aldeões, o rio cheio, o deus Vishnu, sombras dançantes no fundo de sua memória. Suas ilusões se dissiparam como fumaça no ar da tarde.
— Eu não sou nada — disse ele.
Ele não viu nem ouviu mais nada, e nada mais foi do que Aquilo que É.

Dizem que à margem do rio um sábio se banha pela tarde, e que apenas o distinguem das brumas os seres que caminham para o Absoluto. A esses ele fala, perguntando:
— O que você vê?

Julgamento

Purnima, a prostituta, sonhou aquela noite que um brâmane viera até ela e a havia honrado. Ao despertar, chamou sua serva, descreveu-lhe o homem e a mandou para pedir o que lhe era devido, pois ela não havia recebido nenhum pagamento por seus serviços.

A serva fez uma pesquisa em toda a cidade, repetindo a quem quisesse ouvir que esse brâmane velhaco tinha se aproveitado da prostituta sem pagar pelos serviços dela.

A questão deu o que falar. Cada um acrescentava detalhes instigantes a fim de salientar a duplicidade do homem.

Apenas no fim do dia o infortunado brâmane foi formalmente reconhecido. Por infelicidade ele passava pela rua principal, e ia tranquilamente ao templo a fim de realizar os rituais da tarde. A serva o viu, correu até ele, exigindo alto e em bom tom o pagamento dos honorários devidos a sua patroa. A multidão se reuniu ao redor deles. O homem ficou dolorosamente surpreso. Explicou que havia dormido na última noite junto de sua esposa, aliás, como todas as noites desde seu casamento, e que, portanto, deveria haver algum erro sobre a pessoa em questão. Contudo, a partir do momento em que cada um o descrevia e explicava seu crime a qualquer ouvido que concordasse, ele já estava julgado, e não se poderia voltar atrás. Ele era forçosamente culpado, condenado a pagar a dívida e os prejuízos. A multidão cresceu, insistiu, e se tornou ameaçadora.

O infeliz e inocente era pobre. Ele explicou, defendeu sua causa, gaguejou, e logo ficou fora de si, pondo-se a orar a Krishna:

— Senhor, tu que salvaste Draupadi da vergonha quando os Kaurava queriam arrancar seu sári, tu que levantaste a colina de Govardharna para salvar os aldeões da inundação, tu que venceste o próprio deus Indra, vem em meu socorro, mostra que sou inocente, salva-me da cólera deles, porque, mesmo que eu quisesse pagar para me salvar desse perigo, bem sabes que não tenho um centavo!

Naquele instante o rei passou a cavalo com seu séquito, e parou para perguntar o que estava causando tal perturbação em via pública. Cada um contou a história a seu modo, e a questão se tornou cada vez menos compreensível. O rei decidiu então regular o conflito ouvindo ele próprio, em um lugar tranquilo, a prostituta e o brâmane. Então ambos foram imediatamente convocados ao palácio.

Na grande sala do trono, um e a outra, levados entre guardas, esperavam poder se explicar. O rei se instalou confortavelmente e depois perguntou ao brâmane, interrogado em primeiro lugar por respeito a sua casta, o que ele tinha a declarar.

— Senhor, esta mulher me acusa de ter, a noite passada, recorrido a seus serviços sem pagá-la. Isso é falso, porque eu estava dormindo com minha esposa.

— Ela poderia testemunhar isso?

— Sim, senhor. Acrescento que minha esposa é jovem e bela, que somos da mesma casta, que honrá-la não me expõe a nenhuma impureza, ao passo que esta prostituta é de casta baixa, e não é nem mais jovem nem mais bela. Esses motivos parecem-me suficientes para testemunhar que estou dizendo a verdade.

O rei queria de bom grado crer no brâmane, mas ele já vira e ouvira tantas situações humanas estranhas desde que se tornara soberano e administrava a justiça, que os argumentos apresentados e o testemunho de uma esposa não lhe pareciam necessariamente muito convincentes.

Passou, então, a palavra à prostituta:

— E a senhora, madame, o que tem a declarar?

— Majestade, de fato não sou muito jovem e minha casta, sem dúvida, é baixa. Isso significa que possam usar-me gratuitamente? Esse homem me visitou em um sonho a noite passada. Eu jamais ousaria dizer ao senhor o que ele exigiu de mim, senhor, e isso durou da meia-noite até o amanhecer! Insisto em receber o justo pagamento por meus serviços.

O rei permaneceu por um momento tranquilo e silencioso. Por fim, declarou:

— Mulher, você vai receber o justo pagamento dessa dívida.

O brâmane sentiu-se sufocado ao ouvir tal julgamento, mas não ousou se revoltar. Permaneceu imóvel, persuadido subitamente de que pagava o alto preço por uma falta, esquecida por ele, mas terrível, cometida em uma vida precedente.

O rei fez apenas um sinal, e um escravo trouxe um grande espelho. O rei apontou o chão, e o espelho foi aí deitado, no meio da sala do trono. O soberano convidou o brâmane a amarrar sua bolsa, com o que ela continha, em uma corda. A corda foi amarrada ao anel que, no tempo quente, segurava o leque de folhas de palmeira no forro da sala. Então o rei intimou a prostituta:

— Pegue a bolsa no espelho.

— Mas eu não posso pegar a sacola refletida no espelho! Eu quero dinheiro sonante, palpável!

— Tome ou vá embora — disse o rei. O preço justo por um sonho é uma bolsa refletida em um espelho!

Treze a Dúzia

Guru Paramartha era um bravo homem de espírito um pouco desordenado. Doze homens, tão inocentes quanto ele, eram seus discípulos. Cheios de devoção e de boa vontade, partiram em peregrinação ao longínquo Himalaia. Ao cair da noite, chegaram à margem de um rio borbulhante. Hesitaram em atravessá-lo, porque, na penumbra, não conseguiam enxergar o vau. O guru acendeu um galho seco e o segurou no alto, baixando a cabeça e aproximando-se das águas para tentar encontrar a passagem.

Como aproximara da água sua tocha improvisada para tentar ver a fundura, ele ouviu o rio chiar. Repentinamente um vapor se levantou. Ele largou tudo e correu até seus discípulos.

— Desgraça, horror, miséria — disse ele —, este rio é perigoso; ele pode afogar um homem se não passarmos no lugar certo. O naga que o protege é raivoso e acabo de despertá-lo! Durmamos aqui esta noite, e quando for dia o atravessaremos: enxergaremos o vau e esse naga suscetível terá ido para a escuridão das profundidades.

Ao alvorecer, evitando cuidadosamente o perigo, ele mandou um dos doze homens verificar se o naga havia desaparecido. O discípulo, circunspecto, remexeu a água com um pedaço de pau. Nada lhe saltando aos olhos, chamou o resto do grupo que ousou então se lavar, beber e dar um banho no asno que os aldeões lhes haviam oferecido, carregado de sal, de açúcar e de outras provisões para o caminho. Depois de se refrescarem, sondaram o fundo acima do lugar turvado por seu banho. Aconselhados pelo guru Paramartha, que tremia da mesma forma que os doze discípulos reunidos, deram-se as mãos para atravessar o rio, apressando-se para escapar, tanto de um afogamento quanto da cólera sempre possível do naga. Chegando sãos e salvos à outra margem, ficaram aliviados de terem sobrevivido a tal prova, e imediatamente inflaram o peito.

— Nós, medo? Seríamos tomados como ignorantes que tremem ao menor espírito que se agita? Vamos lá, estamos acostumados com esse tipo de situação!

Repentinamente, o guru, que verificava o estado da tropa, deu um grito em meio aos risos. Acabava de verificar o estado da carga sobre o lombo do asno.

— O rio devorou todo o sal e o açúcar, sem abrir as sacas!

Todos voltaram a tremer retrospectivamente. Por pouco haviam escapado do afogamento pelo rio ou pelo naga. Tão logo engolira seu susto, o guru deu um segundo grito:

— Acabo de contar e de recontar o grupo; éramos treze no começo, agora somos apenas doze. Se não tiver ficado na outra margem, um dos nossos afundou.

A angústia voltou, bloqueando a respiração e apertando a garganta. Um de cada vez contou seus companheiros. Sem dúvida, eram apenas doze.

Aproximaram-se com desconfiança do rio para chamar: "Oou, oou, onde está você?" Mas ninguém respondia. Estarrecidos e atordoados, puseram-se a correr ao longo da margem, gritando sem parar: "Oou, oou, você está ouvindo?"

Um cavaleiro que passava por um caminho perto dali perguntou o que estavam procurando.

— Na outra margem do rio, agorinha mesmo, éramos treze. Atravessamos de mãos dadas, juntos, e agora somos apenas doze. Um de nós continuou na outra margem ou foi agarrado pelo terrível naga que habita nessas águas. Ele pegou de nós, sem abrir as sacas, o sal e o açúcar que nosso asno transportava!

O homem olhou atentamente para eles, contou-os com um olho e, com o outro, piscou.

— Gente corajosa — disse-lhes —, vocês estão com sorte. Sem querer me gabar, sou um poderoso mago. Posso fazer voltar seu irmão, caso vocês possam pagar por sua ressurreição.

— O sal e o açúcar também voltarão? — perguntou o guru Paramartha.

— Não. Se eu retirar tudo do rio, o naga pode se zangar; o sal e o açúcar têm mais gosto que o homem, e por isso ele o soltará mais facilmente.

Eles aceitaram o negócio sem hesitar. Estavam de acordo em lhe oferecer seu asno, suas provisões e seu pouco dinheiro a fim de recuperar seu companheiro que faltava.

O mago desceu do cavalo, esparramou a lama na beira do rio, rugiu alguns sons surdos e pediu que se ajoelhassem em círculo. Depois curvou cada cabeça até o chão, imprimindo na terra molhada o nariz de todos os do grupo. Por fim, sério, pediu que contassem o número de marcas na lama.

— Treze, há treze marcas!

— O senhor nos devolveu nosso companheiro!

Todos se desfizeram de seus bens e os entregaram alegremente ao mago.

— Um de nós estava perdido e ele o reencontrou... Que maravilha!

Quanto ao mago, não ficou esperando a sequência dos acontecimentos. Safou-se a cavalo.

— Quem perde a si mesmo, perde tudo! — gritou ele, tomando distância.

Não tendo visto há tempo tão proveitosa jornada, enquanto as águas riam, ele prometeu a si mesmo que, na próxima ocasião, iria oferecer flores para o rio e para seu naga.

Na Verdade

O eremitério do asceta ficava na encosta. Era uma gruta formada pelas águas que jorravam entre duas camadas de rochas. A camada de baixo era cinzenta, e a de cima vermelha. Sua diferença lembrava ao habitante local que ele vivia, neste mundo, entre duas realidades, uma visível e outra invisível, entre sonho e despertar, entre a verdadeira ilusão e a realidade indizível.

Diante dele o rochedo se precipitava; o chão desaparecia para reaparecer mais abaixo, fendido em rochas, em seixos polidos pelas enchentes do rio, em areia cinzenta. Lá embaixo, na outra margem do Ganges, as árvores desciam tão baixo que os primeiros troncos saíam da água. Nenhum caminho sulcava a montanha inacessível. Todavia, bandos de macacos corajosos saltavam de galho em galho, brigavam entre si, catavam os piolhos mutuamente, ou olhavam de lado, abrindo grandes olhos e coçando negligentemente as pernas, sonhadores em meio à algazarra.

Nesse lugar o próprio Vashíshta havia meditado, e mais tarde o grande Shankára. Muitos sábios e noviços a caminho das fontes do Ganges haviam parado aqui, enchendo o lugar com um clima de paz e doçura. Até os demônios evitavam o lugar e as serpentes deslizavam à vontade.

Um veado assustado saltou para todos os lados, procurando uma saída. Vendo o monge, sobressaltou-se e, farejando o vento, escapou para o matagal. As aves voaram às pressas, enquanto uma vaca troteava atrás do veado, atravessando um raio de sol. Restou apenas o rumor do rio; os animais estavam quietos e até os insetos não zumbiam.

Chegaram então alguns açougueiros, patinhando pela margem. Procuravam a vaca que havia escapado a sua vigilância. Falavam alto, sua emoção alterava o ar, ecoando sobre as pedras e o mato, perturbando a harmonia do mundo. Ao perceber o monge, aproximaram-se com grandes passadas:

— O senhor viu passar nossa vaca?

— A vaca de vocês? Como é que um ser vivo, além de vocês, pode lhes pertencer?

— Senhor, a coisa é séria. Compramos uma vaca e ela fugiu. O senhor a viu?

— Como era o pelo dela?

— Era ruivo sobre fundo branco, senhor.

Ruivo sobre fundo branco: era ela, de fato. Como entregar a açougueiros esse animal que queria viver? Mas, por outro lado, como mentir? O Maabárata não conta que o próprio Yudishtíra, filho e manifestação da Lei Cósmica, teve de passar um dia no inferno por ter falseado a verdade uma só vez em sua vida?

O asceta fechou os olhos, procurando a resposta justa. Viu dentro de si a efervescência do combate dos Kaurava contra os Pandava, a situação bloqueada por tanto tempo, que Drona, o chefe de armas de todos os adversários, combateria. Ouviu a voz forte de Bhima anunciar a morte de Ashwathama, o filho e a única razão de viver de Drona. Ouviu Drona dizer: "Só acreditarei se um homem que nunca mentiu o disser a mim". Então ele viu Yudishtira, o homem que jamais havia mentido, adiantar-se e dizer em voz alta e forte para salvar seu clã: "Ashwathama morreu!", e depois, baixinho: "O elefante Ashwathama", pois um elefante com esse nome, de fato, acabara de ser morto.

O silêncio meditativo do asceta aguçou os açougueiros:
— Viu a vaca, senhor?
O monge entregou-se a Deus e ouviu-se a responder:
— Vejam só, como eu poderia ajudar vocês? Aquele único que vê na realidade não fala, ao passo que aquele que aqui fala é cego e ignorante!

"Mais um pobre louco" – pensaram os açougueiros. Fizeram ainda uma batida pelo campo em torno do eremitério e logo desapareceram.

Muletas

O rei caiu do cavalo. Quebrou tão gravemente as pernas que ficou sem o uso delas. Aprendeu então a andar com muletas, mas suportava muito mal sua invalidez. Ver ao redor de si as pessoas com saúde de sua corte tornou-se coisa quase insuportável e acabou com seu humor. Recusou mostrar-se diminuído. "Como não posso ser igual aos outros – pensou ele certa manhã de verão –, todos deverão ficar iguais a mim". Mandou então publicar nas aldeias e povoados a ordem definitiva para que cada um usasse muletas, sob pena de morte imediata. No dia seguinte, o reino inteiro ficou povoado de seres humanos inválidos.

De início, alguns provocadores saíram em público sem muleta. Foi sem dúvida difícil capturá-los na corrida, mas todos foram cedo ou tarde presos, condenados e executados, para que servissem de exemplo. Ninguém ousou repetir a provocação. A fim de garantir a segurança dos filhos, as mães ensinaram logo as crianças a andar de muletas. Era preciso fazer isso, e assim foi feito.

O rei viveu por muito tempo. Diversas gerações nasceram sem jamais ter visto alguém caminhar livremente sobre as duas pernas. Os mais velhos desapareceram, sem nada dizer sobre seus antigos passeios, sem ousar semear no espírito dos filhos e netos o perigoso desejo de uma caminhada independente.

Quando o rei morreu, alguns anciãos tentaram livrar-se das muletas, mas era demasiado tarde, pois o corpo cansado doravante precisava delas. Os restantes, na maioria, não sabiam mais se manter de pé. Continuavam prostrados sobre algum assento ou deitados em um leito. Essas tentativas isoladas foram consideradas como doces delírios de velhos caducos. Fizeram esforço para contar que outrora as pessoas caminhavam livremente, sem muletas, mas eram tratados com pena, com a serena indulgência concedida aos caducos.

— É claro, vovô, claro. Sem dúvida era o tempo em que as aves tinham dentes no bico!

Com riso no canto dos olhos e uma piscadela entre si, meneavam a cabeça ao ouvir a voz do ancião, antes de rir às escondidas.

Longe, no alto de uma montanha, vivia um velho forte e solitário que, logo que o rei morreu, sem hesitar atirou as muletas no fogo. Com efeito, há anos, jamais havia usado as muletas em casa ou quando estava sozinho no meio da natureza. Ele as usava na aldeia, a fim de evitar problemas, mas, como não tinha esposa nem filhos, não se privara do prazer de sua bela e boa caminhada. Não havia contado isso a ninguém além de a si mesmo, e ainda assim, muito secretamente! No dia seguinte, foi valentemente até a praça da aldeia, e levantou-se, diante dos aldeões enfeitiçados:

— Escutem-me! Precisamos recuperar nossa liberdade de movimento, e a vida pode retomar seu curso natural, porque o rei inválido doravante está morto. Peçamos que seja revogada a lei que obrigava os seres humanos a andar de muletas!

Todos o olhavam, e os mais jovens se sentiram imediatamente tentados. A praça logo ficou pululando de crianças, adolescentes e outros esportivos que procuravam andar sem muletas. Houve risos, quedas, esfolamentos e contusões, mas também alguns membros quebrados porque os músculos das pernas e das costas jamais haviam aprendido a carregar o corpo. O chefe de polícia interveio:

— Parem, parem! Isso é muito perigoso. Você, velho, vá vender seus talentos nas feiras. É evidente que os seres humanos não foram feitos para andar sem muletas! Veja o que sua loucura provocou de feridas, inchaços e fraturas! Deixe-nos viver normalmente. Desapareça, e se quer viver tranquilo, não tente mais desviar essa bela juventude!

O ancião deu de ombros com desdém e voltou a pé para sua casa.

À noite, ele ouviu bater discretamente a sua porta. Era tão leve que atribuiu o ruído a um galho agitado pelo vento. Não abriu. Então alguém bateu claramente à porta.

— Quem é? O que quer? — perguntou ele.

— Abra, vovô, por favor — sussurrou uma voz.

Ele abriu.

Dez pares de olhos brilhantes o olhavam ardorosamente. Um moleque se adiantou e murmurou:

— Queremos aprender a andar como o senhor. O senhor aceitaria tomar-nos como discípulos?

— Discípulos?

— Sim, Mestre, é o que desejamos.

— Meus filhos, eu não sou um mestre, eu não sou mais que um ser humano em bom estado de caminhada, no sentido mais simples da palavra.

— Mestre, por favor — suplicaram eles.

O ancião teve vontade de rir, mas, olhando-os por um momento, ficou comovido. Compreendeu que a questão era grave, e até essencial: esses meninos eram corajosos, ardorosos, cheios de vida. Eles carregavam as oportunidades do futuro. Então abriu largamente a porta para acolhê-los.

Durante meses, sem dizer nada a ninguém, eles foram sozinhos ou em dois de cada vez, para ser discretos. Quando ficaram bastante hábeis, foram a pé, juntos, para a aldeia.

— Vejam — disseram eles. — Olhem bem para nós! É fácil e é gostoso! Façam como nós fizemos!

Uma onda de pânico invadiu os corações temerosos. Franziram a testa, apontaram-nos com o dedo, ficaram muito apavorados. A polícia veio a cavalo para acabar com o escândalo. O ancião foi preso, levado ao tribunal, condenado segundo o edito régio e executado por ter pervertido dez inocentes.

Seus discípulos, revoltados com o tratamento infligido ao mestre, gritaram alto nas praças que eles andavam e se achavam bem, mostrando a quem quisesse vê-los como era confortável ter as mãos livres e as pernas ligeiras. Suas demonstrações foram julgadas como falácias. Foram julgados e atirados na prisão. Considerou-se, entretanto, que haviam sido arrastados ao erro e lhes concederam circunstâncias atenuantes, e assim foram condenados somente a penas ligeiras. Alguns obstinados não quiseram renunciar à pretensão de que era preciso andar sem muletas. A comunidade inquieta, ferida em seus costumes pela estranheza deles, expulsou-os prudentemente para longe do povoado, aconselhando-lhes uma carreira nas feiras. Para os que restaram e que de fato insistiam demasiado, por vezes foi preciso aplicar estritamente a lei; em geral, entretanto, foram antes considerados com comiseração e tratados como os loucos do povoado, e mantidos bem longe das crianças ou das boas famílias.

Ainda hoje, sussurra-se, de noite, no serão e às escondidas, que, apesar de tudo, existem, cá e acolá no mundo, pequenos grupos que não parecem loucos e que pretendem andar sozinhos, sem muletas. Mas isso é impossível verificar e, por esse motivo, dizem às crianças que essas coisas são contos da carochinha.

O Indizível

— Mestre, por que os textos deixados pelos Sábios dos tempos antigos, que descreviam o Absoluto, do qual eles tinham a sublime visão, hoje não conseguem fazer-nos ver Aquilo que Ele é?

— Nossa ignorância e nossa cegueira nos impedem de compreendê-los.

— No entanto, Mestre, somos alguns eruditos atentos e sedentos de estudo. Não somos tão estúpidos assim!

O mestre fez uma pausa, contemplou seu espírito em que dançavam imagens e, por fim, sorriu e tentou uma explicação:

— Somos parecidos com dois cegos de um longínquo país que quiseram conhecer esses animais chamados elefantes, dos quais todo mundo falava depois que um príncipe relatara suas viagens. Um cornaca os levou até seus animais. Os elefantes estavam interessados nesses homens que se aproximavam deles sem nenhum dos gestos com os quais os seres humanos, impressionados ou seduzidos, os haviam habituado. Do fundo de suas trombas empreenderam uma séria pesquisa em relação a esses dois visitantes.

O primeiro cego, concentrando-se vigorosamente, disse:

— Eu sei o que é um elefante: ele é uma espécie de grande serpente!

— Não — disse o outro, tateando prudentemente — ele é, em vez disso, um tronco de árvore flexível!

Como os elefantes os empurravam, eles ficaram comprimidos por seus grandes corpos. O primeiro, imobilizado entre as patas dianteiras, exclamou:

— Ele é como uma floresta cujos troncos estão perto um do outro!

— De modo nenhum! Ele é um enorme saco suspenso acima do chão — respondeu o segundo, ao passar debaixo da barriga de um elefante.

Estavam errados ou tinham razão?

— Mas, Mestre, eles não podiam ser ignorantes a esse ponto. Eles eram cegos, sem dúvida, mas os aldeões lhes haviam descrito esses animais, e assim eles podiam deles ter uma ideia suficientemente adequada.

— É de fato possível imaginar aquilo que não vimos, nem sentimos, nem degustamos, aquilo que ultrapassa nossa compreensão? Ou somos como as duas rãs que, depois de uma forte chuva, conversavam à beira de uma poça. A mais jovem escutava a mais velha lhe dizer que existia um lugar um pouco distante que continha tanta água que muitas rãs aí poderiam viver juntas. A jovenzinha tinha respeito pela mais velha, mas essa ideia lhe pareceu exagerada. Quando o sol voltou e a poça diminuiu, a mais velha foi sem hesitar para o pântano. A mais jovem hesitou, praguejou, e finalmente aceitou arriscar seu conforto em via de extinção para encontrar o pântano prometido. Elas depressa mergulharam alegremente na água estagnada. Uma rã que ia embora murmurou:

— É impossível viver aqui, apertada nessa água suja! Sigam-me, e mostrarei a vocês uma lagoa em que a água é límpida. Ela é tão extensa que é preciso um dia inteiro para ir de uma margem à outra.

As recém-chegadas se olharam com conivência: essa rã tinha perdido a cabeça, pois estava deixando esse lugar único em troca de um sonho, uma ilusão. Com certeza ninguém jamais lhes havia falado de uma poça tão grande que seria preciso um dia inteiro a nado e aos saltos para atravessá-la. Tentaram fazê-la pensar, não conseguiram e ficaram olhando-a partir para sua perdição. As aves de rapina piavam, pousadas sobre um galho.

— Amanhã comeremos aquelas duas — diziam as aves. — Pena que a terceira está emigrando para a lagoa, que é demasiado grande e lá não a encontraremos. Mas, que importa? Teremos duas e, no tempo em que estamos, é melhor que nada.

As rãs, ao ouvirem essas palavras, ficam por um momento assombradas. Acabaram se perguntando se não teriam sido estúpidas, e chamaram a terceira.

— Se você de fato conhece o caminho para a lagoa, estamos prontas para segui-la.

Quando chegaram à margem da lagoa cintilante, seus grandes olhos redondos ficaram ainda maiores.

— Maravilhosa! — disseram elas. — Então era possível!

Elas mergulharam profundamente. Lá no fundo elas emudeceram, ouvindo um bando de peixes se queixando lamentavelmente. Os pescadores haviam-nos pego ainda pequenos em um lago imenso e os haviam atirado nessa lagoa estreita como uma jarra. Que tristeza, que saudade dilacerante! As rãs lhes perguntaram o que podia ser um lago. Era — responderam — o próprio reino da água. Eles nunca haviam visto suas margens, embora os mais velhos deles haviam contado que um lago não era sem limites. Uma gaivota, que voava rasante sobre as ondas, ouviu a conversa e zombou pesadamente, dizendo:

— Um lago não é nada perto do oceano. Sobrevoei sua imensidão e nunca vi sua extremidade; talvez ela nem exista...

As rãs e os peixes escutavam. Suas experiências passadas lhes permitiam doravante admitir que não conheciam toda a água do mundo. Ficaram tentando imaginar o que poderia ser um oceano.

— Quantos dias seriam necessários para percorrê-lo inteiro?
— Eu, francamente, ignoro, pois ele não tem fim.
— Quantas famílias de rãs e de peixes poderiam nele viver?
— Todas as rãs do mundo juntas com todos os peixes dos mares, dos lagos e das lagoas não chegariam a enchê-lo.
— Como isso é possível? — perguntavam as rãs, sonhando.

— Então seríamos como rãs cegas? Os sábios de outrora tentam descrever-nos aquilo que nossas mentes não podem medir, incluir, compreender.
Os discípulos menearam a cabeça, ainda tentaram desesperadamente encontrar exemplos e palavras para imaginar o indizível. Falaram, questionaram, discutiram, se opuseram, argumentaram, pois é difícil ficar calado quando não se tem nada a dizer!
O mestre de repente interveio, e os deteve de uma vez:
— Parem! As palavras matam a Realidade!

O Destino

Anil, ao dormir, ouviu um suspiro, um leve roçar. Acordou com forte pressentimento, e viu a serpente venenosa deslizar para fora do quarto. Primeiro respirou, aliviado por ter sido poupado. Depois virou-se para a esposa e os filhos, e viu que estavam azulados, envenenados, mortos. A cólera o tomou e, tomando seu punhal, correu como um possesso, perseguindo o assassino.

Chegaram quase juntos à margem do rio em que um jovem touro cortejava uma novilha. Repentinamente a serpente se transformou em um touro soberbo, de pescoço largo, porte estreito e musculoso, cabeça forte e negra. Ele se aproximou da novilha, que pareceu hesitar. Os dois machos, de focinho queimando, se confrontaram face a face. Suas patas dianteiras raspavam a terra com selvageria. Os dois lutaram até a morte e foi o touro jovem que pereceu. Enquanto a novilha farejava seu amante morto e procurava com o olhar o vencedor, ele já se transformara em ovelha.

Anil poderia ter se precipitado sobre a ovelha para a degolar, mas não deu um passo, com o coração aos saltos pelo que acabara de ver. Seu espírito exigia saber, compreender. Quem seria esse estranho ser? Até de manhãzinha ele se manteve a distância. Logo cedo um homem veio fazer suas abluções. Vendo a ovelha, foi examinar suas coxas e suas orelhas e nelas não encontrou qualquer marca. Aparentemente ela não pertencia a ninguém, exceto, talvez, a esse homem que a observava a alguns passos. Então ele também o olhou.

— Ela é sua? — perguntou a Anil.
— Não, não! Desconfie dela!
— Por quê? É um belo animal. Vou levá-lo para casa. Se alguém a reclamar, mostre-lhe minha casa, logo atrás da sua.
— Que o Deus amado proteja você!
— Ele sem dúvida me quer bem: veja o belo animal que me está dando.

E o homem pousou a mão sobre a cabeça da ovelha. Ela o seguiu docilmente. Ele a amarrou perto de sua porta com uma corda suficientemente longa para que pastasse à vontade. À noite, levou-a para seu redil. Anil cochilava, esperando no rio para ver o que aquele ser iria aprontar. A ovelha transformou-se de novo em serpente venenosa, picou todos os carneiros do redil, deslizou até a casa, ficou aí o suficiente para matar o homem e sua esposa, e depois foi embora, rastejando em direção à aldeia próxima.

Quando estava para atravessar o pequeno muro do recinto, ela se transformou em uma jovem mulher, vestida com a seda vermelha das jovens casadas. E ficou descansando à sombra de uma árvore.

Dois homens se dirigiam até ela. Ela imediatamente se pôs a gemer e a chorar.

— Quem é você, e por que essas lágrimas? — perguntaram os homens. — O que faz uma jovem casada, sozinha à beira do caminho?

— Sou uma filha honrada da casta dos guerreiros, e meu jovem esposo me levava para a casa dele para nossa noite de núpcias. Quando ele sondava o vau do rio, uma árvore seca que boiava o empurrou e o abateu; ele caiu na água e desapareceu no remoinho. Ele não sabia nadar. Da margem em que eu estava, não pude ajudá-lo.

— Minha bela senhora — disse o mais velho —, somos irmãos da mesma casta que você. Como seu casamento não foi consumado, nada de sagrado liga você àquele homem. Não chore. Eu me casarei com você e você será a rainha de minha casa.

Eles partiram novamente para a aldeia, seguidos por Anil. Quando entraram em sua casa, primeiro sozinhos, para anunciar a grande notícia para sua mãe, a jovem mulher virou-se para Anil e disse:

— O que quer você? Por que está me seguindo?

— Quem é você? Eu quero saber.

— Eu sou a morte. Deixe-me trabalhar. Eu não vim para você.

— Você tomou meus filhos e minha esposa. Minha vida não vale mais nada. Tome-a, se você quiser.

— Eu a tomarei, mas na hora certa.

— Onde, quando? Diga-me!

Os irmãos voltaram com sua mãe, e ela respondeu depressa:

— Voltaremos a nos encontrar em um rio, e você morrerá afogado!

Depois ela se dirigiu a esses três seres que a acolhiam sorrindo. Anil quis preveni-los, impedir que a morte golpeasse pessoas tão calorosas. Mas não o fez. Eles não acreditariam. Então foi embora até a margem do rio, e lá esperou a Morte, porque sua vida naquele dia não tinha mais sentido. Sabia que ela não iria demorar. Ouviu os dois irmãos disputarem a mulher, seus palavrões e ameaças, o barulho de sua luta, o silêncio terrível e os gritos da mãe. Viu a mulher partir, correndo, e se transformar em um pássaro que desapareceu dentro de uma nuvem.

Anil voltou para casa a fim de realizar os ritos funerários pela esposa e pelos filhos. À tarde, continuou prostrado à margem do rio e seu espírito se perturbou: ele trouxera os corpos ainda cheios de vida até o campo crematório, vira as chamas envolvê-los, ouvira os crânios estalarem na fogueira. Em alguns minutos, a fogueira havia-se desfeito. Tudo o que deles restava poderia caber nas duas mãos juntas. E então pensou, com pavor: "O que é a vida? O que existe para além das chamas?" Ele não queria mais morrer, e fugiu, procurando um lugar sem água para não se arriscar ao afogamento.

Atravessou as aldeias, os povoados, as montanhas, e chegou a um deserto. Havia lá uma grande fazenda. Pediu trabalho. Ele era jovem, forte. Foi imediatamente contratado. Confiaram-lhe o cuidado dos cavalos e dos camelos. Ele gostava dos animais, e os animais também gostavam dele, e se apaziguavam com sua companhia. A senhora da casa havia morrido por ocasião do nascimento de seu último filho, deixando um esposo em sofrimento e filhos desamparados. Anil gostava também dos filhos, que lhe lembravam os seus. Criou afeto por eles, e eles encontraram nele um amigo, quase uma segunda mãe.

Os meses e os anos passaram. Um dia, o fazendeiro decidiu realizar uma peregrinação com seus filhos a fim de afastar a má sorte que os havia privado de braços maternos. Logo estariam na idade de se casar e era preciso assegurar-lhes amanhãs límpidos. Os preparativos para a viagem foram alegres, despreocupados. Os filhos tinham pressa de descobrir os caminhos novos, a relva das planícies, as árvores das florestas, os rios e as montanhas dos quais mil vezes já lhes haviam contado as belezas.

Estavam todos alegres, batendo os pés de impaciência. Apenas o mais novo estava triste. Ele não conhecera sua mãe. Do amor conhecia apenas a pacífica voz de Anil, as canções de Anil, os contos de Anil, as grandes mãos rudes de Anil sobre sua fronte quando estava com febre. Esse filho, que ainda era jovem, não queria partir, não queria deixar Anil. Seu pai o consolou, prometendo:

— Então Anil virá conosco! Ele cuidará das bagagens, dos cavalos, dos camelos.

Anil começou a sorrir, e perguntou:

— Para qual lugar santo vocês irão?

— Para Mathura — respondeu o pai —, junto do rio Yamuna. Iremos orar a Krishna, o esposo de mil pastoras, que escapou à morte quando ainda era criança de peito. Depois iremos até a margem do Ganges, a mãe que alimenta a Índia, a fim de que as mães futuras de nossa família fiquem protegidas para sempre.

— Pena que não poderei ir! — exclamou Anil.

— Por quê? Você deixaria esse menino chorando sua ausência? Como pode ser tão cruel com ele?

Anil não queria morrer. Não podia ir até a margem do Yamuna nem perto do Ganges, porque gostava da vida, gostava dos meninos e não queria se afogar.

— Senhor, sei de fonte segura que morrerei afogado. Não quero me aproximar de um rio. O Yamuna e o Ganges são lugares que me deixam apavorado.

— Combinemos que você não chegará perto do Yamuna em Mathura nem perto da margem do Ganges, mas que em todos os outros lugares você irá conosco. Assim você estaria de acordo?

— Diga que sim, Anil, diga que sim! — gritava o menino, puxando sua manga.

Anil acariciou a cabecinha morena, sorriu para as amêndoas negras que o olhavam cheias de esperança. Meneou a cabeça, murmurou um pequeno "sim", decidido a não se aproximar dos rios.

Partiram para Mathura. Os peregrinos eram tão numerosos ali que tiveram de montar acampamento longe das águas do Yamuna, fora das muralhas da cidade. Anil guardava os camelos e as tendas, enquanto os outros realizavam sua peregrinação.

Depois se dirigiram para junto do Ganges; foi-lhes possível aproximar-se de sua margem, saindo das grandes cidades santas, para os campos. À beira do rio, Anil guardava os animais, montava as tendas, vigiava o acampamento com as costas obstinadamente viradas contra a corrente. Evitava até olhar de relance por cima do ombro.

De repente um grito deixou-o gelado: o filho mais novo, de quem ele gostava, tinha escorregado do último degrau da escada de acesso ao rio, e a água remoinhava em torno dele.

Com o coração desenfreado, ele correu, segurou a mão estendida, puxou e levantou o menino, pondo-o sobre o degrau. Quando ia se afastar das águas sombrias, uma pedra que estava debaixo de seu pé rolou, ele caiu na correnteza, foi tomado pelo remoinho e arrastado para o fundo.

— Eu o esperava, Anil... — disse-lhe um peixe branco. — Sou sua Morte. Siga-me. Ninguém escapa de seu destino!

Vitória!

O rei Yudishtira era a virtude consumada. Certo dia, um miserável aproximou-se de seu trono, prostrou-se, levantou a cabeça, estendendo as mãos suplicantes e solicitando sua ajuda.

— Venha me ver amanhã cedo — respondeu o soberano —, e farei por você tudo o que puder.

Bhima, irmão do soberano, que era chamado de "o Terrível", passava por ali. Ouviu a resposta. E foi embora imediatamente, a fim de fazer tocar o sino das celebrações excepcionais, aquele que soava apenas nos dias de vitória, de matrimônio principesco, de nascimento régio e de outros grandes acontecimentos, tão raros quanto felizes. A multidão acorreu, curiosa e pronta para a grande alegria. O próprio Yudishtira veio à grande praça a fim de se informar.

— Será que me esqueci de um grande dia, uma festa? — pensou. — Quem teria ordenado que o carrilhão real fosse tocado?

— Fui eu, Bhima — respondeu-lhe seu irmão.

— Diga-nos, Bhima: o que merece ser tão celebrado assim?

— A vitória do rei sobre a morte invencível! Ele arrancou dela uma jornada de vida!

— Meu irmão, o que você está cantando? Não venci ninguém, e muito menos a morte!

— Um homem veio solicitar sua ajuda e você a prometeu para amanhã cedo. Deste modo fico sabendo que pelo menos até o próximo sol você tem a certeza de não morrer. Não é uma vitória sobre a morte? Uma grande vitória!

Yudishtira cumprimentou-o rindo, mandou chamar o miserável e fez o que devia, sem esperar o amanhã.

Peregrinação

Os aldeões de Dehu, que partiam em peregrinação até a montanha de Shiva, pediram que Tukaram os acompanhasse, mas o santo homem recusou a oferta. Ele se considerava demasiadamente cansado para um itinerário tão longo. Em vez disso, para aliviar a decepção deles, confiou-lhes uma das duas cabaças que escavara em abóboras amargas.

— Levem-na com vocês a todos os lugares santos pelos quais passarem. Em todo lugar em que encontrarem águas santas, encham a cabaça.

Felizes por lhe poderem ser úteis, encarregaram-se de bom grado da cabaça.

— Nós nos comprometemos a realizar escrupulosamente seu desejo — disseram eles, e em seguida partiram.

O caminho era longo, às vezes fatigante, e esfalfava os mais velhos. Quando chegavam às margens do Ganges, uma velha senhora extenuada sentou-se à beira do caminho e pôs-se a chorar.

— Sonhei tanto com o monte Káilas! Que infelicidade! Não o verei nesta vida. Faltam-me forças.

— Vovó, se deves ficar aqui, sem dúvida essa é a vontade de Deus. A senhora poderia permanecer junto deste templo até nossa volta. Não a esqueceremos e traremos para a senhora água da fonte santa.

A velha senhora estava desolada, mas reconheceu-se incapaz de continuar. De manhãzinha, ela os acompanhou até o caminho e voltou lentamente para o templo. Entrou e foi orar junto da estátua que representava Ganésha.

— Tu, que tens a face de elefante e a forma do Aum, Senhor Ganésha, filho de Shiva, Tu que és forte como um búfalo, protetor das multidões, Tu que és o guia que garante o bom sucesso, abençoa a peregrinação deles e ajuda-me a aceitar não poder realizá-la também.

Diante de seu fervor, Ganésha se animou.

— Vovó — disse ele —, a senhora estará lá antes deles. Vá agora mesmo banhar-se no Ganges.

Febril de esperança, ela foi até o Ganges e nele mergulhou totalmente. Imediatamente ela viu o monte Káilas e a fonte sagrada, ouviu o canto da água, degustou a ternura de Shiva. Ao sair do rio, ela sabia que sua peregrinação fora realizada, e que o monte Káilas torna-se presente quando o coração dele se lembra. E ficou em paz. Partindo novamente com a imagem sagrada no fundo de si, ela estava para sempre junto da Fonte.

Os aldeões, depois de muitos dias de marcha esgotante, chegaram a ver o fim último de sua peregrinação. Estavam fatigados, mas felizes, satisfeitos por terem vencido a fadiga, o medo, as mil armadilhas do caminho. Quando estavam se aproximando do santuário, alguns homens correram até eles e puseram-lhes tantas questões que suas cabeças ficaram atordoadas. Eles insistiram, tornando-se até grosseiros. Repentinamente um dos peregrinos se zangou:

— Afastem-se de nós! Viemos para orar, e não para tagarelar. Um pouco de respeito, por favor!

O que estava mais próximo deu um tapa na cabeça do revoltado e riu:

— Que lindos peregrinos! Eis um pote mal cozido, um orgulho reforçado pela viagem e não desgastado pelas pedras do caminho! Logo que disse isso, os questionadores foram embora, dirigindo-se a outros recém-chegados.

Os aldeões, confusos, puseram-se à beira do caminho, oraram a Shiva para que os aliviasse desse eu totalmente inflado e pegajoso. Apenas depois disso tentaram transpor o ponto que fica acima do vazio, agarrando-se de mãos estendidas, pouco seguros de estarem suficientemente puros para escapar da estupidez. Ao vencer sua vertigem, depositaram finalmente diante de Shiva seus corações totalmente queimados pelo desconhecimento, e depois partiram de volta, felizes por terem podido aproximar-se, embora como cegos, da Fonte de todas as fontes.

Quando os peregrinos chegaram, alguns meses mais tarde, junto com a vovó radiante, entregaram a cabaça cheia para Tukaram, que agradeceu vivamente e os convidou para tomar chá. Logo que molharam os lábios em suas xícaras, entreolharam-se com espanto. Um deles teve coragem de expressar a opinião geral:

— É curioso como este chá está amargo. Com o que o senhor o fez?

— Usei a água da cabaça!

— Ela foi escavada em uma abóbora amarga, senhor! A água que nela ficou só pode ser ruim.

— Vocês me deixam espantado — disse Tukaram. — Eu acreditava que uma cabaça amarga que voltasse de tão longa peregrinação se tornasse doce e boa. Para que serve então levar o corpo daqui para lá em peregrinação? Bebam então deste chá aqui.

Eles o beberam, e o chá era doce e perfumado. Tukaram também bebeu, e depois disse:

— Este chá foi feito com a água da segunda cabaça. Eu examinei e lavei o interior dela todos os dias. Essa foi minha peregrinação.

Vidas Cômicas

Durante muitos anos o brâmane havia orado, vivido na austeridade, meditado por longas horas, estudado as Escrituras. Naquela manhã ele foi banhar-se no rio. Uma questão o atormentava: "O que existe realmente depois da morte? Sem dúvida, os sábios e as Escrituras descrevem abundantemente o inverificável além, mas quem de fato sabe quem é verdadeiramente sábio? Quem poderia responder?"

Enquanto se banhava, uma corrente inesperada o atingiu, arrastou e afogou. Seu espírito deixou esse corpo morto para entrar no de uma criança por nascer. Era um menino cujo pai era sapateiro, da casta dos intocáveis. Ele cresceu, aprendeu a profissão de seus antepassados, casou-se com uma mulher da mesma casta, concebeu uma grande família. No fundo dele, entretanto, uma voz fraca repetia: "Você é esse corpo, esse espírito inquieto? Você é esse filho, esse sapateiro, esse esposo, esse pai?" Frequentemente ele ia andar ao longo do rio, procurando uma forma de se libertar dessas questões incômodas, por não encontrar uma resposta aceitável para elas.

Certa manhã, enquanto andava pensativo, um elefante gigantesco, soberbamente adornado, deslizou a tromba sobre sua espádua direita, ao passo que um falcão com anel de ouro pousava sobre sua espádua esquerda. Surgiram então cavaleiros, foram soadas trombetas, e imediatamente ele ficou rodeado e depois foi levado ao palácio. O soberano do país havia morrido sem deixar herdeiro no trono. Por isso, conforme a tradição, seu elefante e seu falcão tinham sido soltos ao acaso a fim de que, em sua inocência, designassem o novo rei. O primeiro homem que eles designassem juntos subiria ao trono. Ele, o intocável, havia se tornado rei. No fundo dele, entretanto, a voz fraca continuava: "Você é esse corpo, esse espírito que raciocina? Você é este filho, esse sapateiro, esse esposo, este pai, esse rei?" Ele não podia mais andar sozinho ao longo do rio; seu pesado cargo o proibia. Então mandou comparecer diante dele todos os sábios, eruditos e monges do reino, e apresentou-lhes sua questão. Todos tinham respostas, semelhantes ou diferentes, mas nenhum lhe apresentava uma resposta que pudesse apaziguá-lo.

A peste abateu-se sobre o reino. Aqueles que haviam aplaudido a eleição do rei escolhido pelo elefante e pelo falcão começaram a ficar inquietos: "Seria mesmo preciso ter aceitado um intocável sobre o trono, ainda que escolhido conforme antigas tradições? Sua presença não teria poluído o reino e seus habitantes?" Disputavam. Houve motins. Alguns se exilaram, outros se lançaram em austeridades terríveis. Pior ainda, alguns se suicidaram pelo fogo. O rei ficou aniquilado. Decidiu remediar o escândalo de modo a apagá-lo totalmente e a purificar o reino para salvaguardar todos esses seres que dele dependiam. E se atirou no fogo.

Imediatamente seu espírito se reuniu com o corpo do brâmane arrastado pelo rio. Ele se deixou levar pelos remoinhos, agarrou-se às raízes que mergulhavam na corrente, por fim alcançou a margem, saiu completamente atordoado da água, e voltou para casa.

Quando passou pela soleira da porta, sua esposa ficou admirada:

— Esta manhã você voltou bem rápido! A água estava muito fria? Você teve tempo de se banhar e de orar?

O brâmane sorriu, mas não respondeu. Ele pensou: "Será que recebi a resposta para minha questão? Teria eu sonhado com esse afogamento e essas vidas de sapateiro e de rei, ou realmente as vivi?"

Alguns dias mais tarde, um homem chegou ao jardim do brâmane. Ele mendigava porque havia fugido, como muitos, do longínquo país de seus pais, assolado pela peste depois que um intocável havia sucedido ao velho rei que falecera sem ter herdeiro homem. O brâmane olhou-o, escutando em silêncio. Sua esposa inocentemente fazia perguntas, e o mendigo respondia com tantos detalhes que era impossível duvidar. Esse homem vinha do reino sobre o qual ele havia reinado pelo tempo de uma vida, ou de um sonho. Deixando sua esposa a alimentar o homem generosamente, ele foi até a margem do rio.

Contemplava a corrente passar sem realmente a ver. "Seria possível? Fui um brâmane e morri. Depois vivi uma vida inteira de sapateiro antes de ser rei de um país maldito. Agora estou aqui, de volta em minha primeira pele, sem dela ter saído, ao menos aparentemente. Aqui, minha esposa fica admirada por eu ter voltado tão depressa. Nem ela nem nossos filhos envelheceram um dia sequer. Vidas cômicas!"

Então ele se lembrou de uma página do Yoga Vashíshta em que o rei Janáka, ao despertar, perguntou a seu guru: "Sonhei que era um mendigo que sonhava que era uma borboleta. Quem sou eu: o rei Janáka, um mendigo ou uma borboleta?"

Ele voltava cabisbaixo, andando lentamente, e uma outra questão o assaltava: "O que é a vida? Onde está a verdadeira realidade?"

Espelhos

Um homem muito cheio de si mandou revestir de espelhos todas as paredes e o forro de seu mais belo quarto. Com frequência ele se fechava ali, contemplava sua imagem, admirava-se detalhadamente, a partir de cima, a partir de baixo, de frente, por trás. Com isso ele se achava totalmente reanimado, pronto para enfrentar o mundo.

Certa manhã ele saiu daquele quarto sem trancar a porta. Seu cão entrou. Ao ver outros cães, ele os farejou; como eles também o farejavam, ele grunhiu; como eles também grunhiam, ele os ameaçou; como também o ameaçavam, ele latiu e se atirou sobre eles. Foi um combate medonho: as batalhas contra si mesmo são as mais ferozes que existem! E o cão morreu, extenuado.

Um asceta passava por ali enquanto o dono do cão, desolado, mandava emparedar a porta do quarto com espelhos.

— Esse lugar pode ensinar muito a você — disse ele. — Deixe-o aberto.

— O que o senhor quer dizer?

— O mundo é tão neutro quanto os espelhos que você tem. Conforme sejamos admirativos ou ansiosos, ele nos devolverá a mesma coisa que lhe damos. Se você estiver feliz, o mundo também estará. Se inquieto, ele também ficará. No mundo nós combatemos sem cessar nossos reflexos e morremos no confronto. Que esses espelhos ajudem você a compreender isto: em cada ser e a cada instante, feliz, fácil ou difícil, não vemos nem as pessoas nem o mundo, mas apenas nossa própria imagem. Veja isso e todo medo, toda rejeição, todo combate abandonará você.

O Escravo

Um rico proprietário de terras havia desanimado toda a população das aldeias do arredor. Ele era de tal modo avarento e exigente que todos, um depois do outro, tinham abandonado seus campos. Por falta de braços para cultivar suas terras, logo foi obrigado a deixar grande porção delas em abandono. Obrigava sua mulher e seus filhos a cultivar o resto, ou seja, uma superfície tão extensa que os infelizes estavam esqueléticos, brutalmente fatigados.

Um monge veio a sua porta pedir esmola. Tinha tão boa aparência, tão grande porte, que o avarento não ousou recusar-lhe uma esmola. Mas, como não sabia dar sem receber, depois de oferecer sua magra doação, pôs-se a gemer sobre a má sorte que o condenava, e também sua família, a curvar as costas sobre uma terra que nenhum trabalhador queria cultivar. O monge o escutava atentamente. Quando a queixa terminou, ele fez a saudação e se aprontou para de novo partir. Mas o rico pediu a ajuda daquele desapegado.

— Ajude-me — pediu ele.

— Vou dar-lhe um mantra, fórmula mística e secreta — disse o monge. — Repita-o de coração puro, e fique muito atento aos pensamentos que habitarão em você quando o pronunciar. Esse mantra é tão poderoso que materializa os desejos!

E sussurrou-lhe ao ouvido as palavras secretas, repetindo mais uma vez que era preciso purificar os desejos antes de o utilizar, e depois retomou seu caminho.

Quando a mulher e os filhos voltaram no fim do dia, encontraram o dono da casa de olho vago, murmurando seu mantra. Estava tão entretido que não foi rabugento nem violento. Eles puderam alimentar-se sem que cada bocado lhes fosse reprovado, e ir dormir sem serem criticados e tratados como vagabundos.

No dia seguinte, ele permaneceu de olho vago, murmurando seu mantra. Sua família se alegrava pela mudança nele operada. Começaram a estimá-lo, a encontrar qualidades nele. Por mil dias ele continuou concentrado em seu mantra, obstinado a dizê-lo e repeti-lo sem cessar. No milésimo dia, o fruto de seus desejos apareceu repentinamente diante dele. Era um demônio alto e forte:

— Senhor — disse ele —, sou seu escravo obediente e totalmente devotado a seu serviço. Saiba, entretanto, que farei tudo o que o senhor quiser com a condição de que jamais me deixe desocupado um só instante. Se eu ficar inativo por um instante, minha natureza é tal que imediatamente eu devoraria o senhor.

O bom homem sorriu, pois sabia que suas terras eram vastas e que não estavam sendo cultivadas. O enérgico demônio, pronto para trabalhar para ele, era sem dúvida um presente dos deuses. Então ele o mandou roçar todas as suas terras baldias, e foi, sorrindo, anunciar a notícia para sua esposa.

— Mulher, nossas provações estão acabando. Recebi, como fruto de minhas orações e resposta a meus desejos, um demônio tão poderoso quanto trabalhador. Doravante ele vai cultivar nossas terras.

A esposa se espantou um pouco com aquele presente, mas não ousou questionar nem mostrar sua inquietação.

Na hora em que ele tomou banho e se acomodou para o jantar, o demônio voltou.

— Senhor, já rocei todas as terras baldias.

O senhor ficou espantado com a rapidez, e suspeitou de alguma impostura. Subiu às costas de seu escravo, que repetia:

— E agora, que devo fazer? E agora, qual é meu trabalho? E agora, quais são as ordens do senhor?

— Mostre-me a propriedade e o trabalho que foi feito.

Foram juntos, então, para um giro de inspeção.

Os campos, a perder de vista, tinham sido revolvidos, a terra oferecia seus sulcos às aves que faziam a festa com vermes que apareciam nos torrões úmidos. Os galhos secos debaixo das árvores estavam amarrados em feixes, as árvores frutíferas tinham sido desembaraçadas, podadas e escoradas. O homem ficou maravilhado. Pela segunda vez o demônio perguntou:

— Vou ter mais trabalho ou deverei devorar o senhor?

O outro, de coração palpitando, respondeu-lhe depressa:

— Agora providencie grãos e faça a semeadura.

Era quase noite e as lojas de grãos, situadas a léguas dali, deviam estar fechadas a essa hora. Ele pensava, assim, ter ganhado tempo. Engano, pois não chegara a sentar-se na varanda, e o demônio já estava de volta. Ele havia despertado o comerciante que, apavorado, forneceu-lhe todo o grão que desejava. Também já havia semeado os campos recém-lavrados com um só e amplo gesto.

— E agora? — perguntou ele. — Que devo fazer agora?

— Agora cave uma cisterna para receber toda a água das chuvas de monção, a fim de que minha família e minhas terras jamais sofram sede.

Dito e feito. O tempo de tomar uma xícara do chá que lhe ficou na garganta, e o bom homem encontrava novamente o demônio radiante, orgulhoso de si, que mal partira e já estava de volta:

— Trabalho! Trabalho! Depressa, meu senhor, depressa!

— Cave um poço até o coração da terra, encontre a água que os deuses aquecem para suas abluções e faça-a brotar em um tanque profundo, a fim de que eu possa me banhar à vontade.

O demônio partiu de novo e seu dono desmoronava, pois sabia que, por mais fundo que tivesse de cavar, não seria preciso muito tempo para que seu escravo o devorasse! Sua esposa, vendo-o abatido, inquietou-se com o pânico que também dela se apoderara:

— O que está acontecendo com você?

— Se lhe faltar trabalho, esse demônio vai me devorar. Mas ele age tão rápido que não consigo ocupá-lo por muito tempo!

— É só isso? — respondeu-lhe a esposa. — Não se preocupe. Assegure-se de que ele realize tudo o que deveria fazer, porque cedo você não encontraria um trabalhador com tanta eficiência. Quando não tiver mais nada para lhe pedir, mande-o a mim, e eu o manterei ocupado.

A noite ainda não acabara, e o demônio se postou diante de seu dono. Tinha cavado a terra, encontrado uma fonte quente, canalizado a água, construído um tanque para recebê-la.

— Senhor, seu banho está pronto. O que deseja de mim agora?

— Vá ver minha esposa, pois ela tem trabalho para você. Quando tiver terminado, você poderá devorar-me. Ocupar você dia e noite é um trabalho pesado demais para minha pobre cabeça.

Ele se desolava, lembrando-se de que deveria ter controlado seus pensamentos ao recitar o mantra. "Será que meus desejos eram tão tirânicos e vorazes assim? De qual terrível reencarnação esta vida seria o pagamento?" As lágrimas se derramaram por suas faces e sobre suas mãos. Continuava absorvido, sem ver passar uma primeira noite, depois uma segunda, e depois uma lua. Um longo tempo passou. Reconciliado com a ideia de sua morte, ele saiu de seu torpor. Espantou-se, ao ver que as plantações em seus campos já haviam brotado da terra, pois tantos dias haviam passado. Correu até a casa, temendo que o demônio tivesse devorado a esposa, em vez dele, caso ela não tivesse mais trabalho. A casa estava em paz, alegre. Os filhos cantarolavam, e sua esposa entrou no salão, com um sorriso nos lábios.

— E o demônio? — perguntou-lhe.

— Ah, eu o mantive ocupado! Ele consertou o telhado, aumentou a casa, pintou as paredes, remendou toda a nossa roupa íntima, fiou tecidos para nós, nossos filhos e nossos netos, e depois eu lhe entreguei um fio de meu cabelo.

— Você lhe entregou um fio de seu cabelo? Para qual finalidade?

— Meus cabelos são crespos, como você sabe. Eu apenas lhe pedi para alisar um fio e me entregá-lo liso e esticado.

— E ele, sem dúvida, fez isso. Esse demônio pode fazer tudo.

— Não. Ele tentou. Primeiro o molhou para esticá-lo, mas, ao secar, o cabelo se enrolava como sempre. Então ele o bateu, mas ele ficou com algumas dobras com o tratamento e continuava a ficar crespo. Por fim, querendo endireitá-lo com fogo, ao qual nada resiste, foi até o ferreiro e o submeteu à chama. Quando voltou para me dizer que meu fio de cabelo havia desaparecido, eu lhe pedi que o encontrasse de novo e não voltasse sem trazê-lo.

O bom homem beijou as mãos da esposa. Aliviado, preferiu daí por diante pagar pelo valor de todas as coisas a arriscar-se a ser devorado por seus próprios demônios.

Sri Nag

Sri Nag era um soberbo cobra-naja real. Habitava, com sua esposa Nagíni e seus filhos, um templo dedicado a Shiva. Seus antepassados haviam sido convidados a permanecer ali desde os tempos antigos da construção do templo, conforme a tradição, pois Shiva, o auspicioso, o benfeitor, que reina sobre a morte e sobre as semeaduras, sobre as colheitas e sobre o retorno a Deus, usa um cobra-naja como cordão de casta.

Durante muito tempo os aldeões haviam frequentado o templo sem se preocupar com os cobras-naja; ao contrário, tinham-nos alimentado, cuidado e até orado a eles, considerando-os intercessores entre este mundo e o do deus. Sri Nag ainda se lembrava de que no tempo de seu avô os humanos e os cobras-naja tinham vivido em paz. Era demasiado jovem para compreender por que os aldeões haviam repentinamente desertado o templo, fugindo dos cobras-naja aos gritos, atirando pedras. Seu avô fora massacrado sob seus olhos. Doravante havia entre eles esse odor acre de medo, essa vibração desordenada do solo quando os humanos fugiam pelo matagal.

Com o tempo seu pai também havia deixado este mundo para alcançar as profundezas do Patála, onde os nagas vigiam os tesouros enterrados dessa terra.

Sri Nag protegia o templo que era seu território e o de seu clã. Era um caçador emérito. Alimentava bem sua família e a defendia com galhardia.

Embaixo, na planície, os aldeões viram certo dia chegar um velho monge. Este lhes perguntou o caminho para o templo. Queria ir lá, para orar e descansar. Eles o dissuadiram disso energicamente, e lhe explicaram que esse lugar sagrado era habitado por um perigoso cobra-naja que havia matado muitos homens e mulheres, muitas galinhas e até uma vaca! O velho monge meneou a cabeça. Quis saber aonde então os aldeões iam orar. Eles lhe responderam que cada um ou se refugiara junto do altar doméstico ou resolvera deixar os deuses de lado. O fervor havia diminuído e os jovens conheciam apenas a moral sumária dos animais. Não sabiam mais reconhecer o valor essencial dos seres. Apenas o medo os impelia ao respeito.

O monge há muito tempo já havia pronunciado votos de renúncia e realizado seus próprios ritos funerários, e não temia a morte. Decidiu então encontrar Sri Nag para tentar compreender por que surgira o ódio entre os homens e ele.

O intrépido cobra-naja repousava ao sol. Sentiu o solo vibrar sob um passo humano que se aproximava do templo. Levantou ligeiramente o capelo como alguém que levanta uma sobrancelha, curioso de ver quem passava tão perto, e depois, zangado por causa da ousadia desse homem, ergueu-se, resolutamente cintilante, para advertir o estrangeiro que permanecesse onde estava. Mas o velho monge avançava com passo tranquilo, fixando-o. Sri Nag mostrou sua língua viva. Ela açoitou o ar, nada percebeu do odor acre do medo que, em geral, acompanhava os homens. Seu corpo à escuta do solo também não sentiu essa vibração febril, esse rangido sutil entre corrida e paralisia que esperava perceber. O monge avançava, sorridente. Parou a dois passos do cobra-naja, inclinou-se de mãos unidas e disse:

— Saudações a você, Sri Nag.

Sri Nag permaneceu atento, erguido, balançando o capelo, entre cólera e confiança. A presença do monge lhe parecia calorosa. Então respondeu:

— Saudações a você. Como sabe meu nome?
— Se você vive nesse templo, é sem dúvida porque descende da nobre e antiga linhagem dos nagas, dos quais vejo logo que você tem o nobre porte.
— O que vem fazer aqui? Você não teme a morte?
— Todo corpo que neste mundo nasceu deverá um dia morrer. É a lei natural. Ela não tem importância porque o que eu sou, na verdade, não conhece nascimento nem fim. Vim aqui perguntar por que você guerreia contra os aldeões.
— Eu defendo minha família e meu território da mesma forma que os meus sempre fizeram.
— Os cobras-naja nem sempre foram inimigos dos homens.
Sri Nag calou-se um momento. Lembrou-se confusamente daquele tempo em que os humanos e os cobras-naja de sua estirpe se encontravam todos os dias no templo, tratando-se cortesmente, até calorosamente. Lembrou-se também da morte do avô e das pedras atiradas, desse instante terrível em que tudo se rompera.
— É verdade que outrora tínhamos boas relações, antes que os homens matassem meu querido avô.
— Você sabe por qual motivo?
— Não. O que importa? Eles o assassinaram, e isso me basta.
O velho monge se assentara, e Sri Nag o viu fechar os olhos. Ele por um momento ficou imóvel, indiferente ao mundo, procurando dentro de si uma imagem ou uma resposta para uma pergunta não formulada. Quando, finalmente, se moveu, foi para desenrolar o passado como um rio que corre límpido e tranquilo.
— Eles, de fato, o mataram — disse ele. — Ele havia mordido um menino. Seu avô estava tão velho que seus sentidos enfraquecidos o confundiram. O menino queria repartir a oferta recebida do sacerdote: um doce tão mole que lhe embaraçava os dedos. Seu avô, com dentes vacilantes, agarrou a mão e o doce de uma só vez. O garoto morreu. Os aldeões não compreenderam, e quiseram matar o infeliz culpado. Seu pai e os

seus acorreram para socorrê-lo. Os homens e os cobras-naja se enfrentaram, uns prontos para o ataque, os outros atirando punhados de pedras. A partir disso, os de minha raça têm medo de vocês, e você defende essas terras. Vocês irão viver assim até o fim dos tempos?

— Que eles fiquem na casa deles, e eu fico na minha.

— Na sua?

— Aqui, desde o rio até o caminho no fundo do vale, desde a floresta até os rochedos, desde...

O monge ria. Era incrível, mas ele ria. Sri Nag interrompeu repentinamente seu arsenal de palavras.

— Estou vendo — disse o monge —, estou vendo!

Sri Nag sentiu-se minúsculo, ridículo, pretensioso. Sentia-se desarmado diante desse monge que ria sem violência ou julgamento, que ria como se ele, Nag, o cobra-naja, acabasse de contar uma história cômica. Gostaria de compreender onde estava o humor da situação, gostaria de poder rir também, de achar de novo uma forma de poder, mas a situação lhe escapava totalmente. Estava desconcertado. Precipitava-se no vazio do absurdo cavado debaixo de si, sem nada de familiar a que se agarrar.

— Quem é você? – perguntou o monge.

— Sri Nag, cobra da linhagem dos nagas, senhor deste território.

— Este território... você o levará consigo ao morrer?

— Não, sem dúvida, mas...

— O que você possui de seu para sempre?

— Eu... eu tenho... não sei, eu sou...

— Mostre-me sua linhagem.

— Vejamos... ela está em mim, eu não a possuo!

— Estou vendo aqui apenas um ser, não uma multidão.

— Homem, seja lá o que for, esse território é meu.

— Uma vez que você é o dono dele, pode impedir que o sol o queime, que a chuva o inunde, que as borboletas nele dancem, que a noite o invada?

— Não... não, seguramente. As questões que você coloca são irritantes!

— Ninguém pode ser senhor de outra coisa além de si mesmo. Seja, portanto, senhor de si, ao menos no que puder. Para ser senhor de si, você deve saber quem de fato você é.

"Quem sou eu? — perguntou-se Sri Nag. — Não tenho nada, não sei nada, não sou este corpo que muda, que se transforma sem cessar e envelhece, não sou meus pensamentos que vêm e vão, não sou aquilo que digo que possuo, pois sou aquele que possui aquilo que chama de seu. Sei apenas que sou." Sri Nag ergueu para o céu sua cabeça chata e ficou imóvel. Tudo nele começou a procurar o que ele era de fato, para além da impermanência das coisas. Continuou diversos dias assim, petrificado. O monge permaneceu junto dele até que Sri Nag o ouviu cantar: "Eu sou Isto!" Então ele voltou a este mundo, sentiu novamente a carícia do vento, o perfume da relva ardente, a vibração do ar incendiado pelo sol do meio-dia, a presença amigável do monge. Seu corpo se inclinou, pousou aos pés daquele homem pacífico. Um desejo ardente subiu do mais fundo de si e invadiu sua consciência:

— Mestre, ainda ontem eu era o cordão sagrado que Shiva usa. Hoje eu perdi sua presença sem encontrar a mim mesmo; tenho sede do Ser, ensine-me, eu lhe peço.

Terno, paciente e firme, o velho monge lhe ensinou o caminho da volta para o divino. Ensinou-lhe a aceitação e a não violência. Ofereceu-lhe um mantra para meditar sem cessar. A iniciação solene aconteceu ao pé do lingam, a grande pedra levantada, símbolo material de Shiva, o indizível, o imaterial, o eterno. Depois o Mestre partiu.

— Dentro de um ano — prometeu ele —, voltarei para ver você.

Sri Nag avisou sua família que havia escolhido a não violência, que doravante seria vegetariano, que começaria uma ascese. Nagíni, sua esposa, não podia sozinha cuidar dos pequenos e caçar até nas proximidades da aldeia. Ela se contentou com as ratazanas e os sapos que passavam por sua porta.

Os aldeões, ao verem o monge retornar vivo, de início acreditaram que Sri Nag estaria morto. O velho monge os havia desenganado e assegurado: Sri Nag habitava sempre seu corpo de cobra, mas não os atacaria mais.

As primeiras semanas foram felizes para todos: os aldeões que haviam esquecido uma galinha no mato alto reencontravam-na viva, as crianças que escapavam da vigilância das mães voltavam a ela sempre sorridentes, despreocupadas. Alguns moleques quiseram provar sua coragem, aproximando-se cada dia um pouco mais do templo. Jamais cruzaram com o capelo levantado do cobra-naja e voltavam para a aldeia correndo e rindo, persuadidos de terem vencido todos os demônios de suas trevas. Terríveis como todos aqueles que são tomados pelo pavor e recusam tomar consciência disso, quiseram logo provas de sua ilusória bravura. Um pouco ingênuos, armaram-se de raiva e decidiram fazer Sri Nag pagar pelo medo que dele tinham. Aproximaram-se do templo, removendo pedras, batendo com os pés e com bastões, fazendo barulho para assustar o cobra-naja. Ele deslizava para sua cova, meditando seu mantra, preocupado com a paz que não queria violar.

Com o passar das semanas, julgamentos e raivas se desfizeram nele, como neblina ao sol. Veio-lhe a percepção da unidade das coisas, da presença do Ser vivo em tudo, a todo instante, em todo objeto. Ele deixou pouco a pouco o mantra gotejar em si, meditar dentro de si, não sabendo mais se o estava recitando ou se o som vivo o habitava. Enquanto todo o seu ser pulsava esse canto inefável, ele esquecia seu corpo de cobra-naja erguido ao pé de uma árvore, estirado sobre uma rocha, enrolado ao redor do lingam. Foi nesse estado de feliz abandono que os meninos certo dia o descobriram. Quase todos saltaram para longe, galopando de boca aberta, aos gritos. Apenas um ficou ali, fascinado, mudo. Sri Nag, meditando, não viu nada, não ouviu nada, não fugiu nem atacou.

Quando, por fim, o moleque saiu de seu terror hipnótico, lançou tal grito que os fugitivos acreditaram que ele fora mordido, e que sua morte se aproximava. Foi de repente sua vez de fugir loucamente, enquanto seus amigos, recobrando-se, voltaram armados de bastões e de pedras. Atacaram Sri Nag e o apedrejaram. Enquanto ele tentava uma retirada precipitada, eles o pegaram pela cauda, fizeram-no virar, tentaram quebrar sua cabeça em um rochedo. Quando ele parou de se mexer, o medo deles se acalmou e seu furor passou. Ficaram em suspenso diante do grande corpo ferido, acreditaram-no morto e se consideraram poderosos e corajosos. Voltaram cheios de si para a aldeia, onde sua façanha de início foi celebrada.

Todavia, alguns anciãos se lembraram do tempo em que os homens e os cobras-naja conviviam no templo. Ouvir esses meninos se vangloriarem de ter matado Sri Nag, que havia respeitado seu voto de não violência, fez que eles franzissem as sobrancelhas. Tal crime lhes pareceu injustificável. Ficaram temerosos da ira de Shiva.

Ora, enquanto eles faziam alarde, Nagíni contemplava, estupefacta, o grande corpo destruído de Sri Nag, onde ainda ressoava, obstinado, o mantra. Como se a terrível tempestade não fosse mais que um episódio sem importância. Ela lhe perguntou por que ele, tão poderoso, havia tolerado tamanha afronta. Ele não respondeu. Ela suplicou que ele se curasse e voltasse a ser o protetor do clã, não tanto por ela, mas ao menos pelos filhos. Ele apenas repetia:

— Impossível! Eu prometi ser não violento.

Alguns ratinhos vieram farejar Sri Nag tão perto que Nagíni esperou um instante para vê-lo despertar, fechar seus dentes sobre eles e finalmente retomar forças. Ele se contentou em se abrigar do vento e do sol, que avivavam a queimação de suas chagas, e dos insetos vorazes, que ameaçavam arrancar suas carnes já mortas. Então Nagíni deslizou para fora do templo com seus filhos e partiu para o mais longe possível, temendo que os aldeões voltassem em multidão para acabar com todos eles.

Eles vieram, mas permaneceram no caminho. Sabiam que Sri Nag tinha uma família. Temiam suas represálias, que seriam também as de Shiva. Contentaram-se em conservar seus filhos, suas galinhas e suas vacas a uma distância prudente.

Depois de alguns meses de paz incerta, alguns anciãos da aldeia se apresentaram no templo, com passos vacilantes pela idade. Estavam inquietos. Bastaria que um só dos filhos de Sri Nag tivesse voltado para viver no templo para colocá-los em perigo. Isso não era impossível. Alguns seres fogem de bom grado da terra de seus antepassados diante da menor dificuldade, mas outros a ela se agarram, valorizando mais sua alma do que seu conforto, prontos para arriscar suas vidas em vez de suas raízes. Os anciãos não tinham sido destinados a morrer, mas escolhidos para interceder junto de Shiva. Pertenciam àquela geração que havia alimentado e cuidado dos cobras-naja, em vez de fugir quando o menino fora mordido sem que jamais tivessem compreendido o motivo. Os aldeões esperavam que suas ações pacíficas de outrora alcançassem os deuses. Eles jamais haviam atirado pedras nos cobras-naja.

Ofereceram incenso, guirlandas de flores e orações a Shiva, esperando obter perdão para a aldeia, pois as represálias divinas aniquilavam as colheitas. Desde que os cobras-naja não caçavam mais os ratos, estes se multiplicaram, invadindo e esvaziando as reservas; os sapos também haviam proliferado, comiam os insetos e as abelhas que faziam a polinização, e o mel também se tornara coisa rara. Eles consumiam até os ovos dos peixes nas lagoas. Os pescadores voltavam de mãos vazias.

Passou-se um ano. O velho monge retornou. Percebeu imediatamente que os aldeões o evitavam. Perguntou-lhes então se Sri Nag violara seu voto, se eles haviam sido agredidos.

— Não — diziam eles, meneando a cabeça. — Ele não nos agrediu.

Depois o olhar deles se tornava fugitivo, parecendo que mil coisas urgentes reclamavam sua atenção. Finalmente, um moleque provocador anunciou:

— Eu o matei, eu mesmo, o seu cobra-naja!
— Você matou Sri Nag? Você o matou sozinho?
— Não, meus colegas estavam comigo.
— Por que, diga-me? Por quê?
— É preciso um motivo para matar uma serpente?
— Ele ameaçou vocês?
— Não, ele nem se mexia... Mas poderia ter-nos ameaçado!

O velho monge caminhou para o templo carregado de incenso, de flores, da água do Ganges, de óleo e de um feixe de lenha, a fim de realizar os ritos funerários de Sri Nag. Seu passo era lento e pesado. Um fardo esmagador lhe acabrunhava o espírito: ele pedira que Sri Nag fosse não violento. Ele o havia condenado sem esperança, sem recursos.

Ainda que devagar e pesadamente, Sri Nag reconheceu imediatamente aquele passo, aquele odor, aquela presença. Saiu do templo para vir ao encontro do Mestre. Seus olhares se cruzaram, e uma felicidade imensa tomou conta dos dois. Sri Nag veio pousar sua cabeça cintilante sobre os pés do velho monge. O monge a acariciou com ternura infinita, repetindo:

— Em que estado você está!... Por que você deixou-se atormentar desse modo?

Sri Nag estava tão feliz que se esquecia de responder. Finalmente, perguntou:

— O que eu poderia fazer contra meninos? O senhor não me pediu para ser não violento?

— Sem dúvida, você não devia ferir. Mas o que o impediu de sibilar?

Sri Nag arrastou-se lastimosamente para seu ninho. Sua pele não estava apenas ferida, mas pálida e murcha, pois ele estava sem forças.

— Do que você se alimenta? Onde estão Nagíni e os pequenos? — perguntou o monge, espantado ao ver o ninho claramente desertado.

— Sou vegetariano. Minha família partiu porque eu não caço nem para os alimentar nem sirvo para os defender. Ela não podia mais viver aqui sem proteção.

— Que vergonha para você! O próprio divino Krishna, no Bhagavad Gita, diz que cada um, seja sábio ou guerreiro, deve agir conforme sua natureza. Façam o que fizerem, Sri Nag, os seres voltam sempre a seu estado natural. O primeiro dever de cada um é satisfazer as exigências de seu ser. Quem renega aquilo que ele é, semeia apenas miséria!

Olhou para Sri Nag para se certificar de que ele ouvia o que estava dizendo.

— Veja bem: tudo aquilo que nos separa de nós mesmos e nos leva a viver como um estranho em nossa vida, é mais perigoso do que a morte. Você é um cobra-naja e é sob essa forma que Shiva liga você a ele como cordão de casta, é sob essa gloriosa forma que você é o instrumento divino! O que fazem os cobras-naja? Eles ajudam Shiva em sua tarefa de reintegração, insinuam a morte nos corpos para que o ser, aliviado, reconheça sua Essência imutável, imortal. O Criador fez você um cobra-naja. Você acredita que sabe melhor do que Ele a distinção entre o que é justo e o que é injusto?

— Mestre, o senhor me pediu para cultivar a não violência. Como matar sem violência?

— Matar? Mas quem você acredita ser para acreditar que é capaz de matar? O não-ser não vem à existência, o ser jamais deixa de existir. A morte daquilo que nasceu é certa; os corpos, portanto, têm um fim. Entretanto, o Espírito que os anima é eterno, indestrutível, infinito. Pode-se matar os corpos, e eles renascerão sem cessar, mas não se conseguiria matar o Ser. No Ser estão presentes tanto o efêmero como o imutável. Dele nunca se separaram o tempo, o espaço, os mundos, e dele jamais virá a separação. Apenas Shiva manifesta e reabsorve os mundos. Mesmo sem você intervir, todos os seres que você pretende não matar um dia irão desaparecer. Seja o instrumento, e nada mais. Reconheça que você é nada, não sabe nada, não pode nada, que apenas o Absoluto É. Realize sua ação sem raiva e sem desejo, não reaja. Este cobra-naja que você é deve alimentar-se como um cobra-naja, proteger os seus como um cobra-naja. Krishna dizia que ninguém pode ficar sem agir, ainda que por um instante, porque até a imobilidade é uma espécie de ação. Realize, portanto, as ações necessárias, porque a ação é superior à inação. Viva, conheça-se a si mesmo, conheça o mundo por aquilo que ele é na verdade, pressinta finalmente a unidade de tudo. Então você não experimentará mais a raiva ou o desejo por aquilo que lhe pertence desde toda a eternidade. Saiba que não há ser, móvel ou imóvel, que tenha a menor realidade fora do Ser. Os vivos, o aqui embaixo e o Céu, os homens e os deuses não são mais que palavras, conceitos, facetas do Único, absoluto, infinito.

Sri Nag ouvia de alma aberta o Mestre desdobrar o sentido das Escrituras santas; havia fechado os olhos para melhor ouvir. Uma sensação desconhecida o inundou. Seu corpo de cobra percorria o corpo imenso de Shiva. Ele se tornara o cordão vivo do Deus. Acreditou que abria os olhos, mas parecia ter-se tornado cego para o mundo, pois o que ele percebia era indescritível, demasiadamente desconhecido para que palavras pudessem descrevê-lo.

Abandonando-se a esses prodígios, ele perdeu consciência de todo corpo. Não havia mais nem cobra nem Shiva, nada mais além de uma imensidão, uma vacuidade vibrante, uma plenitude vazia. Por um instante, apenas um instante, ele acreditou ouvir: "Isto, eu o sou". Teria ele próprio dito isso?

O que Sri Nag é hoje,
apenas Sri Nag poderia dizê-lo,
caso existissem as palavras.

Bem Melhor

Três faquires e uma velha mendiga chegaram à aldeia, vindo dos quatro horizontes. Cada um esperava receber toda a atenção e generosidade dos aldeões. Azar da mendiga, pois era idosa, muito feia e magra, e além disso não tinha facilidade de falar e nenhum talento particular. Ela, portanto, podia contar apenas com a compaixão que seu estado pudesse inspirar. Os três faquires caçoaram dela e lhe aconselharam a continuar seu caminho, mas já era tarde e ela estava fatigada. Encostou-se, então, na porta do templo e, em vez de esperar um socorro dos humanos, orou à deusa Durga para que a ajudasse.

Os três faquires, na praça central, começaram a discutir, se desafiar e se provocar em voz alta para atrair os olhares de todos. No fogo da fanfarronice, um deles apanhou um velho osso, brandiu-o no alto e pretendeu:

— Estão vendo este osso? É um osso de tigre. Pois bem, eu aqui, a partir dele, sozinho posso reconstituir todo o esqueleto do animal!

Sem hesitar, murmurou um mantra e, maravilha!, o esqueleto inteiro de um tigre apareceu sobre a poeira do caminho.

O segundo levantou desdenhosamente os ombros e afirmou:

— Grande coisa!... Faço bem melhor do que multiplicar os ossos. Com o poder de meus mantras, posso dar sangue, carne e pele ao tigre!

Sem hesitar, também ele murmurou um mantra e, maravilha!, o tigre estava lá, de focinho abaixado entre as relvas amareladas, com a pele um pouco desbotada, mas bem raiada de ouro e de negro.

O terceiro inflou o peito e avançou, caçoando:

— De fato, que belo trabalho o de tornar visível um pobre tigre morto!... Faço bem melhor. Com o sublime mantra no qual fui iniciado, sou capaz de lhe dar a vida!

A velha, até então muda, abriu bem os olhos e gritou:

— Filho, estamos pagando para ver isso!...

Mas o faquir, todo cheio de si mesmo, expulsando moscas invisíveis entre ela e ele, replicou:

— Você, de fato, vai pagar para ver? Tem medo de que eu me torne ridículo. Supõe que eu esteja exagerando. Ah, mas está muito enganada! Saiba que eu, aqui presente, tenho o poder de brincar com a vida. E para que serviria um poder que ficasse sem ser usado? Olhe bem, fique pasma, e tome isso como exemplo.

A velha rapidamente deslizou para trás da porta do templo, que Durga fechou atrás dela, enquanto o terceiro faquir rugia seu mantra de vida. Maravilha das maravilhas!, o tigre se levantou imediatamente sobre as patas, de pelo eriçado, caninos cintilantes. Soberbo, saltou elegantemente e devorou os três homens. Há tempo que seus ossos secavam, e ele estava com muita fome. Terminando seu banquete, a mendiga viu-o lamber os beiços, avançar até o templo e se confundir com o grande tigre de mármore que cavalgava a efígie de Durga.

A velha, tremendo ainda, aproximou-se do santuário, sem que nenhum dos brâmanes que haviam testemunhado tudo aquilo ousasse lembrar-lhe os limites fixados para os sem-casta como ela. Piedosa e com ternura, como criança falando com a mãe, ela queimou incenso, murmurou preces, e voltou modestamente para seu lugar na sombra oblíqua do portal.

- A história, como voo de vespas, zumbiu pela aldeia toda, e cada um acorreu, com uma oferta na mão, curioso para ver aquela que a deusa Durga havia protegido da loucura dos homens. Então ela foi alimentada, vestida, alojada e cuidada, bem melhor do que jamais o fora nesta vida. Permaneceu por um tempo no regaço da divina mãe, junto do templo. Certa manhã, ela partiu de novo com o vento.

A Busca

No caminho do templo os mendigos estavam alinhados, por vezes apertados um contra o outro, por vezes espaçados, ao sabor das sombras protetoras e das passagens estreitas. Entre eles encontrava-se Ratan.

Ele chegara esgotado a Laxman Jhula. Um terremoto arruinara sua aldeia e devastara sua colheita. Sua casa tinha desmoronado. Sua mulher, seus filhos e todo o seu clã tinham sido esmagados na terra escancarada. Ele tentara fugir das terríveis imagens da ira divina, mas suas lembranças corriam diante dele.

Como sempre trabalhara na terra, ele era totalmente inexperiente na arte de mendigar, que exige fina percepção dos sentimentos humanos e dos lugares favoráveis. De garganta fechada por uma vergonha desesperada, de cabeça baixa, evitando os olhares, tentara de início mendigar sozinho, longe dos outros. Não quisera se misturar à onda de mendigos profissionais, sobre os quais fazia um julgamento rude de camponês tenaz e orgulhoso de si. Faminto, quase sem forças, teve de encarar o aprendizado das astúcias dessa profissão.

Certa manhã ele resolvera instalar-se entre outros pedintes. Os pobres párias, pouco inclinados à partilha, tinham-no acolhido de modo glacial. Fora insultado, empurrado, instigado a ir embora. Por outro lado, os peregrinos passavam sem olhar muito para esse grupo, adivinhando uma surda ameaça por trás dos braços que agitavam furiosamente tigelas, por trás dos pedidos aos gritos e dos olhos febris. Aqui a esmola também era rara.

Na manhã seguinte, conseguira infiltrar-se na fila de mendigos doentes que se comprimia na passagem entre as paredes da escadaria íngreme que descia até o Ganges. Aqui os estropiados exibiam seus membros amputados, os leprosos e os escrofulosos roçavam os passantes, que fugiam rapidamente, comprando sua tranquilidade com uma generosa chuva de moedinhas. Ratan permanecera entre eles um momento, depois acabara por temer a ira dos deuses. Ele não era nem doente nem aleijado, e lhe parecia injusto aproveitar o maná destinado a esses miseráveis entre todos os dignos de pena. Por outro lado, certa manhã, havia notado um curioso esfolamento em seu tornozelo direito. Tinha então atirado sua coleta de moedas nos pratinhos dos acamados mais próximos, depois queimara incenso para chamar a si a atenção de Vishnu, o deus que mantém o mundo e protege a humanidade. Vendo seu arrependimento, Vishnu permitira que o esfolamento não se tornasse uma chaga, e que secasse e desaparecesse.

Então Ratan andara errante, em busca de um lugar propício, em busca de sobrevivência. Afastara-se dos templos. Do outro lado do rio sagrado, ele de repente havia parado. Sentado sobre uma raiz na sombra de um baniano, um flautista cego criava um círculo mágico. Cada um diminuía o passo para o ouvir, parava um momento. Alguns permaneciam de pé, hipnotizados pela melodia. Ratan não pudera partir de novo. Essa música lhe parecera divina, sem dúvida semelhante à que deslumbrava a clareira em que brincava Krishna, o deus da flauta encantada, o negro avatar de Vishnu, o amigo e o Mestre do Bhagavad Gita. Vira aí um sinal favorável, e doravante se instalava quotidianamente diante do flautista.

Os viajantes que aí se detinham não eram como os outros. Não tinham nenhuma pressa em sua peregrinação, como se cada passo e cada instante já fossem o fim, como se não fossem mais que pétalas no vento cósmico e que dançassem a vida em vez de a conquistar. Assentavam-se junto do cego, repartiam suas provisões com ele, convidavam Ratan a se juntar a eles, e ainda deixavam uma oferta na hora de partir.

Por muito tempo o cego com a flauta e Ratan viveram assim: Ratan protegendo o cego, vigiando os vadios, que de bom grado teriam esvaziado seu pratinho, e o cego encantando os peregrinos. Os dias tinham um gosto simples e doce.

Certa manhã o cego não veio, e Ratan descobriu-se órfão de muito mais que um companheiro de miséria. Sem dúvida, sem seu amigo, ninguém se deteria para lhe dar três cêntimos, mas isso não era nada. Sua verdadeira tristeza era a de estar privado de sonho. Quando a flauta coloria o espaço, este adquiria uma densidade amorosa. Sabores, perfumes, luzes giravam em turbilhão. Ratan sentia a embriaguez de um bem-aventurado dançando nos bosques de Vrindavan com as pastoras apaixonadas por Krishna. Na verdade, não era o cego que lhe faltava, mas o próprio Krishna.

Desorientado, sentou-se ao pé do baniano, no lugar costumeiro do músico. Esperava, sem saber o quê. Como o dia se alongava, Ratan cochilava, levemente amontoado em seus trapos. Sonhava que era um rei sonhando que era mendigo.

Os peregrinos passavam, sem ver essa forma empoeirada pelo tempo e pela terra espalhada sob seus passos. Por vezes os ruídos de vozes de um grupo no caminho o traziam de novo entre o sono e a vigília. Então ele não sabia mais se estava imóvel ou errante, se era rei ou mendigo.

Alguém passou, jogando um objeto que fez soar curiosamente o pratinho no chão. Ratan, surpreendido, saiu de seu torpor. Não havia reconhecido nem o chiado leve do agulheiro mexido por uma escrava temerosa, nem o retinir acidulado de moedinhas. Abrindo os olhos, sentiu sua fome, reconheceu a raiz e a árvore.

Lançou um olhar para sua gamela. "Ora – pensou ele –, ainda estou dormindo: vejo uma moeda de ouro".

Uma moeda de ouro?! Em um instante Ratan estava de pé, repentinamente desperto, pasmo com a improvável oferta. Mordeu a moeda para se certificar que seu brilho não era enganador e sentiu com júbilo que seus dentes penetravam a matéria. Fechou o punho com seu tesouro, examinou os arredores, incrédulo, esperando vagamente que o passante voltasse para procurá-la. Mas a poeira do caminho havia recaído sob seus passos e nenhum ruído de caminhada, nenhum chamado para sua atenção chegava sob a árvore.

Ficou por um momento de pé, incerto. Teria o direito de ter tal objeto em sua mão? Não se arriscava a ser tomado por um ladrão? Se fosse interrogado, como provar seu direito, como justificar que uma moeda de ouro lhe pudesse caber? Um ruído repentino saiu de seu peito, uma formidável risada. Onde esconder esse tesouro? Ficaria em lugar seguro em seu esconderijo, sob uma dobra de montanha. Partiu correndo. Ria, chorava, saltava. Sem fôlego, parou um instante, abriu a mão para olhar de novo e se persuadir de sua sorte.

A moeda não estava mais em sua mão.

Ela havia caído! Só podia ter caído. Ela não era um sonho. Era real, sólida, pois ele a havia mordido! Voltou atrás no caminho, andando com grandes passadas, apressado para retomá-la antes que alguém a encontrasse. Não se encontrara com ninguém, estava seguro disso. Chegou ao baniano, sem tê-la reencontrado. Voltou devagar, levantando as pedras, espanando o caminho. Nada. Voltou mais uma vez até o pé do baniano. Aí, seu coração mergulhou em seu peito, fechando seus ombros, cortando-lhe a respiração com um peso enorme. A moeda de ouro era impossível de ser encontrada. Estava perdida.

Sua cabeça se esvaziou. Sua vida inteira se concentrou nesse absurdo insuportável: a moeda ausente que ocupava todo o lugar. Sua boca se enrolou, ele estremeceu, um uivo dele brotou, opondo-o brutalmente às aparências: "Não! A moeda, minha moeda, não deve, não pode estar perdida!" Pareceu-lhe repentinamente que vivera apenas para ela. Nada mais tinha importância. Não havia perdido apenas o alimento de hoje e o grão para semear de novo, mas perdera seu sonho. Sentou-se, esmagado pela emoção. E balbuciou:

— Por que devo sempre perder tudo aquilo que agarro: mulher, filhos, terra... E até essa moeda?

Soluçou, ficou desesperado. Com o tempo, entretanto, seu coração voltou a seu lugar, retomou seu ritmo. Seu espírito começou a divisar a possibilidade de que a moeda estivesse definitivamente perdida. Uma paz veio habitá-lo com a certeza de que nada poderia acontecer sem a vontade divina. Então murmurou:

— Tudo acontece conforme um plano justo, embora isso para mim seja inimaginável, incompreensível.

Então pôde levantar-se e colocar-se novamente em busca da moeda, tranquilamente, sistematicamente, não porque fosse impensável que ela tivesse desaparecido, mas porque era seu dever procurá-la e talvez encontrá-la, se acaso fora dito que ela não devia permanecer perdida na poeira.

Caminhou lentamente, levando tempo para viver cada gesto, cada olhar, cada passo. Sem emoção, sem expectativa ou pesar, mais que um buscador, ele se tornou puro olhar, percepção, consciência vigilante. Quase se esqueceu da moeda. Simplesmente jogava o jogo da busca. O menor instante era o meio e o fim. Ele não era mais aquele que existe, aquele que faz, aquele que vê, mas existência, ação, visão. Então seu olho foi atraído por um reflexo, um brilho na poeira acinzentada. Ratan se ajoelhou e espanou a terra ao redor da cintilação. Foi o aparecimento de uma fonte, uma estrela que voltava dos abismos, resplandecente. Ele acabava de libertar um diamante enorme e sublime: o Chintamâni.

Grandeza

Era um rei muito poderoso: havia conquistado tantos territórios que seria preciso mais de um ano para um cavaleiro emérito os percorrer de Leste a Oeste. Para o Sul, apenas o mar limitava seu reino. Sua muralha ao Norte era o Himalaia, sede dos deuses. Bastava apenas o nome desse rei para que os povos tremessem.

Ora, aconteceu que certo dia ele reuniu em sua presença a assembleia dos pândits do palácio. Esses eruditos conheciam toda a ciência divinamente revelada nos quatro Vedas, e tudo aquilo de que é preciso se lembrar para refinar o julgamento, como os poemas épicos, os textos legais, os tratados de gramática, de poesia, de dança, de música, de astronomia ou de medicina... A tradição oral também não tinha segredo nem mistério para eles. Entretanto, diante de seu soberano, eram como crianças submissas, e jamais haviam visto além de seus calçados, porque não ousavam levantar os olhos até o rosto dele.

O rei havia sonhado que era mais poderoso do que Deus, e despertara em devaneios. Sem dúvida, em todos os reinos que conquistara, os príncipes haviam convocado brâmanes para orar noite e dia, para realizar grandes sacrifícios a fim de serem protegidos, mas apenas sua vontade e seu poder pareciam ter prevalecido. Contudo, um fio de dúvida nele perdurava, junto com o desejo de ser publicamente reconhecido como senhor de todos os mundos. Ele desejava, então, que os pândits, do alto de sua autoridade, finalmente decidissem publicamente quem, entre Deus e ele, era o mais poderoso. O tom de sua voz deixou entender que não gostaria de ser o segundo, e que também não aceitaria uma resposta lisonjeira, mas não justificada.

Os pândits sentiram, tão determinada como uma torrente de primavera, galopar diante deles sua ruína fatal. Se ousassem dizer ao rei que ninguém é mais poderoso do que Deus, sua vida não valeria mais nada. Caso se arriscassem a dizer que Deus é menos poderoso que o rei, morreriam do mesmo modo, por falta de argumento sólido em favor dessa heresia. E, caso o rei acreditasse na palavra deles, quantas encarnações, na ignorância e no sofrimento, deveriam suportar para se purificar de tal blasfêmia?

Saíram abatidos da sala do trono. Arrastaram-se dos aposentos reais até os jardins da fortaleza, dos jardins para as salas públicas, das salas públicas para o pórtico do palácio. Por fim se detiveram, silenciosos e apertados uns contra os outros como cavalos debaixo de uma tempestade. Nenhum som saía do grupo, nenhum gesto o animava. Seus olhos pareciam já contemplar o outro mundo. Repentinamente confrontado com sua iminência, nenhum deles estava seguro de que ele fosse acolhedor, ou mesmo que existisse. Sábios neste mundo, estavam aterrorizados diante desse além do mundo que eles não conheciam, a não ser de ouvir-dizer e pela recitação dos textos sagrados.

Um mendigo encontrava-se à sombra da abóbada. Tentou dirigir-se a eles com preocupações rituais para eles e utilitárias para ele: a esmola. Primeiro implorou lhe com olhar miserável, depois tossiu febrilmente. Por fim, agitou freneticamente seu pratinho com um pouco de moeda de isca. Nada aconteceu.

Dando de ombros, cessou seus barulhos e contemplou os pândits petrificados.

Em geral aqueles homens, vestidos com a soberba de sua casta, orgulhosos de sua posição junto do rei, eram de uma generosidade bastante ostensiva. Hoje, ele teria podido tocá-los, sem que se espantassem ou se ofuscassem de serem contaminados por um sem-casta. Seria preciso que tivessem encontrado um desses demônios de olhos vermelhos, sedentos de sangue, ou ainda a terrível deusa Durga cavalgando seu tigre, ou então que Yama, o primogênito dos mortos, o rei dos fantasmas, lhes tivesse feito algum sinal! Pior que isso, sem dúvida: teriam contrariado o rei!

A curiosidade o corroía, sem dúvida, mas ele hesitava em questioná-los: devia correr o risco de partilhar o destino deles por uma indiscrição? Essa estranha sede de saber que tortura os homens o tomou, entretanto, pelo pescoço, levantou-o do chão e o aproximou do grupo. Todavia, ficou atento para que sua sombra não cruzasse com suas sombras perfeitas de brâmanes. Sem dúvida estavam com ar apavorado, mas tal audácia poderia despertá-los em sobressalto e criar problemas terríveis, desde os gritos até o apedrejamento. Ele não queria servir de exutório para o medo que os mantinha cativos.

Falou-lhes, chegou a gritar, sem produzir o menor efeito visível. Então abaixou-se, sentado sobre os calcanhares, ao alcance de seu ouvido, esperando que aquele estranho feitiço acabasse. Por fim, um deles murmurou:

— Como responder?

Como se ele tivesse aberto a porta de um galinheiro, as palavras brotaram ao mesmo tempo de todas as bocas, enlameando o ar de plumas e de excrementos. O mendigo do pórtico meneou a cabeça, convencido de que os pândits acabavam de perder a sua. Resmungou:

— O que está acontecendo?

Então aqueles homens cheios de si, que o teriam habitualmente mantido a distância, apressaram-se a lhe descrever seu encontro com o rei. Sem dúvida estavam com necessidade de contar, de exorcizar seu medo, de acreditar que não estavam vivendo um pesadelo. Repentinamente estavam com quatro anos e extravasavam seu coração como crianças, falando em grande desordem. À medida que falavam, as frases tomavam sentido, o encontro se concretizava. Calaram-se depois desta última frase:

— Então ele nos pediu para dizer quem, entre Deus e ele, era o mais poderoso neste mundo, e para justificar nossa resposta sem dissimulação.

— Estou ouvindo. E então? — perguntou o mendigo do pórtico.

— Como então? Então, seja qual for nossa resposta, já estamos mortos, ou pior ainda.

— Deus insufla a vida e escolhe a hora da passagem!

— Quem ousará lhe dizer?

— Eu — disse o mendigo. Eu posso responder à questão dele e justificar minha resposta.

— Você não teme a morte?

— Minha vida presente não é muito boa, mas eu não a arriscaria.

Os pândits de repente consideraram com interesse esse homem sereno que parecia ignorar quais riscos iria correr. A deliberação foi rápida. Se alguém devia morrer ou blasfemar, melhor que fosse ele, uma vez que se oferecia em sacrifício. Os deuses poderiam seguramente lhe conceder vidas melhores como reconhecimento por sua abnegação. Quanto a eles, comprometeram-se a orar por ele, e até a realizar os ritos funerários que ele não poderia esperar, pobre como era. Entregando-lhes sua vida ele se tornava um pouco pai deles, não é mesmo? O mendigo os observava, todos tremendo e hipócritas, com um riso no canto do olho.

— Está combinado — disse ele. — Eu responderei ao rei.

Ele voltou para o pórtico, instalou-se de novo junto de seu pratinho, que agitou sob o nariz dos pândits. Todos nele depositaram consistentes ofertas, murmurando verdadeiros agradecimentos. É, de fato, natural que o doador agradeça aquele que lhe permite ser generoso e de assim ganhar méritos para suas vidas futuras, mas hoje as bênçãos deles estavam à altura do alívio que sentiam.

Deram alguns passos na rua principal, antes de se virarem, cheios de dúvida:
— Você estará lá, amanhã?
— Sim, como todo dia.
— E você responderá? Promete, jura?
— Responderei. Indra é minha testemunha.

O poderoso deus Indra não deixaria passar uma traição, ele aniquilaria sem demora o eventual perjuro. Foi, portanto, acalmados que voltaram para suas casas, cansados e desfeitos por tanta emoção, um pouco envergonhados por ter empurrado sem compaixão um ignorante ao massacre, mas consolando-se ao considerar que ele próprio se oferecera e que sem dúvida se tratava da vontade divina.

Uns comeram pouco, outros se fartaram, como se devessem dar novamente substância para sua vida. Todos permaneciam em devaneios, temendo que o rei achasse um ultraje que um mendigo lhe respondesse no lugar deles.

Na manhã seguinte, cada um deles enviou um doméstico para procurar o mendigo a fim de que ele estivesse limpo e vestido corretamente. Um lhe propunha uma túnica de monge, outro lhe oferecia uma roupa de comerciante, outro ainda sugeria despojá-lo completamente e cobri-lo de cinzas como um renunciante. O mendigo do pórtico mandou todos embora com uma palavra definitiva:
— Eu sou Aquilo que Eu Sou.

Quando o rei mandou convocar a assembleia dos pândits, eles tiveram de aceitar comparecer diante dele com aquele andrajoso fétido. Nenhum deles queria arriscar-se a responder.

Na grande sala de audiência, seu pequeno grupo parecia esmagado pela suntuosidade monumental do lugar. Apenas o mendigo veio como um menino cândido, feliz, maravilhado. A voz do rei ribombou sob as abóbadas incrustadas de pedrarias.
— O que está fazendo esse nojento sem-casta no meio de vocês?

O mais velho do grupo respondeu com palavras floridas que haviam encontrado para ele esse grande sábio, esse renunciante supremo que aceitara responder sem disfarce à questão do rei. O olho agudo do rei pesava o lisonjeador e o mendigo.
— Quem é você? — perguntou ele ao pobre pária.
— Eu sou Aquilo que Eu Sou.
— Qual é seu nome, sua casta, sua família, sua aldeia?
— Eu não tenho nada, Eu Sou. Não tenho nem casta, nem família, nem aldeia, nem nome.
— Você perdeu a memória?
— Sem passado e sem futuro. Não tenho memória.
O homem era estranho. Ou se tratava de um louco ou de um sábio. Restava, então, perguntar a ele quem, entre Deus e o rei, era o mais poderoso.
— Sem dúvida o senhor é o mais poderoso, Alteza — assegurou o mendigo.
Um silêncio palpável caiu sobre a grande sala. Os pândits seguraram a respiração. O infeliz acabara de comprometer suas mil vidas futuras para salvar sua existência de mendigo!
— Prove isso! — trovejou o rei.
— Alteza, apenas o senhor pode exilar alguém para fora de seu reino.
Toda a assembleia recuperou a respiração de um só golpe. Os pândits ostentaram ar satisfeito. O rei mandou trazer uma guirlanda de rosas perfumadas para o mendigo do pórtico, decidiu imediatamente nomeá-lo seu conselheiro e o gratificou com o nome de Satya: "Verdade", para a comodidade das relações quotidianas.
O grupo de sábios foi embora tagarelando, esquecendo lá Satya que, por outro lado, não tinha mais necessidade deles. Por trás das pesadas tapeçarias, os guardas ouviram, estupefatos, o rei rir com o ex-mendigo. E logo receberam da boca do rei a ordem de deixar que esse novo familiar tivesse livre acesso a seus aposentos privados e licença para circular à vontade no palácio. Satya aceitou esses favores

com perfeita naturalidade. Para os cortesãos e para os domésticos civilizados, seus modos rústicos, seu olhar franco e sua palavra clara criaram um círculo de bronze a seu redor. Mal perdoaram que lhe fosse permitido o que lhes era proibido. Todavia, por temor do rei, mostraram-se não tanto amáveis, mas pelo menos polidos.

Certa manhã, Satya entrou na sala do trono e a encontrou vazia. Andou errante, entre um baixo-relevo e outro, de tapete em tapete, e naturalmente se achou diante do trono, uma espécie de leito gigante coberto de almofadas e sedas. Era sustentado por quatro pilares em forma de monstros marinhos que simbolizavam o poder de renovação que brotava desse reino. Um belo trono, de fato. Quis tentar, subiu desajeitado sobre o assento grandioso, e ali, negligentemente, de cima, observou a sala.

Os primeiros cortesãos que transpuseram o limiar da sala venerável levantaram os braços para o alto e gritaram com espanto que estava acontecendo um ultraje indiscutível, grave. A sede de um monarca não podia ser profanada assim por um mísero mendigo bem-sucedido. Satya devia morrer.

— Quem você acredita que é, seu louco?
— Eu sou Aquilo que Eu Sou.
— Você é príncipe?
— Eu sou mais que isso.
Um murmúrio se levantou.
— Você é rei?
— Eu sou mais que isso.
O rumor tomou proporções.
— Você é um deus?
— Eu sou mais que isso.
O falatório inflou, derramou-se como onda, tendendo aqui ao silêncio, ali à tempestade.
— Você é o Absoluto?
— Eu sou mais que isso.
— É impossível! Fale! Quem é você?
— Eu não sou nada.

Shiva Lingam

O asceta vivera durante muito tempo às margens do Ganges, estudara doze anos junto de um mestre, doze anos ainda havia meditado, sozinho, centrado, sem jamais deixar seu olhar ou seu pensamento desviar-se do essencial.

Ora, aconteceu que certo dia um pássaro voando deixou cair excremento em cima da cabeça dele. O asceta fulminou o insolente com o olhar. Queimado por essa ira, o animal imediatamente caiu em cinzas.

— Ah — disse o homem a si mesmo. — Que poder! Meus esforços foram coroados de sucesso!

Satisfeito, levantou-se, juntou os restos do pássaro, e foi jogar no Ganges o mensageiro de sua grandeza. Depois foi, como todo dia, até a aldeia próxima para mendigar sua ração.

Parou diante de uma casa amiga, cantou um hino sagrado. A dona do lugar apareceu logo, tocou devotamente seus pés. Ele a abençoou. Quando estava para pôr arroz em sua gamela, um bebê começou a chorar dentro de casa, e ela entrou às pressas para cuidar de sua segurança. Voltou ao limiar, com a criança em lágrimas nos braços:

— Um instante, senhor — disse ela. — Vou atendê-la e depois volto para o servir.

Ela deu o seio, amamentou a criança, deitou-a, ninou-a, e finalmente a fez dormir em sua rede.

Entrementes, o esposo voltara do campo. Ela foi tirar-lhe os calçados. Trouxe-lhe chá para que ele se acalmasse, serviu-lhe a refeição, esperou pacientemente que mostrasse seu prazer saciado e pronunciasse a oração ritual, antes de poder tirar a mesa. Então ela voltou com o arroz, os legumes e o leite para o asceta, que continuava esperando.

— Perdoe-me, senhor. Aqui está sua refeição.

Ele fulminou-a com o olhar.

— Oh — disse-lhe ela. — Não sou um pássaro. Sou mãe, esposa, e devo cumprir meu dever de mãe e de esposa!

O asceta ficou boquiaberto. Como essa mulher, que não praticara vinte e quatro anos de austeridades terríveis, podia ler seus pensamentos assim? Então se prostrou aos pés dela:

— Mãe, desculpe minha impudência. Instrua-me, eu lhe peço, seja meu mestre!

— Não tenho tempo — respondeu ela. — Por outro lado, sou apenas uma discípula. Meu próprio mestre provavelmente aceitará ensiná-lo.

— Mãe, qual é o nome dele e como encontrá-lo?

— Vá ao templo da aldeia. É o brâmane responsável. Ele realiza lá os rituais, e o senhor o encontrará sem dificuldade.

O asceta se espantou: esse brâmane era sem dúvida um sábio, mas era casado, pai de família, e não tinha nada de um renunciante. Voltou para sua cabana às margens do Ganges, revirando em todos os sentidos aquela aventura em sua cabeça. Deveria ele estudar aos pés de um pai de família, de um homem inscrito no mundo, ou continuar sozinho seu caminho? Aquela mulher era espantosa. Como podia ter adquirido tal poder lavando fraldas, descascando legumes?

Depois de longamente sopesar dúvidas e desejos, resolveu arriscar-se até o templo. O brâmane lhe ensinou de bom grado tudo o que um erudito deve saber. O asceta escutou, depois meneou a cabeça. Continuava não compreendendo como aquela mulher atingira tal nível espiritual. Suspirou e perguntou:

— Aquela mãe, lá na entrada da aldeia, como pode conhecer nossos pensamentos e nossos atos lavando bebês, escolhendo arroz?
— Ela, como verdadeira mãe e esposa, sabe onde está Deus.
— E o senhor? Por que não eu?
— Estamos suficientemente simplificados?
— Não compreendo.
— Vá então ver meu mestre, no alto da montanha. Ele explicará ao senhor.
— Por favor, diga-me o nome dele e onde encontrá-lo.
— Vá até a aldeia lá em cima. Pergunte onde mora Sudâna.

O asceta partiu para a aldeia, sobre a montanha a fim de encontrar Sudâna. Suando e caminhando, contemplava esse nome exaltante e terrível: Sudâna, ou "aquele que mata". Esse mestre iria matar o ego, destruir a ilusão, que maravilha!

Ao aproximar-se da aldeia, um odor insípido o inquietou. Havia ali, bem próximo, um açougueiro. O lugar era impuro. Deveria continuar seu caminho? Poderia poluir vinte e quatro anos de rude ascese, cruzando caminho com um açougueiro, ou deveria, seja o que for que acontecesse, continuar bravamente até o mestre capaz de lhe designar a suprema Realidade?

Decidiu não mais respirar, a tempo de atravessar esse lugar impuro e se afundar na casa de Sudâna. Mas eis que a aldeia inteira era um abatedouro, e todos os que ele cruzava estavam manchados de sangue. Não podia respirar nem lhes dirigir a palavra. Onde um mestre como Sudâna poderia morar para escapar de tanta impureza?

Ele se afastou da aldeia, procurando desesperadamente um rio ou uma fonte para se banhar e se purificar. Uma velha mulher vinha pelo caminho, carregando lenha.

— Mãe, a senhora poderia dizer-me onde mora Sudâna?
— Onde mora Sudâna ninguém pode ir. O senhor pode apenas ali estar. Mas encontrará a aparência dele na entrada da aldeia, na primeira casa branca, ligada ao abatedouro.

— Como é possível?
— É possível! – disse ela, rindo.
E desapareceu como bruma ao sol.

Ele se deteve um momento, perplexo, à beira do caminho, depois decidiu ir até aquela casa que o bastão da velha lhe havia apontado. Tinha visto tantos prodígios dos quais concebera demasiada esperança para poder recuar.

Quando chegou até Sudâna, viu que ele esquartejava tranquilamente uma vaca. Sim, uma vaca, o animal sagrado por excelência! O asceta teve um calafrio. Com toda certeza viera atirar-se na armadilha de um demônio. Quem mais ousaria matar e esquartejar esse animal concebido e abençoado por Brahma no mesmo dia que o primeiro brâmane?

— Saudações — disse o açougueiro. — Eu o esperava. Sente-se um momento, pois devo cumprir minha tarefa. Nasci na casta dos açougueiros, e meu dever é cumprir esse trabalho. Quando terminar, conversaremos.

O asceta, estupefato, gostaria de fugir, mas era demasiado tarde. Então continuou de pé, não ousando sentar-se sobre nenhuma das pedras do arredor. Elas poderiam estar manchadas de sangue! Sua cabeça estourava de perguntas: "Que crime cometi para sofrer tamanha provação? A mãe que me alimentou durante tantos anos sabe que seu poder é impuro, que ela o recebeu de um demônio? Como um brâmane responsável pelo templo pôde me mandar até aqui?"

Olhou Sudâna realizar sua terrível obra e percebeu, com horror, que ele usava um lingam sobre a balança, para pesar a carne.

— Ó Sudâna, eu gostaria de verificar se essa pedra é de fato o insubstituível símbolo de Shiva que meus olhos perturbados parecem ver.

Sudâna limpou a pedra e a estendeu. O asceta a examinou, com as mãos tremendo.

— Sua forma é perfeita. Ela não tem nenhuma rachadura. Não sabe que deve ser honrada com flores, pasta de sândalo, suco de noz de coco e incenso? Entregue-a para mim, e eu irei ao rio a fim de purificá-la e santificá-la com longas orações. Ela não deve servir para pesar carne, mas para ficar no altar de um templo!

— Se assim deve ser, que assim seja — disse Sudâna.

O asceta foi então com seu piedoso tesouro, lavou-o, purificou-o, realizando longos rituais de purificação. Enquanto recitava as Escrituras, uma voz saiu do lingam:

— Por que você me trouxe aqui? E o que está fazendo comigo? Por que não estou mais nas mãos do açougueiro? Eu estava feliz nas mãos dele. Seus gestos eram ternos. Seu coração via apenas a mim. Só cantava para mim. Você não ora, você mendiga. A que você quer me obrigar? Entregue-me a Sudâna, pois ele entregou tudo a mim, até a oração.

O asceta ficou sobressaltado, balbuciou, se assustou. Não compreendia nada do que via e ouvia, mas devolveu a pedra ao açougueiro sem nada dizer. Sudâna a recebeu em silêncio.

Quando Sudâna terminou seu trabalho, recitou uma prece, foi tirar água, lavou as mãos, o rosto, e veio até o asceta inquieto, petrificado.

— O que você deseja? — perguntou-lhe.

— A sabedoria — respondeu ele, esperando, apesar dele, que essa provação fosse divina e não demoníaca.

— "Aquilo que existe É, Um sem segundo" é a essência da sabedoria — disse Sudâna.

— Já sei disso — respondeu o asceta.

— Você sabe disso. Mas você sente isso em seu corpo, em seu coração, em seu espírito?

O asceta, frustrado, abriu a boca para falar, mas fechou-a, e partiu nervosamente, andando ao acaso, sentindo a loucura invadi-lo. Ele se afogava, incapaz de encontrar a superfície e o ar, abocanhado por obscura vertigem. Desesperado, deixou que se esvaísse, perdendo o espírito, toda certeza e gosto de viver. Mais longe que a inteligência, mais longe que o apego ao mundo e ao corpo, ele tocou um fundo desconhecido. Tomou apoio nesse fundo de trevas, buscou forças e alcançou a superfície, estranhamente leve.

Voltou para a aldeia. Mas, quando viu Sudâna, sua revolta se incendiou, atingindo o ápice. O açougueiro dormia com os dois pés colocados sobre o lingam de Shiva!... Desta vez era demais! O asceta sacudiu rudemente o açougueiro.

— É assim — gritou — que se respeita Shiva?
— Você tem razão — disse Sudâna. — Devo respeitar Shiva. Diga-me onde eu possa colocar meus pés para evitar que estejam em contato com o divino.

— Onde não importa, mas não sobre o lingam sagrado!
— De acordo — disse Sudâna.

Sudâna andou alguns passos dali, estendeu sua esteira, e se estendeu em cima dela. Sob seus pés brotou, esplêndido, um lingam perfeito.

Perturbado, o asceta agarrou os pés para colocá-los em outro lugar. Segurando abraçado os pés desse mestre, ele próprio se tornou Lingam. Então uma voz sem palavras jorrou do coração de seu coração.

— Somente Ele Existe. Seu ser doravante sabe disso. Agora, vá em paz.

Compaixão

Ramanúja, um dos três grandes mestres do Vedânta, era generoso. Olhava todos os seres humanos igualmente, oferecia a todos sua atenção, tanto aos homens como às mulheres, fosse qual fosse sua casta. Chegava a ser caloroso em relação aos sem-casta. Escandalizava as pessoas de seu tempo.

No tempo em que ainda procurava seu caminho, ele se aproximou de um mestre e pediu-lhe que o iniciasse. Ofereceu-lhe uma noz de coco. O mestre, reconhecendo uma grande alma, tomou a noz e partiu-a de um só golpe. Dessa forma, sem palavras, foi-lhe dito que sua mente se quebrara e que seu ego podia desaparecer. Depois murmurou ao ouvido do discípulo o mantra sagrado.

— Repita-o com ternura, com inteligência de fato, com abandono e paixão, e sobretudo com desapego. Esse mantra tem grande poder; ele o libertará sem dúvida da ignorância. Repita-o em segredo, guarde-o no fundo de seu coração, não o comunique a ninguém.

— Por que não poderei recitá-lo em voz alta, diante das pessoas?

— Se você o divulgar, ele irá libertar aquele que o tiver ouvido, mas você continuará a andar errante neste mundo, cheio de ignorância e de sofrimento.

Ramanúja deixou o mestre, e subiu logo sobre o telhado mais alto do templo. De lá convocou a população com voz forte:

— Venham e escutem bem: o mestre me deu o poderoso mantra que salva de fato a pessoa para a qual ele for transmitido. Ouçam e repitam: "Aum namo narayana". Ouviram bem? "Aum namo narayana, Aum namo narayana!"

É claro que o mestre também o ouviu. Mandou chamar Ramanúja, e o discípulo foi imediatamente.

— Por que, apesar de minha advertência, você divulgou esse precioso mantra em praça pública? — perguntou-lhe, admirado.

— Eu estou pronto para viver mais mil vidas de ignorância e de sofrimento se estes, que vejo lá, diante de mim na praça, forem todos salvos a partir desta vida — respondeu tranquilamente o discípulo.

Injúrias

Buda ensinava em todo lugar por onde passava. Ora, um dia em que falava na praça de uma aldeia, do meio da multidão um homem veio escutá-lo. O ouvinte começou logo a ficar enfurecido de inveja e de raiva. A santidade do Buda o exasperava. Não podendo mais aguentar, urrava insultos. Buda permaneceu impassível. O homem, fulminando, deixou a praça.

Enquanto avançava ao longo dos arrozais com grandes pernadas, sua cólera foi se apaziguando. O templo de sua aldeia já estava crescendo acima dos arrozais. Nele subiu a consciência de que sua ira tinha nascido do ciúme e de que havia insultado um sábio. Sentiu-se tão mal que voltou pelo caminho, decidido a apresentar desculpas ao Buda.

Quando chegou à praça onde o ensinamento continuava, a multidão foi se empurrando para deixar passar o homem que insultara o Mestre. As pessoas, incrédulas, olhavam-no voltar. Os olhares se cruzavam, as acotoveladas se multiplicavam para chamar a atenção dos que estavam perto, e um murmúrio seguia os passos dele. Quando chegou perto o suficiente, ele se prostrou, suplicando que Buda lhe perdoasse a violência de suas palavras e a indecência de seu pensamento.

Buda, cheio de compaixão, foi erguê-lo.

— Não tenho nada a lhe perdoar. Não recebi nem violência nem indecência.

— Mas eu proferi injúrias e grosserias graves!

— O que você faz se alguém lhe estende um objeto que você não vai usar ou que você não deseja pegar?
— Eu não estendo a mão, eu não o pego, é claro.
— E o que faz aquele que está dando?
— Sei lá! O que ele poderia fazer? Ele guarda seu objeto.
— Sem dúvida. É por isso que você parece sofrer as injúrias e as grosserias que você mesmo proferiu. Quanto a mim, não fiquei acabrunhado. Não havia ninguém para pegar a violência que você estava dando.

Está Bem

Quando a mãe de Chandra teve de contar ao marido que sua filha estava grávida e que teimava em não dizer quem era o pai da criança, toda a aldeia ficou sabendo. Gritos e gemidos, barulho de tapas e súplicas invadiram o ar calmo e as janelas abertas. Ouviram-se palavras furiosas, perguntas furibundas, respostas inaudíveis, e depois um grande silêncio, interrompido por uma exclamação:

— Não! Que infâmia!

Embaixo, o pai furioso na frente, a filha embaraçada no meio e, atrás, a mãe envergonhada e escondida sob o pano de seu sári, saíram da casa desonrada. Tomaram o caminho da gruta em que vivia um asceta, afastado da aldeia.

No limiar da gruta, atravancada pelo mato, o pai insultou o velho solitário que ousara quebrar seu voto de castidade para se aproveitar vergonhosamente da inocente, agora sobrecarregada com o fruto de seus erros. O asceta o escutou sem mover um dedo da almofada de ervas kusha.

— Veja bem — disse o pai. — Deveríamos ter expulsado o senhor da aldeia quando a bolsa do mercador desapareceu na mesma hora em que o senhor estava pretensamente ocupado a mendigar. Tivemos, porém, a fraqueza de acreditar que um asceta jamais poderia cometer tais faltas. Mas como, além de ser um ladrão, o senhor também desonrou esta jovem e nossa família, o senhor deverá recebê-la em sua moradia. E, principalmente, não conte comigo para sustentar seu lar!

— Está bem — disse o asceta.

Chandra permaneceu de pé diante dele, de cabeça baixa, enquanto seus pais se afastavam a grandes passadas. Por trás das janelas e das portas entreabertas, cada um observava a volta dos pais sem sua filha. Humilhados, eles bateram a porta.

Chandra permaneceu junto do asceta que, sem dizer uma só palavra, deixou-a instalar-se no fundo da gruta. Ele pôs sua almofada de ervas a uma distância respeitosa. A vida retomou seu curso pacífico. Ele, entretanto, tomou uma grande tigela para mendigar sua ração diária. Agora tinha uma boca a mais para alimentar. Os aldeões, indignados por sua audácia, batiam-lhe as portas no nariz. Suas coletas foram mais magras do que jamais haviam sido.

O mercador que fora roubado, avisado pelos pais de Chandra de que o asceta não havia contestado seu furto, veio sem tardar pedir de volta as rúpias que lhe haviam sido roubadas.

— Está bem. Aí estão — disse o asceta.

E lhe entregou tudo o que havia em sua magra bolsa.

Depois que deu à luz, Chandra desapareceu, deixando o menino junto do asceta. Ele contentou-se em dizer:

— Está bem, vou cuidar de você.

Depois, pegando duas tigelas, uma para sua ração e a outra para o leite, ele foi à aldeia para mendigar, como todo dia. As velhas e as mães, preocupadas com o menino, esgueiravam-se furtivamente para fora, a fim de lhe dar às pressas um pouco de leite, antes que os vizinhos as vissem e as impedissem.

Na aldeia vizinha, um ladrão de bolsas foi preso e não estava mais em liberdade para seus golpes. A bolsa do mercador se encontrava — vazia, é claro — entre as que foram encontradas em sua bagagem. O mercador, confuso, foi reembolsar o asceta e lhe apresentar suas desculpas.

— Está bem — disse o ancião. — Guarde esse dinheiro; ele é seu. Eu nunca tomo de volta meus presentes.

O menino começava já a se sentar quando Chandra voltou com o pai da criança. O jovem partira para estudar longe da aldeia, sem nada saber de sua paternidade. Quando viu Chandra na soleira do quarto em que vivia, ficou alegre, porque a amava. Ela lhe contara o que acabara de viver. Ele imediatamente decidiu casar-se com ela. Primeiro passou pelos exames a fim de estar bem com os sogros. Agora, vinha com Chandra procurar o filho deles. Chandra prostrou-se aos pés do asceta:

— Perdoe-me por ter ousado dizer que o filho era do senhor. Eu estava tão desesperada e assustada com o furor de meu pai! Como o senhor já possuía má reputação na aldeia depois do desaparecimento da bolsa, era fácil fazer acreditar que o senhor me havia desonrado, e que eu, de qualquer modo, era inocente.

— Está bem, estou entendendo — respondeu o asceta.

Então abençoou o menino e o entregou a seus pais, sem nenhum comentário.

Os pais de Chandra, terrivelmente envergonhados por terem acreditado em sua filha e por terem indevidamente insultado um asceta, vieram por sua vez prostrar-se a seus pés.

— Santo homem – suplicaram eles. – Queira perdoar-nos.

Ele, gentilmente, os fez levantar-se, dizendo:

— Está bem. Estejam em paz.

Os aldeões, confundidos por terem deixado acusar o asceta sem procurar verificar, vieram pedir que ele lhes perdoasse, cobrindo-o com todo tipo de dons. Ele se contentava em murmurar:

— Está bem, agradecido.

Uma pequena menina, que acompanhara toda a questão, foi perguntar ao asceta:

— Por que o senhor deixou que os aldeões o cobrissem de mentiras, e por que o senhor sempre responde: "Está bem"?

— Veja, menina, Krishna diz: "O sábio não deveria alegrar-se em uma situação agradável, nem se assustar e se agitar em uma situação desagradável". Tudo aquilo que nos acontece é uma ocasião para progredir, um presente de Deus, uma porta aberta para uma liberdade sempre mais vasta. Honra, desonra, injustiça, equidade, adoração ou rejeição, tudo isso é apenas um jogo divino, ondas sobre a água que em nada modificam a realidade do oceano. Jamais se inquiete com as aparências; saiba que você está na Verdade e permaneça Isso.

Caridade

Os ricos deste mundo devem dar assistência aos pobres. É o que deseja a lei do coração e o que ensinam as santas Escrituras. Um camponês rico havia, portanto, realizado seu dever, abrindo um asilo para os indigentes. Na verdade, isso era um dever dificilmente evitável, pois os comentários se espalham depressa. À vista de seus semelhantes, ele não desdenhava passar por um senhor filantropo, contanto que o preço a pagar fosse razoável. Portanto, para as refeições servidas no asilo, ele se contentava em mandar entregar o que restava no fundo de seus celeiros, uma vez por ano, antes de suas colheitas. O grão em geral estava estragado, até apodrecido, misturado com poeira acumulada. Moído, dava uma farinha cinzenta e malcheirosa. O pão feito com essa farinha não crescia, e tinha um gosto detestável. Os miseráveis se contentavam com isso. Não tinham outra escolha: ou engolir esse suplício ou morrer de fome.

Aconteceu que o filho do camponês um belo dia se casou com uma jovem generosa. Quando ela descobriu que tipo de caridade seu sogro prodigalizava aos pobres, ficou envergonhada e muito triste. Prometeu que faria de tudo para remediar esse estado de coisas. Mas o que podia fazer uma jovem que não era mais que nora e não a dona da casa? Ela propôs encarregar-se da responsabilidade pelas refeições. Sua sogra idosa ficou aliviada, contente.

Desde o primeiro dia, ela providenciou farinha com o responsável pelo asilo, preparando o pão familiar. Quando seu sogro viu chegar o pão no meio de iguarias deliciosamente cheirosas e coloridas, pensou que se tratasse de uma especialidade da aldeia de sua nora e apressou-se a experimentá-lo. Qual não foi sua surpresa! Cuspiu com horror o nojento bocado.

— Você sabe que este pão tem um gosto detestável? — disse ele. — Nesta casa há, porém, grande quantidade de boas farinhas. De onde você pegou esta, minha jovem?

— Pai, é a do asilo. Acreditei que ela fosse a melhor de seus celeiros, pois ao chegar aqui logo vi que ela era oferecida aos miseráveis. Eu sempre ouvi os anciãos dizerem que é preciso dar o melhor aos pobres, pois nos será devolvido no além aquilo que tivermos dado neste mundo. Portanto, pensei que o senhor gostaria desse tipo de pão.

— Certo, certo, minha filha. Mas eu, eu quero pão, pão do bom, gostoso e cheiroso!

Com respeito, mas também com firmeza, ela insistiu:

— Parece-me que seria bom que eu amassasse também o seu pão com essa farinha. Desse modo, o senhor se acostumaria com ele antes de deixar este mundo, e sofreria menos quando, no outro mundo, recebesse o pão feito com sua farinha.

O camponês entendeu a lição. Os pobres do asilo ficaram muito contentes com isso.

Aplanando os Obstáculos

Aquele rei se entediava: nem batalha para lutar, nem crimes para julgar, nem esposa nova em seu palácio, nem sequer uma jovem serva para se divertir! Sua vida cheirava a bolor. Certa manhã, para se entreter, se inquietar, se distrair, decidiu sair para passear, para fazer à queima-roupa um giro por seu reino. Chegando sem avisar nas aldeias, contava encontrar algum erro para corrigir, algum favorito para corromper, em suma, algum passatempo. Selando seu cavalo, partiu imediatamente.

Seus súditos eram bravos homens, tão trabalhadores que não encontrou nada para reparar na primeira aldeia, nem na segunda, nem na terceira, nem em nenhuma aldeia por onde galopou. As mulheres eram tão modestas, tão castas, que seu olho afoito partiu novamente sem saber se elas tinham belas faces e corpos já feitos.

Entretanto, o ar puro lhe fizera bem. Decidiu parar na aldeia seguinte para ali tomar uma refeição e fazer uma sesta. O rumor soubera prevenir os aldeões de que o rei estava passeando. Tinham, portanto, respeitosamente varrido a rua principal, redesenhado as mandalas e outros motivos de bom augúrio diante das portas. Tinham colocado folhas de palmeira trançadas como bandeirolas ao longo da previsível passagem do soberano.

O rei, apaziguado por sua longa cavalgada, fez então uma parada. Pousou alegremente o pé no chão. Estava contente com tudo, com as pessoas, com o bom tempo, com ele próprio, e entrou pela rua principal, saudando à direita, sorrindo à esquerda. Ora, logo que deu dez passos seu pé esquerdo bateu em uma pedra, tão pequena que os varredores a haviam esquecido, tão fina que feriu o pé real. Pois o pé estava nu. Naquele tempo longínquo cada um andava sobre suas patas traseiras tais quais a natureza as havia confeccionado. O pé real era sensível, acostumado aos tapetes macios, aos pisos lisos do palácio, não à rudeza dos caminhos. O rei disse:

— Uuuui!

O encanto se quebrou. Imediatamente seu mau humor voltou, e ele falou de negligência, até de atentado, saltou para o cavalo, prometendo enviar o exército para inspecionar a aldeia antes de seu próximo retorno. Ameaçou passar todo o mundo ao fio de espada se uma só pedrinha viesse lhe fazer obstáculo na próxima vez.

O chefe do exército ficou surpreso ao investigar a praça, alguns dias mais tarde. Confiando na descrição real, imaginava encontrar uma espécie de depósito, de encruzilhada imunda. Encontrou apenas aldeões gentis e tímidos, percorreu uma aldeia ainda decorada com bandeirolas de folhas de palmeira em que todas as ruas e vielas haviam sido varridas e ornamentadas. Ele era um soldado, não um homem bruto; cumpria seu dever de soldado, que consiste em proteger seu país, seu rei e sua população. Pensou ter-se enganado de aldeia, interrogou os notáveis, soube que o culpado era um seixo cinzento, minúsculo e cortante, que agira sozinho, e que não tinha na aldeia nem cúmplice nem partidário. Tudo nesse homem era sólido, tanto o punho quanto o bom senso. Diante de qualquer outro queixoso, teria rido e partido com sua tropa para fustigar outros gatunos, mas viera gerir o que se verificava um mal-entendido entre esses bravos camponeses e o soberano. Seria necessário ficar ali e encontrar uma solução aceitável para o rei e realizável para os aldeões.

Consultou os anciãos da aldeia, mandou vir os brâmanes dos arredores, e até expediu uma mensagem para os da corte. Todos propunham ideias inaplicáveis, desde passar pela peneira toda a terra dessa aldeia e de toda aldeia que o rei quisesse visitar, até espalhar tapetes em todas as ruas e em todos os caminhos do reino. A cada sugestão, um sem-casta se achegava, dizendo:
— Tenho uma ideia.
A cada uma de suas intervenções, os sábios e os notáveis replicavam rudemente:
— Deixe que os espíritos superiores pensem em paz!
Então ele ia embora, murmurando:
— Ora, ora!...
O rei de tempos em tempos enviava um mensageiro para perguntar se podia finalmente voltar a visitar a aldeia. Repentinamente, a catástrofe previsível foi anunciada: quando nenhuma certeza podia-se ter quanto à ausência de qualquer pedra onde o soberano decidiria andar, ele se anunciava, sem qualquer expectativa, e fixava sua chegada para o depois de amanhã.
O pânico tomou cada um, uma ação febril agitou a aldeia, os varredores retomaram sua dança, o templo recebeu mais visitas e dons do que em um ano inteiro. O sem-casta, com o dedo na ponta do nariz, achegou-se novamente, dizendo:
— Tenho uma ideia.
E, pela primeira vez, ele não foi rejeitado, porque uma ideia era sempre boa para se ouvir, seja qual fosse seu autor, naquelas circunstâncias quase apocalípticas.
— Fale — disse o soldado. — Se você apresentar uma tolice, eu o mando empalar sobre um poste ensaboado!
— Deus me livre — respondeu o ameaçado. — Ofereçamos calçados para o rei!
— Calçados? O que é isso?
— São vestes para os pés! Não podemos mudar o mundo, mas podemos mudar o modo de entrar em contato com ele!

— Isso é de fato uma grande ideia. Mas de onde desaninhar esses calçados que acalmariam nossas preocupações?

— Posso costurar um par, se vocês quiserem — respondeu o homem. — Sei trabalhar com todos os tipos de couro.

Seguindo as explicações do sapateiro, um emissário partiu até o palácio, esporando o cavalo. Ao saber que os aldeões desejavam honrar sua augusta pegada, o soberano condescendeu em imprimir a marca de seus pés na argila. O cavaleiro trouxe o molde no mesmo galope. Os calçados foram cortados, costurados, bordados, em couro grosso por baixo, em couro fino e macio por cima. O artesão trabalhou a noite inteira. Depois disso o molde real foi depositado no templo, onde recebeu muitas flores, incenso e orações, a fim de acalmar o espírito do soberano.

O rei, acolhido com temor e fausto, ficou surpreso e encantado ao ver-se com os pés vestidos. Espalhou imediatamente em todo o reino e além dos montes a moda dos calçados. O pobre sapateiro tornou-se rico e famoso. Disso não tirou nenhuma vaidade. Quem se ocupa dos pés ignora as alturas.

Parece que, depois disso, os brâmanes e os guerreiros, castas superiores em todo caso, aceitam frequentemente escutar os sem-casta, os subalternos, as crianças e os loucos. Por vezes até as mulheres, embora com a prudência que convém observar com tais seres! Dizem que elas são tão mutantes quanto o céu da primavera.

Obsessão

Naquela manhã, a mulher encarregada de limpar as latrinas da rainha não pôde levantar-se por causa da febre que a enfraquecia. Entretanto, era impensável deixar que as evacuações reais enchessem de mau cheiro tão importantes lugares reservados. Ela arriscaria perder seu cargo, que era bem remunerado e lhe valia um estatuto invejável entre os intocáveis: ela, sem dúvida, era uma limpadora de latrina, mas uma limpadora das fezes reais!

A fim de evitar uma queda desesperadora tanto na hierarquia humana como em seus ganhos, ela combinou com seu marido que ele iria barbear-se rente, vestir um de seus sáris de modo bem fechado, e depois ir, assim travestido, realizar a tarefa dela até que estivesse boa novamente. Não se tratava de atravessar o gineceu. Recolher o cesto debaixo da fossa não acarretava nenhum risco. Esses lugares malcheirosos eram pouco vigiados. Então ele aceitou a missão, tão salvadora quanto secreta.

Logo que terminou suas orações e abluções matinais, o homem foi, deslizando o passo como as mulheres, segurando entre os dentes o véu que escondia seus cabelos e sua rude face. Os guardas, nobres guerreiros, reconheceram o sári surrado da limpadora e deixaram passar sem problema essa intocável que sempre mantinham a boa distância. O clandestino deveu à repugnância deles a passagem do portal sem obstáculos. Como sua esposa lhe descrevera os lugares e o fizera repetir cem vezes o percurso, ele encontrou facilmente o cesto debaixo do buraco no teto. Ora, quando estava para se afastar, ouviu um ruído acima de sua cabeça.

Levantou os olhos e ficou ofegante. Ali, em seu céu malcheiroso, havia um sexo dourado, polpudo como uma orquídea, liso e firme como um molusco. Um sexo bonito, delicado, em suma, régio. Sua garganta ficou apertada. Ele tentou engolir a saliva. Um calor abafado invadiu sua pelve, uma crepitação irradiou, percorrendo suas nádegas e seu umbigo. Seu pênis repentinamente turgescente desorganizou as dobras do sári. Seu coração batia aos saltos, sua respiração curta se acelerou. Deu três passos para trás, enxugou a fronte com o canto do véu, quis fugir, voltou, tomou o cesto que justificava sua presença e podia ajudá-lo a esconder o tamanho de seu impulso. Terminou febrilmente seu trabalho, voltou às pressas para casa, retirou o sári e foi ao rio para refrescar seu corpo e suas ideias. Permaneceu um tempo à beira-d'água, estupefato e pensativo, incapaz de reencontrar seus espíritos. O dia inteiro ele agiu como autômato, perdido na visão celeste daquele sexo por um instante oferecido a seu olhar.

Sua esposa doente nada percebeu. Mas, na manhã seguinte, quando ela pediu que ele a substituísse de novo, ele recusou obstinadamente. Nem a ameaça de decair socialmente nem a de perder um ganho substancial conseguiram convencê-lo a voltar ao palácio. Então ela se arrastou penosamente, realizou com dificuldade sua obrigação e voltou a desmoronar no leito para dormir, enquanto ele de bom grado assumia as outras tarefas.

Com o passar dos dias ela ficou boa. Seu esposo, porém, seguiu o caminho inverso. Pareceu-lhe cada vez mais confuso. Preocupada com sua saúde mental, ela finalmente o interrogou. Embaraçado, comovido, sofrendo, ele acabou por confessar sua aventura. E concluiu categoricamente:

— Percebendo a doçura e a beleza de sua intimidade, imagino a seda de sua pele de amêndoas e de mel, chego a sentir o jasmim trançado em seus cabelos mais negros do que a noite. Preciso dessa mulher, desejo-a mais que tudo no mundo!

Sua esposa se assustou, tentou fazê-lo voltar à razão:

— Como você poderia esposar uma mulher que já tem esposo? E que esposo: o próprio rei! Já nem falo de sua casta, que é largamente superior à nossa! Escolhamos, se você quiser, uma bela jovem de seios bojudos e ancas largas. Ela será sua segunda esposa, e a juventude dela curará sua febre. Ela dará a você belos filhos com braços fortes, compraremos um pouco de terra e a cultivaremos juntos. Você quer que eu entre em contato com as casamenteiras?

— De modo nenhum! Não faça nada! O que me deixa obcecado não é um desejo por mulher, mas o desejo daquela mulher!

Dia e noite ele só pensava nela, só a ela imaginava, todas as suas emoções floresciam apenas para ela. Seu sexo, que se abrasava sem cessar à menor lembrança dela, tornara-se incapaz de honrar sua terna esposa de quem ele tanto gostava. Seu coração ficava tocado pela compreensão e solidariedade dela, mas seu corpo reclamava aquela feminilidade apenas entrevista. Ele se deixou abater, permaneceu dias inteiros prostrado, esquecendo-se de comer, já não realizando sequer maquinalmente os gestos e os deveres quotidianos. Uma tarde, sua esposa não o encontrou em casa. Ele tinha ido embora, sem nada levar. Partira e não voltara.

Ele andou errante, com o ser inteiro crispado em torno de seu desejo. Não pensou sequer em mendigar, e sobreviveu apenas por milagre. Certo dia de grande calor ele se pôs ao pé de uma árvore, perto de uma aldeia. Ali permaneceu. Não incomodou ninguém, não falou, nada pediu. Os aldeões, vendo-o tão mergulhado em si mesmo, decidiram que só podia se tratar de um grande meditador, ou até de um sábio. Ofereceram-lhe frutos, água fresca, vestes, guirlandas, incenso. Perdido em seu sonho, não usou nada disso. Todos se maravilharam com a qualidade de renúncia que ele manifestava. E espalharam sua fama aos quatro ventos.

Sua reputação logo se espalhou em todo o reino e os peregrinos começaram a afluir. Ele permaneceu insensível, tanto às ofertas como às honras. Nada, decididamente, podia servir de contrapeso à violência de seu desejo.

A rainha ouviu falar do sábio que vivia sob a árvore, e também quis encontrá-lo. Organizou uma saída, subiu ao dorso do elefante real e se pôs a caminho até ele, rodeada por grande séquito. Ao ver o bosque em que ele se encontrava, ela ordenou que o cortejo parasse, e pediu que suas damas o convocassem até o palanquim. Ele olhou as embaixadoras sem realmente vê-las. Seus olhos pareciam, através delas, mergulhar em uma visão sublime. Maravilhadas, elas tocaram seus pés com devoção e voltaram até a rainha. Disseram-lhe que não recusara vê-la, mas que ele simplesmente não era deste mundo. A rainha foi a seu encontro. Postou-se, contemplou-o, prostrou-se, tocou seus pés com veneração, depositou ofertas e flores diante dele.

Ele não a viu: a incandescência de seu desejo havia queimado o objeto de seu desejo e o próprio desejo.

Sabor da Ilusão

O homem navega em sua barca, insinuando-se por entre as raízes aéreas de árvores recurvadas e folhagens misturadas das espécies que sombreiam a nave vegetal. Mergulha o remo no fundo viscoso, impulsionando a embarcação com longo e poderoso gesto. A barca se levanta atrás dele, perturbando o rio, liberando formas ondulantes de restos vegetais e de serpentes aquáticas esverdeadas. Ele está muito tranquilo. Para afastar os tigres devoradores de homens, usa duas máscaras, uma sobre o rosto, outra sobre a cabeça e a nuca. Os antigos disseram, com efeito, que o rei da selva jamais ataca aquele que o olha fixamente na face. Por outro lado, orações foram cantadas antes de sua partida. E sente-se puro. Dominando todos os seus apetites, ele jejuou, manteve-se longe de sua esposa. Esta manhã, tomou um banho ritual e vestiu roupas limpas. Por fim, absteve-se de pronunciar o nome do animal. Durante sua ausência, sua esposa jejua e não traça sobre sua fronte a marca vermelha das mulheres casadas; dessa forma, ninguém pode tomar-lhe o que ela não monopoliza.

Circulando no mangue, ele espera que o matador, apesar de seu andar firme, se atolaria na lama e ficaria impedido de atacar. Entretanto, é apenas chegando ao meio do rio em que sobe o sol da manhã, que o homem se sente, por um tempo, protegido. Embora o tigre saiba nadar, não tem apoio na água para saltar inopinadamente. Basta-lhe, dizem, permanecer atento. Lança então um longo olhar circular, solta a âncora, que se prende em algumas raízes, a barca gira sobre si mesma, segue a corrente, parece recuar, e depois se imobiliza.

Com gestos medidos, o homem tira a rede do cesto de palha em forma de bilha. Prepara-a lentamente, atentamente, depois se endireita, fareja a água, aperta os olhos preocupados em perceber ínfimos matizes na cor e no movimento das vagas. Espera que a chegada da barca seja esquecida, que a massa sombria do casco fique instalada na paisagem, que a vida retome seu curso. Repentinamente, com gesto rápido, o braço se desloca, se torce, oscila, a rede voa como uma nuvem de insetos cinzentos, e estala como coroa perfeita para tornar a cair sobre um bando de peixes que procuravam aproveitar a sombra.

O homem deixa um momento que a rede afunde, antes de começar a tração que a arrastará até a embarcação. Reflexos branco-dourados sacodem a onda e as malhas. A agitação frenética de suas presas faz o pescador satisfeito sorrir por trás da máscara. Pacientemente, ele faz subir a pesada carga que se remexe sobre o fundo chato antes de se enfraquecer e de recair em sacudidas cada vez menos vivas, cada vez mais espaçadas. Um outro olhar circular o informa de que é o único predador em vista. Está em segurança.

Recolhe a âncora, enrola a corda, retira a vegetação presa em suas pontas, desliza a haste central do rolo e depõe os quatro ganchos de forma invertida como um naja adormecido no cesto de seu encantador. O homem está feliz, a vida é bela, a jornada radiosa, a pesca frutuosa. Ele toma o rosário de cento e oito flores que fez descer sobre ele a proteção dos deuses e, pronunciando uma oração ao espírito do rio, atira a coroa perfumada na corrente. Apenas então ele endireita o remo e empreende a volta para a margem. O sol agora está alto. Junto com o sal depositado pela água, sua pele queima. Fugindo da luz, os peixes mergulharam demasiado profundamente para serem alcançados. Na beira dos olhos e no canto dos lábios o suor que goteja como pérolas e escorre sob as máscaras embaça a percepção do mundo. O homem desliza furtivamente a mão para modificar com um dedo os sulcos que auxiliam o caminho dos cílios e das pálpebras. Depois se assegura rapidamente de que nenhum crocodilo ou tigre o perceberam, da margem, durante seu instante de confusão.

Ao voltar para a sombra das raízes e dos troncos misturados, é preciso que esteja atento: o cheiro do peixe e do suor são poderosos sinais para aquele que se chama de "rai sahib" em sua tribo. O grande felino é ágil, capaz de perseguir sua presa caminhando de galho em galho até o lugar propício para o ataque. A selva é tão densa que a penumbra nela reina constantemente. Depois de sua longa exposição à reverberação do sol sobre a água, o homem torna-se uma presa cega.

Hoje, todavia, a única companhia do homem até a margem é o medo. Ele arrasta e amarra a barca, enrola a rede, depois a joga sobre o ombro com um impulso. Acima do mato alto da margem ele percebe as partes mais elevadas do templo de sua aldeia. Então agradece a Deus por tê-lo protegido, e suspira, retirando as máscaras ardentes que o sufocam.

Bem ali, no mato diante dele, um olhar amarelo o contempla. A fera está agachada, não demonstra nenhuma impaciência. Ela tem o tempo todo à disposição. Sua presa é certa.

O homem sente um uivo mudo encher seu peito, um suor repentinamente gelado invade suas costas e seus rins até o sulco das nádegas. Suas têmporas se esmagam contra a cabeça esvaziada, o coração lhe bate na garganta. Depois da paralisia de todo o ser, dá um prodigioso salto. Tudo nele deseja correr, exceto as pernas mortas, petrificadas. De repente tudo nele queima: o suor, o estômago, os músculos da perna. O cérebro, por fim, retoma as rédeas. É preciso fixar o tigre com olhar pétreo. O homem sabe disso. Ele desliza passo a passo para trás, abandona a rede na grama para desviar o animal na direção de outras presas.

O tigre, tranquilo, observa. O homem dá mais um passo. O felino se levanta preguiçosamente e, indiferente e levemente enfastiado, volta sua grande cabeça quadrada para seu traseiro. Dessa forma, exibe a potência de seu porte e a flexibilidade de seus músculos. Sua orelha ondula, atenta ao mais fraco roçar. Depois, virando para o homem, cujo coração acelera, a enorme borboleta de sua face, ele parece bocejar, mas emite um longo grunhido.

Os mil ruídos da selva se extinguem de repente. Todos os vivos escutam. De onde vem a ameaça? Para onde se dirige? O homem sabe. Ele salta por cima daquilo que o impedia de deslizar mais para trás. Salto funesto, pois mergulha em uma profunda cova cavada pelas águas no entrelaçamento das raízes. Sua mão, de relance, agarra um ramo. Ele se encontra suspenso por um nada em cima do rio.

Quando avalia como mergulhar melhor, percebe debaixo de si um casal de crocodilos que a queda de terra e de vegetais acabara de despertar. Levantando os olhos, ele primeiro vê brilhar o olhar amarelo, depois, em contra-luz, a sombra apavorante do tigre inclinado sobre a cova. Com a brutalidade do choque, seu braço crispou-se dolorosamente. Sente o ramo se afrouxar enquanto as raízes da planta salvadora se desprendem lentamente do chão. Uma gota pesada e macia cai sobre sua fronte. É mel que pinga de uma colmeia. O homem por um instante se esquece da morte que o cerca. Cego pela urgência do desejo, estica a língua, recebe o néctar e o saboreia. Repentinamente tudo se afrouxa, o mundo rodopia ao redor dele e todo o seu ser é sacudido.

Em seu leito macio em Calcutá, Gupta desperta. Seu filho o sacode alegremente. Enquanto esfrega os olhos, o menino pergunta:

— Papá, papá, o que é "o sabor da ilusão"?

Shivo'ham Shivo'ham

Satyananda é monge em Rishikesh, às margens do Ganges. Todas as tardes, na hora da oração, ele desce até o fio sagrado e realiza o rito familiar. Espalha flores sobre as vagas, queima incenso cujo perfume inebria os deuses, confia à corrente uma barquinha de folhas onde queima óleo. Depois se assenta, com seu rosário de cento e oito contas na mão, e repete incansavelmente: "Shivo'ham, Shivo'ham".

Eis que há diversos dias Satyananda notou um menino que, todas as tardes também, vem se assentar não longe dele e o observa.

Satyananda sente-se investido do dever de transmitir: ele conhece um caminho para o Absoluto. Deve, portanto, instruir esse menino inocente que não pôde ter vindo ali, junto dele, por acaso. Satyananda se orgulha de ter sido designado pelo próprio Deus para ensinar. Chama o menino, reparte com ele a oferta de doce que recebeu há pouco, ao sair do templo. Depois pergunta:

— Por que você vem aqui todos os dias?
— Para saber.
— O que você quer saber?
— Quanto tempo é necessário para se tornar um santo.
— Isso depende das pessoas. Para alguns basta um instante, outros precisam de muitas vidas.
— Por quê?

— Cada um tem seu caminho, seu passo, sua hora justa.

O menino se espanta.

— Eu nunca vi o senhor sobre o menor caminho. O senhor permanece aí, sentado!

— Caminhar não é andar daqui para lá, mas praticar algumas técnicas.

— Qual é a sua técnica?

— Eu repito um mantra, uma frase da qual devo assimilar o sentido.

— E qual é o seu mantra?

— "Shivo'ham": Eu Sou Shiva, Eu Sou o próprio Deus.

— O senhor diz isso todos os dias, durante horas?

— Sim, é claro.

— E o senhor continua não sabendo disso depois de todo esse tempo? Eu sou Shankar. Não tenho nenhuma necessidade de ficar repetindo isso. Se o senhor fosse Shiva, não teria necessidade de dizer isso sem parar!

Satyananda teve apenas tempo de engolir sua saliva antes que o menino perguntasse:

— Um santo pode mentir?

— Sem dúvida que não!

— Como o senhor poderia ser um santo, se nem sequer acredita naquilo que diz?

O Monge e o Noviço

A chuva de monção crepitava sobre o caminho, abrindo regos e arrastando pedras. O monge e o noviço caminhavam de costas curvadas. Eram esperados naquela tarde no mosteiro construído sobre a montanha. Avançavam, sem conseguir enxergar mais que três passos diante deles. Ao redor, o mundo deixara de existir. Um casulo esbranquiçado e morno aniquilava todo ruído, toda cor, todo odor. Era fácil ver que era apenas ilusão.

Haviam retirado suas sandálias de couro cru que faziam seus pés, ensopados de água, chiarem. As asperezas do caminho se tornavam novamente sensíveis debaixo dos calos amolecidos que lhes serviam de solado. Suas túnicas monásticas colavam-se ao corpo, e eles lutavam, como estátuas móveis, servindo-se de bastões para avançar contra a corrente. Ondas de lama escorregavam pelo mundo, rodopiavam em torno deles, entre os calcanhares e joelhos. Iam adiante à custa de esforço considerável, mudos e com respiração rouca. Todas as suas forças eram para impelir um pé na frente do outro. Sentiam as ancas e os músculos das coxas queimarem pelo esforço. Uma cãibra por vezes os detinha. Agarravam então com mão forte o membro dolorido, sacudiam-no, batiam com pequenos golpes bruscos e o massageavam para aquecê-lo. Quando a crispação cessava, eles inspiravam, aliviados, e imediatamente partiam de novo para o mosteiro perdido na bruma.

Por fim a chuva parou, deixando atrás de si uma luminosidade intocável, cores avivadas pela água, um cheiro almiscarado de espumas e de lodo. O caminho reapareceu, as montanhas se levantaram na ressaca de nuvens expulsas pelo vento. Pararam para torcer suas vestes e esvaziar o fundo das tigelas amarradas na cintura. Depois retomaram o caminho.

Na curva do caminho uma mulher, completamente molhada, olhava consternada o rio que enchera com a chuva, barrando-lhes o caminho.

— Mãe — disseram eles, respeitosamente, porque os monges chamam todas as mulheres de "mãe" a fim de afastar o desejo potencial —, por que você parou no meio do caminho, olhando o rio?

— Minha casa e minha família estão do outro lado. De manhã atravessei o rio quase a pé enxuto, mas esta tarde a água está tão alta que não tenho coragem de me aventurar.

O noviço imediatamente a tomou nos ombros e a carregou na travessia. Depois voltou para junto do monge. Eles se olharam um instante para se confirmar mutuamente de que era hora de partir de novo, e retomaram sua subida, que durou ainda muitas horas.

Chegaram a ver o mosteiro um pouco antes do cair da noite. Esgotados pela viagem, estavam aliviados ao ver perfilar-se a grande construção sombria e o imenso sino branco do stupa. Fizeram uma pausa para respirar por um instante. O monge repentinamente se inquietou:

— Como você irá explicar aquilo para o lama?

— O que eu deveria explicar para o lama?

— Aquela mulher que você carregou sobre seus ombros!

O noviço explodiu de rir:

— Eu? Eu a deixei na outra margem. E você? Você de fato a carregou durante todo esse tempo?

A Peste

A peste devastava o mundo, a terrível peste bubônica. Ela semeava a morte aos milhões. Conforme o que diziam os viajantes, ela assolava, irresistível, as planícies da Ásia central. O rei, vendo surgir sua nuvem envenenada no horizonte do reino, mandou trazer seus sacerdotes, seus adivinhos, mandou chamar os anciãos, os sábios, dos mais famosos aos mais escondidos, e lhes pediu conselho. Como salvar o povo?

Foram realizados rituais, recitadas orações, interpretados sonhos. Depois os anciãos, os sacerdotes, os adivinhos e os sábios se reuniram para deliberar. Em seguida, foram até o rei.

— Senhor, o deus Shiva está percorrendo o mundo e realizando sua obra de destruição das aparências e de reintegração dos seres. Devemos empreender uma grande obra propiciatória. Como ele não aceita nenhum outro sacrifício além das preces e da meditação, é preciso que todos os do reino, que são capazes disso, orem e meditem.

O rei mandou anunciar o parecer do conselho em todas as praças públicas. A todos aqueles que abandonassem seu trabalho para se dedicar apenas a essa obra benéfica, prometeu que ele próprio remuneraria com o tesouro real, a fim de que nenhuma família tivesse de sofrer pelo esforço nisso empenhado. Também fez ofertas substanciais em todos os templos em que os sacerdotes recitaram continuamente os rituais.

Passou meia-lua e Shiva apareceu ao rei, tão admirado quanto aterrorizado.

— O que você deseja? — perguntou o deus terrível cujo terceiro olho flamejava, ameaçando reduzir a cinzas o feliz soberano.

— Senhor, salva meu povo e eu também da peste que ronda nas fronteiras deste reino!

— Aceito de bom grado. Não desejo a morte dos homens, mas sua volta ao Essencial. Seu povo e você oraram ardentemente, e por fim voltaram às verdades divinas, e não irão, portanto, sofrer a peste. Meu filho, o sapientíssimo Ganésha, protegerá vocês.

O rei se prostrou e se humilhou com reconhecimento aos pés do senhor da morte, que imediatamente desapareceu.

A boa notícia foi logo divulgada. O soberano pediu que as preces e as meditações fossem continuadas por todo o tempo que o sábio Ganésha julgasse necessário para vigiar as fronteiras. Pois bem, orar durante uma hora é fácil, orar um dia inteiro é viável, orar uma semana inteira é coisa rara, orar por quinze dias é fato meritório, mas orar incessantemente, sem saber quando será possível parar, já demonstra uma santidade que não é muito difundida. Aqueles que apenas o medo havia lançado em preces e meditações ficaram menos empenhados quando souberam da presença de Ganésha nas fronteiras. O compromisso deles relaxou consideravelmente.

A peste se aproximou de Ganésha. Insinuou que Shiva e ele tinham sido enganados pelos humanos. Exigiu sua porção de mortos. Ganésha, que recebera de Shiva a ordem de proteger o reino, não lhe deu crédito. Postou-se contra ela.

O combate foi terrível, os horizontes ficaram sombrios com a violência do choque, as árvores se curvaram como fetos de palha, as montanhas foram arrancadas e novamente caíram, sacudindo o mundo, e as próprias nuvens evitaram a região. Shiva, alertado, interveio. Separou os combatentes. Convenceu-se de que os humanos não haviam mantido seu compromisso. Então concedeu à peste um morto, pedindo que Ganésha vigiasse para que ela não pegasse mais ninguém.

No reino, cada um se pôs a tremer. Todos se apressaram em retomar suas preces e suas meditações do mesmo modo que o afogado procura seu fôlego. A peste levou tempo para escolher. E o fez com gulodice. De manhã, um clamor indignado percorreu as vielas, amaldiçoando a sombria peste bubônica e acusando Ganésha de laxismo culpável. Não era um morto que era necessário lastimar, mas uma centena. Chamaram Shiva, que se comoveu. Ele mandou a peste comparecer e exigiu explicações.

— Senhor — disse ela. — Tomei apenas um homem. Os outros não foram mortos por mim.

— Então quem os matou?

— O medo, Senhor, apenas o medo. Eles me viram passar. Sem dúvida não estavam com muito boa consciência. Por causa do medo ficaram com febre, por causa do medo suas feridas apareceram, por causa do medo tomaram a febre e as feridas como se fosse eu, a Peste negra. Eu não os toquei, nem sequer olhei!

Shiva deixou a peste ir embora, felicitou Ganésha pela qualidade de sua vigilância e de sua proteção. Depois foi ao campo crematório, sem dizer uma palavra, para contemplar por um instante os mortos, antes que suas piras os consumissem.

Havia em seu olhar uma infinita ternura, uma compaixão insondável. Ele esperou que seus corpos se desmanchassem em cinzas, e depois, empunhando essa farinha de eternidade, com ela cobriu seu corpo imenso, fazendo das vaidades extintas sua única veste.

Jaya e Vijáya

O sábio Sanaka e seus três irmãos tinham finalmente chegado ao centro da criação, ao topo do monte Sumêru, diante das portas de Vaikuntha, a moradia celeste de Vishnu. Sua longa prática da ioga permitiu-lhe passar sem obstáculo as portas dos seis primeiros círculos. Quando chegaram ao limiar do sétimo círculo, viram apenas dois guardiões, dois gigantes luminosos: Jaya e Vijáya.

Sanaka e seus irmãos avançaram por acaso na direção da porta. Mas esses guardas, cujos nomes falam de conquista e de vitória, os impediram: brilhavam com tal luminosidade que os quatro irmãos ficaram cegos, seduzidos, detidos. Nessa luz, Sanaka e seus irmãos se acreditaram vitoriosos, chegando ao fim supremo, ao encontro com o divino Absoluto. Instalaram-se com satisfação diante do sétimo círculo e começaram a prever o que diriam aos humanos de sua divina viagem quando voltassem, irradiantes, ao mundo.

Sanaka meditava para se embeber da santidade do lugar. No fundo de sua meditação formulou-se uma questão: "Por que, estando unidos ao Infinito, vemos ainda diferenças, entre nós quatro, entre este mundo e nós?" A resposta apareceu, límpida: "Não estamos unidos ao Infinito. Estamos impedidos por uma ilusão terrivelmente sedutora. Acreditamos que somos libertos e acampamos diante da porta que nos impede de sê-lo!" Frustrado, irritado contra si mesmo por se ter deixado enganar pelo orgulho espiritual, ele teve a mais natural das reações: irritou-se contra o obstáculo que nem ele nem seus irmãos tinham sabido ver.

— Em Vaikuntha não reinam nem o medo nem o obstáculo. Jaya e Vijáya, vocês que criaram essa alucinação para nos impedir de nos unirmos com o Infinito, vocês que elaboraram uma ilusão de diferença entre nós, uma separação entre Vishnu e o desejo de Vishnu, sejam malditos! Que lhes seja imposto andar errantes na ignorância e no esquecimento, entre os homens!

Jaya e Vijáya tremeram com tal sentença. Suplicaram que Sanaka reconsiderasse sua palavra. Sanaka, que recuperara a serenidade, desculpou sua ira, mas quem pode reconsiderar uma palavra? O que está dito, está dito. O passado que passou não volta jamais para ser reescrito. Então Jaya, Vijáya, Sanaka e seus três irmãos se remeteram a Vishnu. Ele questionou os dois guardiões do limiar:

— Como vocês perceberam a presença de Sanaka e de seus irmãos?

— Senhor, esses humanos estavam opacos na transparência de Vaikuntha. Como poderíamos não vê-los?

— Qual diferença existe, no Infinito, entre a opacidade e a transparência? Existe alguma "coisa" fora do Infinito?

Jaya e Vijáya viravam em todos os sentidos a questão: "Existe alguma coisa fora do Infinito?" Tentaram uma resposta:

— Senhor, se existisse alguma coisa fora do Infinito, este não seria mais o Infinito.

— A opacidade é diferente de um dos aspectos da luz?

Jaya e Vijáya, de cabeça baixa, ficaram silenciosos.

— Vocês então irão encarnar-se sobre a terra conforme disse Sanaka, a fim de purificar seu olhar.

Eles apresentaram desculpas, suplicaram, mas de nada adiantou. A palavra pronunciada não podia ser reconsiderada, nem a de Sanaka nem a de Vishnu.

— Jaya e Vijáya, vocês persistem no erro. Que diferença vocês estabelecem entre a criação e seu criador?

— Senhor, como o erro também pertence ao Infinito, ele nos conserva junto de Ti, pois não podemos pretender existir longe de Tua presença.

— Escolham em quais corpos vocês voltarão sobre a terra. Nos de dois ascetas, e então vocês me adorarão; ou nos de dois demônios, e vocês me combaterão.

— Como podes propor-nos tal escolha? Como poderíamos escolher lutar contra Ti?

— Saibam que será preciso que vocês reencarnem cada um em dez ascetas que me adoram ou em três demônios que me combatem, antes de voltar a ser meus guardiões.

— Senhor, como os demônios poderiam te alcançar mais depressa que os ascetas?

— O amor é um laço, sem dúvida, mas acontece que por vezes o amante esquece aquele a quem ama. O ódio é um laço mais forte. Aquele que odeia vive somente em função do objeto que ele detesta; ele lhe consagra cada pensamento, cada instante.

— Então seremos demônios. Faze, Senhor, que nosso ódio seja implacável!

Foi assim que Jaya e Vijáya se encarnaram entre os "Daitya", sob a forma dos demônios Hiranyaksha e Hiranyakasipu, entre os "Rakshasa", sob a forma dos reis demônios Ravana e Kumbhakarna, e finalmente entre os "Danava", sob a forma dos gigantes Sisupala e Dantavaktra. Seu combate contra Vishnu os levou a confrontos violentos com o próprio deus. Cada vez que morreram, foi por mão dele, sob o pé dele, com ele. Como todo contato verdadeiro com o divino só pode salvar aquele que teve a ocasião de estabelecê-lo, Jaya e Vijáya reencontraram, portanto, em três etapas, a memória e a guarda do limiar divino. Estão hoje lá onde Sanaka os havia encontrado: entre a infinita ilusão e a Infinita Realidade.

Portanto, se vocês alcançarem Vaikuntha, tomem cuidado para não se deixarem seduzir e deter por seu brilho. Lembrem-se: quem acredita que um "Eu" chegou a isso, acampa com armadura de orgulho diante da porta do sétimo círculo!

Devoção

Naráda era um sábio, um vidente dos tempos védicos, o mensageiro dos deuses junto aos humanos. Ele visitava frequentemente a moradia de Vishnu para receber as notícias sagradas que devia transmitir ao mundo. Quando estava nesse caminho, encontrou dois meditadores em uma floresta.

O primeiro era jovem, tinha há pouco renunciado à vida no mundo para se dirigir ao conhecimento pelos caminhos da prece e da meditação. O segundo estava desgastado pelos anos, encarquilhado pelas privações. Não se lembrava de um tempo em que não houvesse orado, meditado.

— Ó senhor, filho do deus Brahma, mensageiro divino, músico celeste, senhor sábio Naráda: o senhor aceitaria perguntar a Vishnu quando conheceremos a bem-aventurança de ver sua face sublime? — perguntou o velho.

O jovem aprovou vivamente essas palavras:

— Sim, sim — disse ele —, gostaríamos muito de saber quanto tempo ainda precisamos continuar orando e meditando.

Naráda aceitou de bom grado apresentar a questão a Vishnu. Os dois meditadores agradeceram-lhe isso, e depois ele retomou sua caminhada enquanto eles retomavam sua meditação.

Chegando a Vaikuntha, Naráda anunciou-se aos guardiões das portas celestes.

— Sou eu, Naráda, o vidente, o mensageiro dos deuses.

Vishnu o ouviu, e percebeu, no fundo dessa voz, certo traço de orgulho. Não havia dúvida de que Naráda percorria o mundo cantando noite e dia o nome divino; ele era um dos filhos do deus Brahma, tinha reputação de ter esculpido a jaqueira e esticado sete cordas para inventar a vina, esse belo instrumento, cuja música encanta os deuses. Também havia redigido tratados de filosofia, de direito e de música. Mas de onde provinham seus talentos, seu amor a Deus, sua origem? Era tempo de esse filho abençoado encontrar o sentido das realidades. Vishnu, portanto, sugeriu-lhe que fosse ver seu maior santo vivo sobre a terra: um pobre camponês em um lugarejo humilde.

Naráda ficou perturbado. Havia então alguém mais santo do que ele em seu tempo? Como um pobre camponês conseguira esse prodígio de ser mais considerado e mais amado por Deus do que ele? Mas não disse uma palavra sobre sua comoção; apresentou a Vishnu a questão confiada pelos dois meditadores e voltou à terra pelo mesmo caminho. Procurou os dois homens para transmitir a resposta divina. Ao homem velho ele anunciou:

— Será preciso que medite cem vidas ainda, e depois você alcançará Vishnu.

Lágrimas alegres brotaram dos olhos do velho. Dessa forma, portanto, ele estava seguro de encontrar Deus apenas depois de cem vidas, cem vidas que ele consagraria à felicidade de orar, de meditar, de só pensar no Amado! Sua cabeça rodopiava, ele estava ébrio de alegria. Sentia-se abençoado, satisfeito.

O jovem, franzindo as sobrancelhas, inquietou-se um pouco:

— E eu? — perguntou ele.

— Você conhecerá Deus a partir da próxima vida.

— E por que não nesta?

— Não sei; eu transmito a você a resposta de Vishnu. Sou apenas um mensageiro.

Frustrado, o jovem se levantou, deu um chute em sua almofada de erva kusha, tão favorável à meditação. E decidiu voltar para o mundo.

— De que serve orar nesta vida — disse ele —, uma vez que será apenas no decorrer da próxima que minhas orações me levarão a Deus?

Naráda, vendo-o ir embora, levou de repente a mão aos lábios. Acabava de cometer um grave erro. Ele estava tão perturbado por seu próprio tormento que havia invertido as mensagens! O jovem infelizmente já se encontrava longe, e foi impossível avisá-lo. O velho recebeu a doce predição com devoção trêmula, abraçando os pés do mensageiro que lhe transmitia essa radiosa notícia sobre o futuro. Naráda, comovido pela abnegação e pela simplicidade do velho, começava a se perguntar se já não encontrara o homem mais santo de seu tempo. Vishnu, porém, lhe falara de um camponês, e não de um meditador, e continuou seu caminho.

Além da floresta, além da cidade, além das aldeias, além do rio, em uma terra árida, perdida, ignorada, ele encontrou o camponês. O homem era simples. Suas mãos calejadas haviam claramente passado mais tempo cavando a terra do que se unindo em santas preces. Logo ao ver Naráda, o camponês manifestou grande respeito. Ofereceu-lhe sua hospitalidade sem reservas. Convidou-o a honrar seu pobre alojamento pelo tempo que desejasse e lhe ofereceu sua própria refeição espontaneamente, sem nada guardar para si. Naráda prometeu ficar com ele alguns dias. Esperava, desse modo, poder observar as misteriosas e muito eficazes devoções do camponês.

O homem dormiu sob as estrelas, deixando seu teto e sua esteira para Naráda. De manhã, ele se levantou, voltou-se para o levante, pronunciou "Vishnu, Vishnu" com devoção, e depois, tendo alimentado Naráda, comeu de seus restos antes de partir para a jornada de trabalho nos campos. De tarde, preparou o jantar, alimentou Naráda, jantou de seus restos, varreu a casa, estendeu a esteira e a ofereceu a seu convidado. Depois saiu sob as estrelas, voltou-se para o poente, pronunciou "Vishnu, Vishnu" com devoção, e foi novamente dormir no chão.

Na manhã seguinte ele fez o mesmo. Nos dias seguintes nada disso mudou. Naráda, durante sua estadia toda só pôde observar esses gestos recomeçados todas as manhãs, nada mais que esses "Vishnu" ditos de manhã e de tarde. Quando chegou a lua cheia, ele partiu de novo, coberto de bênçãos e de agradecimentos pelo camponês que se considerava o mais feliz dos homens por ter podido alimentar e abrigar um santo homem.

Naráda voltou muito pensativo para Vaikuntha. Apresentando-se às portas da moradia celeste de Vishnu, disse:

— Sou Naráda.

Nada mais. Esperou que o deus o chamasse para junto de si. Então se revoltou:

— Senhor, Tu me disseste que aquele homem é o maior santo da terra. Como, pronunciando duas vezes Teu Nome de manhã e de tarde, pode ele ser maior que eu, que não conseguiria sequer contar o número de vezes em que pronuncio Teu Nome a cada dia?

Vishnu lhe respondeu:

— Você vai saber em que aquele santo é o maior.

Tomou então um pequeno pote, encheu-o de óleo até a borda, e o colocou nas mãos em concha de Naráda. Mandou-o fazer a volta de Vaikuntha, mantendo-o sempre assim, sem derramar uma só gota de óleo sobre o solo sagrado do monte Sumêru. Naráda se concentrou ferozmente e saiu. Entre o nível do óleo, a trajetória e os desníveis do caminho, ele só conseguia respirar com dificuldade. Realizou sua missão, fazendo a volta de Vaikuntha, e retornou para junto do deus sem nada ter derramado. Vishnu retomou o pote e perguntou a Naráda:

— Quantas vezes você pensou em mim enquanto realizava a tarefa?

— Estás brincando, Senhor? Encontrar o caminho, andar sem tropeçar, ficar certo de que o pote continuasse sempre em nível, tomou minha atenção inteira. Como poderia eu também ter conseguido pensar em Ti?

— É? — perguntou-lhe Vishnu. — Saiba que aquele camponês realiza todos os dias suas tarefas quotidianas, sem jamais esquecer de me invocar ao alvorecer do dia e ao cair da noite. É para mim que ele cava seus sulcos. Ele colhe seu grão oferecendo-o a mim, dorme feliz por ser velado por minhas estrelas. Ele faz assim desde a infância. Você, você nem sequer me chamou para abençoar seu primeiro passo, nem para acolher o último de uma missão particular. Vá, não basta pensar em mim quando você não tem mais nada a fazer, e sim viver em minha presença em cada instante de sua vida de homem!

Naráda retomou o caminho. Atravessando a floresta, saudou com respeito o velho meditador. Mas venerou principalmente em seu coração os verdadeiros santos de Deus: cada camponês que abençoa sua charrua antes de cavar um sulco, cada mulher que traça a mandala de farinha diante de sua casa antes de realizar seu trabalho diário, cada um daqueles que, no sofrimento e na alegria, no trabalho e no repouso, murmuram "Senhor", "Vishnu", "Shiva" ou qualquer outro nome divino na língua que lhes convém.

Comunicação

Era um rei poderoso. Havia conquistado todos os reinos vizinhos. Suas vitórias o convenceram de que ele era o homem mais inteligente do mundo. "Talvez, pensava com frequência e deleite, eu seja a própria inteligência do mundo..." Não falava disso com ninguém, pois ninguém o compreenderia. Alguns poderiam sorrir, os imbecis ficariam de boca fechada, os vis bajuladores multiplicariam no mesmo sentido: "Oh, sim, senhor! O senhor sem dúvida é a própria encarnação da razão triunfante!" Ele sonhava encontrar um homem digno dele, não só capaz de compreendê-lo, mas de confirmar sua impressão.

Procurou contornar o problema perguntando a seu conselheiro:

— Você acha que alguém no mundo seja capaz de ler meus pensamentos e de se comunicar comigo sem explicações tediosas?

— Senhor, um adivinho conseguiria talvez comunicar-se assim, ou ainda um sábio, mas parece-me pouco provável que entre seus ministros ou pessoas da corte alguém seja capaz.

— Então, encontre esse adivinho ou esse sábio com o qual eu poderia comunicar-me diretamente. Faça-o depressa!

Pelo tom empregado pelo rei, o conselheiro compreendeu que não se tratava de um capricho passageiro ou de uma brincadeira, mas de uma ordem. Precisava encontrar urgentemente esse personagem fora do comum, capaz de entender seu rei antes que ele abrisse a boca.

Não vendo como encontrar ao acaso tal pessoa, mandou publicar em todo o reino que daria um cofre cheio de joias para quem fosse capaz de ler os pensamentos do rei e de se comunicar diretamente com ele. O negócio era lucrativo e o risco pequeno. Cada um quis tentar a sorte. Todos os ministros e cortesãos, todos os brâmanes, os príncipes, os faquires e os mercadores tentaram ler os pensamentos do rei. Todos falharam lastimavelmente.

O rei estava pronto para todos os testes sem mau humor. No fundo ele estava muito satisfeito com o resultado. Quando a metade da população do reino desfilou diante dele sem sucesso, veio-lhe a convicção de que ninguém conseguiria pensar como ele porque ninguém era tão inteligente como ele. Encontrava-se decididamente só no ápice da inteligência. Não querendo arriscar-se a ficar iludido, advertiu o conselheiro:

— Eu lhe concedo mais um mês para encontrar um homem capaz de se comunicar diretamente comigo, senão...

"Senão permaneço em paz e não se procura mais" — pensava o rei.

"Senão... ele me destituirá de meu posto ou mandará cortar minha cabeça" — temia o conselheiro, arrepiando-se.

Voltou para casa abatido. Sua velha ama morava desde sempre sob seu teto. Ela o alimentara, cuidara de seus filhos, e hoje cabia a ele cuidar dela, pois estava bem velha e frágil. Ela continuava a ser o porto de compreensão onde ele vinha refugiar-se quando seus cargos de esposo, de pai, de conselheiro ou simplesmente de ser humano lhe pesavam demasiadamente. Foi então sentar-se no pequeno jardim diante do quarto dela. Como sempre, ela se aproximou dele em passos curtos de anciã.

— Você está com ar preocupado, meu pequeno.

Ela o chamava sempre de "meu pequeno", mesmo que ele fosse pai, avô, conselheiro do rei, e que seus cabelos estivessem brancos. Para ela, ele permanecia o menino que bebera seu leite, que a acordara de noite, a quem havia curado os joelhos machucados, assoado o nariz, consolado nas tristezas, expulsado os pesadelos

com histórias docemente contadas sob as estrelas. O "pequeno" tomou suas mãos ternamente, e nelas pôs sua fronte ardente. Ela acariciou seus cabelos, murmurando:
— É tão grave assim?
— Creio que estou arriscando meu futuro, até minha vida.
— Por quê?
— É preciso que eu encontre uma pessoa capaz de ler os pensamentos do rei e de se comunicar com ele sem longas explicações. A metade do reino já tentou a sorte, e parece que ninguém consegue realizar esse prodígio.
— Ninguém? Está seguro disso?
— Não, acredito que ninguém!
Ela meneou a cabeça e sugeriu:
— Mas há aquele pastor que vive em minha aldeia.
— O pastor? Qual pastor?
— Aquele rapaz estranho que parece sempre saber o que vamos dizer antes que tenhamos aberto a boca.
O conselheiro se empertigara, com esperança no fundo dos olhos.
— Vamos procurá-lo imediatamente!

Voltando com o pastor para o palácio, o conselheiro se perguntava se esse rapaz tão simples compreendera sua explicação a respeito do pedido do rei. Todavia, ele ficara surpreso ao chegar à aldeia: a primeira pessoa que encontrou foi o pastor, que não pareceu comovido nem assustado por ter de encontrar o rei.

De pé junto ao trono, o homem não tinha ar embaraçado. O conselheiro o apresentou ao soberano, com voz insegura. Este imediatamente ergueu um dedo. Sem hesitar, o pastor ergueu dois. O rei ergueu um terceiro. O pastor fez "não" com a cabeça e quis fugir correndo. Então o monarca levantou-se, rindo, felicitou o conselheiro que finalmente havia encontrado o homem inteligente capaz de falar sua linguagem sutil. Mandou entregar ricos presentes ao pastor e ao conselheiro, depois voltou para seus

aposentos, feliz por ter encontrado um homem apto a entender seus pensamentos, e grandemente satisfeito pelo fato de o homem ser insignificante, inofensivo, nem príncipe nem brâmane. O conselheiro, estupefato, seguiu o rei em seus aposentos. Nada compreendera do estranho diálogo. E arriscou, humildemente:
— Senhor, posso saber o que foi dito entre o senhor e aquele homem?
— Claro! É muito simples: ergui um dedo para lhe perguntar se eu era a única inteligência superior. Erguendo dois dedos ele me lembrou que não estou sozinho, pois a inteligência de Deus é pelo menos tão poderosa quanto a minha. Então, erguendo um terceiro dedo, eu quis saber se havia uma terceira inteligência tão elevada quanto a nossa. Mas o homem é modesto: negou ferozmente, não querendo comparar-se nem com seu rei nem com Deus.

O conselheiro juntou as mãos, retirou-se recuando e acompanhou de novo o pastor até a aldeia dele. No caminho, quis compreender como um homem aparentemente tão simples pudera ler tão facilmente os pensamentos filosóficos do rei. E então perguntou isso a ele.

— É simples — respondeu-lhe o pastor. — Eu tenho três ovelhas. O rei queria comprar uma delas, e eu disse que aceitaria vender-lhe duas, caso ele desejasse. Então ele pediu a terceira, mas sem nenhuma ovelha eu não teria cordeiros nem rebanho. Seu senhor é poderoso, e eu fiquei muito assustado. Fugi para não ser obrigado a vender-lhe minha última ovelha que está esperando cria. É claro que com o preço que ele me pagou por duas ovelhas eu teria podido vender-lhe também a terceira e comprar um rebanho inteiro, mas eu não sabia quais eram os preços praticados no palácio!

Agra

Se vocês não temerem o sofrimento das almas errantes, se pensarem que o corte do amor rompido não pode ferir a alma de vocês, podem ir então ao forte vermelho de Agra.

Ouçam as pedras do Musammam Burj chorar com o imperador Shah Jahan!

Shah Jahan morreu — dizem —, e tem até um túmulo em Sikândra. Mas todo mundo sabe que em Sikândra apenas um corpo foi depositado na terra. A alma de Shah Jahan permaneceu colada às paredes do Musammam Burj, agarrada ao rebordo da janela que domina as vagas do Yamuna e se abre para o Taj Mahal.

— Mumtaz Mahal, Mumtaz Mahal — murmura Shah Jahan. — Eu moro aqui, e você, do outro lado do Yamuna, nesse túmulo que jamais alcançará sua beleza, seja qual for o céu que nele se refletir. Nobre dama, "eleita de meu harém", não pude ir junto a ti esta manhã, pois estava impedido como há mais de três séculos que Aurangzeb me mantém prisioneiro aqui. Não tenha medo, minha beleza, você que deixou sua pátria e os seus para desposar minha vida errante, você que me seguiu sobre o campo de batalha e morreu ao dar à luz no meio dos soldados, você, minha fiel, minha amada, não irei embora daqui enquanto sua alma e a minha não puderem unir-se a fim de deslizarem juntas para o além.

Minha alma não podia partir para Sikândra. Nem a transparência do Koh-i-noor, essa "montanha de luz", esse diamante prodigioso que evoca a beleza do Altíssimo e que os homens colocaram como a lua na ponta do dedo sobre uma coluna de ouro do jardim, nem o esplendor dos noventa e nove nomes de Allah, gravados no mármore branco dos túmulos, conseguiram me arrastar para Sikândra, longe de você.

De minha janela, a cúpula do Taj Mahal é transparente para meu coração. Dizem que ela muda de cor ao correr do tempo, que as nuvens nela se refletem, que o céu nela se contempla, que ao sol ela cintila. Eu, porém, eu só vejo você, sei apenas seu nome.

Oito anos, e meu corpo aqui encerrado procurou a saída para alcançar você. Cada uma das oito paredes dessa torre octogonal bebeu um pouco de meu sangue, um pouco de minha vida. Depois meu alento escapou pela janela, até você, minha amiga. Os homens levaram meu despojo para a terra. Mas o sofrimento da separação, do amor mutilado, exilado, manteve minha alma aqui. Espero que esta torre desmorone, ainda que mil ou cem mil anos sejam necessários. Então estarei livre para ir até você, para me ajoelhar à beira de seu leito, para tomar você em meus braços e caminhar com você para o Altíssimo.

Lá embaixo, na outra margem do rio, a voz do mausoléu responde:

— Meu amante, meu amado, meu esposo, eu espero você. Meu coração se alegra com cada ano que passa, pois a chuva de monção desgasta o mármore do túmulo, cada dia de vendaval corrói minha prisão. Chegará o momento em que minha alma libertada voará até você.

— Minha amada, minha alma estremece e se inquieta: serei acolhido com você diante do Juiz supremo? O que Lhe responderei, se ele me pedir que eu justifique minha vida?

— Você dirá: "Eu amo, e eu sou amado".

O Segredo do Rei

Os Kunbi do Konkan tinham um rei perfeito. Ele era alto, robusto, poderoso como muralha, virtuoso como monge, terno e generoso como as mães. Sua beleza abalava o coração das mulheres e petrificava os homens. Sua voz profunda produzia uma palavra atenta. Ele era a própria encarnação da justiça, da coragem e da compaixão para com os mais fracos.

A partir de certo tempo, ele desenvolvera um dom estranho: podia ouvir o menor ruído a léguas ao redor. Ouvia uma folha farfalhar, uma criança murmurar, uma ave suspirando ao dormir. Parecia perceber até a vibração criadora do pensamento, antes que o som das palavras viesse ao mundo. Ouvia assim a queixa silenciosa dos infelizes, que não tinham mais necessidade de ir apresentar seus pedidos a seus pés. Recebiam sua ajuda antes de pedirem. Esse dom lhe permitia também desmanchar os complôs mais bem urdidos pelos príncipes desejosos de se apoderar do reino. Assim, ouvindo um dia um cálamo arranhando uma tabuinha de argila, conseguiu ouvir as palavras escritas por impudentes ladrões que faziam planos para roubar o tesouro real! Esse talento estranho não podia, portanto, agradar todo mundo. Eram numerosos os que desejariam conhecer o segredo desse dom, por curiosidade, por ciúme, ou para tentar dele privá-lo.

Esse rei, como todos os homens de seu tempo, tinha um barbeiro. Naquela manhã, o barbeiro pretendia fazer um novo corte para a longa cabeleira real. O aniversário do rei se aproximava e o presente previsto por seus súditos era uma coroa que exigia, para aparecer bem, desimpedir as têmporas e as orelhas. Na verdade, as orelhas do rei interessavam muito particularmente seus inimigos, que haviam encontrado essa astúcia para observar seu funcionamento.

O inocente barbeiro, que fora informado sobre o presente, bem que duvidava um pouco das intenções dos doadores. Começou, entretanto, a roçar o cabelo. Ele também gostaria, por pura curiosidade, de saber como o rei ouvia tão bem. E aconteceu! Sob o abundante tosão de seu augusto senhor, ele descobriu a estranha forma das orelhas do rei: orelhas compridas, muito compridas. Parando imediatamente o trabalho, ele se inclinou para contemplar sua descoberta. Não conseguiu impedir-se de jurar, de soltar um suspiro abatido, antes de gemer e de se pôr a chorar.

Era um bravo homem, um homem modesto que se alegrava de ser súdito de um bom rei. Descobrindo repentinamente o que não devia, temeu por sua vida e pelo futuro do mundo. Sua mão tremeu. O rei perguntou sobre o motivo de sua emoção e o infeliz barbeiro, não sabendo como dizer tal coisa sem envergonhar o soberano, tentou expressar-se com meias palavras:

— Suas orelhas, senhor!
— O que há de estranho nelas? Diga-me!
— Já vi coisa semelhante.
— Ah, sim?... E então?
— Já vi outras semelhantes, mas não (perdoe-me) sobre uma cabeça humana.
— Onde, então? Fale sem medo.
— Isto é... parece-me...
— Fale!
— Poderia ser... sobre uma cabeça de asno, senhor.
— Então é isso! — disse o rei. — Eu senti que elas tomavam uma forma curiosa há algum tempo. Estavam pesando mais do que de costume.

O barbeiro meneou a cabeça pensativamente, seguro de não ter incorrido nas fúrias reais, mas doravante inquieto sobre o efeito que tal notícia poderia acarretar sobre a população. Seria necessário considerar o rei como imperfeito, indigno de reinar? Seria possível alegrar-se com um dom vindo dos deuses e continuar a vida feliz do Konkan sob este reino? O rei não ouviu seus pensamentos, mas bem que os adivinhou. Eram semelhantes aos que ele remoía há algum tempo já.

— Não corte os cabelos que cobrem as orelhas — disse ele —, e conserve a coisa em segredo. Precisamos proteger a paz deste reino. Tema por sua vida se divulgar meu segredo.

O barbeiro penteou os cabelos de modo que enquadrassem totalmente o rosto do rei, terminou o corte da barba tremendo um pouco, e guardou cuidadosamente a navalha em seu estojo. Quando saudava o rei para se despedir, este lhe estendeu uma bolsa:

— Eis o preço por seu silêncio. Mudo, você será rico; indiscreto, você morrerá.

A escolha foi rápida. Ele foi embora, firmemente decidido a se calar.

Naquele dia ele voltou para casa sem preocupação nem perturbação maior. Mas não há coisa mais difícil de conservar do que um segredo. Não um pequeno segredo sem importância, mas um verdadeiro, um grande, um desses segredos que dão importância para quem o conhece.

Com o tempo, todavia, a dificuldade se insinuou em sua vida. Como justificar para sua esposa primeiro, depois para seus vizinhos, por fim para a aldeia inteira, a nova importância de seus ganhos como barbeiro real? E para quem, para que serviria um tesouro que tivesse de permanecer escondido, por não poder explicar sua origem?

As semanas passavam, e a cada dia ele era visto chegando em casa com uma bolsa um pouco cheia demais para um barbeiro. A situação o perturbava tanto que ele chegava a chorar ou rir, sem transição. Sua mulher se inquietou com ele, interrogou-o de diversos modos, não recebeu nenhuma resposta satisfatória e, temendo, tanto por sua saúde mental como por sua probidade, foi até sua sogra para que ela interrogasse e fizesse seu filho pensar.

A mãe do barbeiro o questionou então, mas não obteve nada a mais. Pressentiu, porém, que seu filho carregava um fardo demasiado pesado para ele. Aconselhou vivamente que ele se libertasse disso, contando a coisa para alguém capaz de ajudá-lo.

Não podendo falar com ninguém, ele se dirigiu ao rei, tentando explicar-lhe a dificuldade de sua situação. O rei, magnânimo, aconselhou que o barbeiro lhe contasse toda a questão. Ouviu-o atentamente, deu a parecer que ficava ofegante, repetindo "oh, oh!" e "ah, bom!" nos momentos apropriados. O barbeiro ficou aliviado por um tempo. Sua paz, contudo, não durou. Contar seu segredo ao rei não era se livrar dele, mas prolongar sua cumplicidade, tornar o fardo mais pesado. Não conseguiu enganar-se por muito tempo.

Doravante ele evitava cruzar com as pessoas, inimigas ou amigas, desconhecidas ou familiares. Já não ria com frequência, e também não chorava mais. Andava, esgotado, enrijecido pelo esforço que seu silêncio lhe impunha. Dormia pouco e sozinho, para não se trair enquanto dormia. Sua mãe, vendo-o tão mal, tomou-lhe as mãos, suplicou que lhe confiasse seu sofrimento ou que falasse com alguém capaz de ajudá-lo. Ele aquiesceu com a cabeça sem dizer uma palavra, porque há tempo não falava mais com ninguém, com medo de dizer seu segredo sem querer. Como ela insistia, ele vociferou:

— Deixe-me, não posso dizer nada, pois é minha vida que está em jogo!

— Escute, meu filho, se você não pode sequer dizer seu segredo à mulher que colocou você no mundo, que o alimentou e criou, vá então dizê-lo às árvores! As árvores não falam, não podem trair você. Mas, pelo amor de Deus, alivie seu coração, senão você morrerá sufocado pelas palavras que está retendo!

O barbeiro esperou ainda algum tempo, mas, vendo que ficava sufocado mortalmente sob o peso do segredo, decidiu dar uma chance à ideia de sua mãe.

Temendo, entretanto, ser ouvido no momento em que sussurrasse seu segredo às árvores, partiu para longe, andando sempre em frente. Atravessou o rio, mas ainda ouvia os rumores da aldeia. Transpôs a colina, mas ainda ouvia os sinos do templo. Chegou ao fim do mundo, lá onde o mar apaga as pegadas humanas com cada uma de suas respirações. Encontrou um lugar onde cresciam jaqueiras. Fez um buraco profundo, e murmurou para as trevas:

— O rei tem orelhas de asno.

Logo que pronunciou essas palavras, imediatamente as sepultou. Por prudência, plantou sobre o buraco um ramo de jaqueira, depois o regou, a fim de que ao crescer a árvore segurasse bem a terra com suas raízes. Então foi mergulhar nas ondas alegres. Pela primeira vez depois de longos meses, ele se sentiu contente.

Voltou para casa, trazendo um pesado fruto de jaqueira a fim de justificar sua ausência. Sua família saboreou a polpa, consumiu os bagos em forma de purê, e alimentou a vaca com a casca. Depois a vida retomou seu curso tão simples quanto antes. Seu mal-estar foi atribuído a alguma febre desconhecida; todos se alegraram com sua cura e esqueceram. Ele continuava a cortar os cabelos do rei, mas nunca mais levantou seus cabelos. Chegou a se perguntar se de fato não havia tido alguma febre e sonhado sua desgraça. Todavia, não se atreveu a verificar isso. Sabia o preço a pagar por descobertas proibidas, fossem elas ilusórias ou não. Preferiu acreditar que o rei o pagava como um Primeiro Ministro por suas qualidades exemplares de barbeiro.

Os meses passaram, depois os anos. O rei não era casado. Um tão belo homem, um soberano tão bom, tão justo e generoso, seria pena que ele não deixasse um herdeiro no trono! O conselho dos anciãos o convidou então com insistência a tomar como esposa a princesa ou a jovem virtuosa que fosse de seu agrado.

Todos ficaram surpresos quando ele decidiu casar-se com uma jovem belíssima, virtuosa e de muito boa estirpe, porém muda. Os áugures foram consultados. Essa imperfeição não arriscaria pôr em perigo a serenidade do reino? Como os astros pareciam mais rir disso, foi escolhido um dia propício para as núpcias.

Dançarinos, músicos e poetas foram convidados para o casamento. Vieram de todos os lugares. Um músico, atravessando a floresta, viu uma jaqueira perfeita para fazer um tambor. Ele a cortou, esculpiu, dando-lhe uma bela forma de ovo com suas extremidades desigualmente abertas. Depois encapou o conjunto com pele de búfalo, de cordeiro e de veado, que dão o som incomparável ao mridangam, esticando-as sobre cada face, esparramando no centro das peles uma fina mistura de pó de arroz e de cinzas. Quando sua obra ficou pronta, ele devidamente louvou a árvore e os deuses, pedindo-lhes que abençoassem esse belo instrumento que lhe haviam oferecido. Por fim subiu a colina, com o tambor nas costas, atravessou o rio e se apresentou no palácio.

O casamento foi inesquecível. Todo o povo estava presente, com os dignitários da corte e os embaixadores dos reinos amigos. Depois da cerimônia, os artistas vieram manifestar seu talento em homenagem aos jovens esposos. O rei oferecia a cada um uma bolsa proporcional a sua satisfação. Como ele era naturalmente generoso, todos os artistas iam embora felizes. Até os desajeitados recebiam um prêmio de consolação.

O batedor de tambor marcava o ritmo para os dançarinos, os músicos e os poetas. Seu toque era sutil, sensível. Desse modo, um poeta, depois da introdução de um tema, calou-se, a fim de que cada um ouvisse o tambor falar sob a delicadeza do toque. Então todos ouviram subir no ar tranquilo este canto:

Tac, tagatac, tac, tagatac,
tac, tagatac, tac, tagatac,
o rei tem orelhas de asno!
Tac, tagatac, tac, tagatac,
tac, tagatac, tac, tagatac,
o rei tem orelhas de asno!
Tac, tagatac, tac, tagatac,
tac, tagatac, tac!

O rei levantou-se dignamente diante do mundo estupefato. Com gesto grandioso, renunciando enfim a todo mistério, a toda máscara, levantou seus cabelos e aceitou humildemente ser visto tal qual ele era. Todos descobriram suas orelhas extraordinárias.

No instante em que foram desveladas, elas não eram mais as de um asno. Haviam adquirido a dignidade dos nobres apêndices de Ganésha, grandes suportes para as joias da humildade e da Verdade.

Tudo Acontece para o Melhor

O rei que reinava naquele tempo tinha como conselheiro seu tio Pratapsingh. O soberano sempre tivera de se felicitar pela perspicácia do velho homem, e também o respeitava. Todavia, esse sábio tinha o irritante costume de considerar os obstáculos sempre como bem-vindos. Para tudo o que acontecesse, desde a alegria até as desgraças, ele dizia: "Tudo acontece para o melhor". Esse otimismo inconsequente contrariava muito seu senhor e parente próximo.

— Como o senhor ousa pretender que tudo acontece para o melhor — disse-lhe certo dia, incomodado —, se o ano foi duro, a seca esvaziou os celeiros e a fome ameaça?

— Senhor, tudo o que Deus faz está bem feito. Ignoramos em que nossas desgraças são úteis, mas, graças a Deus, elas são úteis, inevitavelmente.

— Até a epidemia que devastou nossas cidades e aldeias, no ano passado?

— Senhor, se todos aqueles mortos de ontem ainda estivessem vivos, como o senhor os alimentaria com a magra colheita deste ano?

O rei continuava duvidando. Como ele meneava a cabeça, o conselheiro lhe contou isto:

Um jovem, certo dia, capturou um cavalo selvagem. Construiu para ele um cercado diante do sítio de seu pai, que nada disse. Todos os aldeões acorreram, admiraram o animal, e juntaram as mãos, repetindo:

— Que sorte você tem!

— Quem sabe? – dizia o pai.

O filho quis montar o soberbo garanhão. Tentou pôr uma sela em seu dorso, não conseguiu, e se arriscou a montar a pelo. O animal deu um coice, o homem caiu e quebrou a perna direita.

— Querer conservar esse garanhão borbulhante de vida, que arrisca arrebentar o cercado, sua cabana e até sua cabeça, com um golpe de casco, é um erro — disseram os aldeões ao pai. Veja seu filho em dificuldade. Voltará a andar sem mancar? Que desgraça!

O pai respondeu:

— Quem sabe?

Os aldeões ficaram indignados com o que eles tomavam como indiferença para com o filho.

Entretanto, o reino vizinho havia declarado guerra contra o deles, e sargentos recrutadores percorreram aldeias e lugarejos para alistar os jovens saudáveis. O filho estropiado ficou junto com seu pai. Os aldeões, cujos filhos tiveram de partir, diziam ao pai:

— Que sorte seu filho ter quebrado a perna. Assim ele ficou com você, e não arrisca seus vinte anos por causa de uma querela de reis!

O pai respondeu ainda:

— Quem sabe?

O garanhão não suportou muito tempo ficar separado dos seus. Arrebentou o cercado e fugiu. Os filhos dos aldeões voltaram todos da guerra, carregados de dinheiro vivo, de glória e de despojos. Os aldeões felizes disseram ao homem cujo filho não fora recrutado:

— Decididamente, você não tem sorte, pois não tem mais o cavalo, seu filho ficou manco e não recebeu nem soldo nem despojo para enriquecer sua família.

O homem meneou a cabeça. E murmurou:
— Quem sabe?
Pela manhã, o garanhão voltou, seguido por cinquenta cavalos, todos igualmente esplêndidos. Entraram no recinto do cercado e aí permaneceram tranquilos, pois haviam escolhido seus senhores. Nem foi mais necessário fechar o portão atrás deles.
— Vocês viram que maravilha? — disseram os aldeões, desconcertados e com inveja. — Nosso vizinho é abençoado pelos deuses. Que sorte ele tem!
O homem sempre respondia:
— Quem sabe?

Pratapsingh interrompeu sua história neste ponto. O rei fez um muxoxo, expulsou da frente do nariz uma mosca imaginária, e preferiu mudar de assunto.
— Devemos organizar uma partida de caça ao javali antes da colheita de algodão. Precisamos proteger os colhedores, impedir que sejam feridos por algum javali solitário, ciumento de sua tranquilidade.
— Sim, senhor! Vou me ocupar disso imediatamente.
No pátio do palácio, os dromedários altivos ruminavam lentamente enquanto os cameleiros, vestidos de branco, de turbantes púrpura, se esforçavam para pendurar penachos vermelhos e negros em torno das focinheiras e para amarrar as selas. Na extremidade de pescoços poderosos, semelhantes a serpentes, os beiços vibrantes e as minúsculas orelhas se agitavam ao sabor dos ruídos. Ninguém confiava nos olhos meio fechados dos animais. Todos se mantinham a distância das bocarras prontas para morder!
Depois que as selas foram colocadas, lindamente enfeitadas com tapetes e mantas, os príncipes, os dignitários e o rei saíram das varandas, de onde supervisionavam os preparativos. Montaram nas selas e se instalaram confortavelmente. Estalando a

língua e puxando as rédeas, incitaram os animais a se levantar. Os dromedários se inclinaram para a frente sob o impulso das garupas e das longas patas traseiras. Ajoelharam-se por um instante. Estariam orando para que o deus dos dromedários abençoasse o dia? Depois se desdobraram, alongando as patas dianteiras, lançando a fronte para o céu, com o pescoço enervado. Alguns, irritados por terem sido perturbados, blateraram, exibindo seus dentes amarelos. A caravana pôs-se em movimento lentamente, como quando se sai de um sonho, depois entrou no dançante ritmo de galope.

O primeiro e o último caçador se informavam, com toques de trombeta, sobre a direção tomada, a velocidade adotada, o estado do terreno e a homogeneidade do grupo. Os javalis foram descobertos. Todos os caçadores embocaram as trombetas para os ajuntar, perseguindo-os em campo aberto, longe dos frágeis campos de algodão.

O rei fez um movimento em falso ao pegar sua trombeta. As rédeas lhe escaparam e seu camelo partiu desembestado, esmagando os algodoeiros e estabelecendo rapidamente uma grande distância entre ele e a caravana. Pratapsingh, vendo o rei em dificuldade, esporou sua montaria para alcançá-lo. Reuniu-se a ele com dificuldade, impeliu seu camelo contra o do rei, agarrou as rédeas que voavam sobre o pescoço, e finalmente conseguiu deter os dois animais. Estavam nervosos, arredios. Os dois cavaleiros saltaram para o chão. Suas montarias fugiram, correndo uma atrás da outra. Atrás, ao longe, ouviram as trombetas que soavam e os chamavam, mas não podiam responder, pois as deles haviam caído na correria da escapada. Gritaram. Suas vozes se perderam.

— Senhor — disse Pratapsingh —, vamos nos abrigar debaixo desta árvore e descansar um pouco. A tropa sem dúvida estará procurando o senhor. Ela nos achará logo.

— Precisaríamos ajudá-la, dar sinal de onde estamos.

— Poderíamos fazer uma fogueira.

Juntaram galhos secos, limparam o chão em torno deles para evitar o risco de um incêndio, delimitaram um espaço com um círculo de pedras. Enquanto Pratapsingh tentava conseguir uma chama esfregando dois pauzinhos um sobre o outro, o rei, que estava com fome, colheu um fruto na árvore, puxou a espada e o cortou. Na pressa, cortou a ponta do dedo.

— Miséria — rugiu, sacudindo o sangue que avermelhava sua mão —, eis-me aqui, perdido e ferido! Francamente, Pratapsingh, tem a coragem de me dizer que tudo acontece para o melhor?

— Sem dúvida, senhor.

— Como ousa? Estou cheio de sua filosofia ridícula. Vá embora daqui antes que minha espada corte sua estúpida língua ou sua cabeça. Você me salvou a vida detendo o camelo. Eu lhe concedo a sua. Vá embora!

— Sim, senhor, vou embora conforme sua vontade. Está tudo bem — disse Pratapsingh, afastando-se sem demora.

O rei permaneceu sozinho, incapaz de fazer fogo, faminto. Rasgou um pedaço de sua túnica e amarrou-o no machucado. A ferida lhe provocou febre. Esgotado, adormeceu ao pé da árvore. Foi despertado por homens negros e de cabelo encarapinhado da tribo dos Bhils. Estavam armados de arco e flecha. Marcas estranhas ornavam seus corpos. Amarraram o rei, trocaram gritos satisfeitos e depois o levaram assim amarrado a sua aldeia de terra batida. Lá o prenderam ao poste sacrifical, junto ao altar de pedra.

Era o último dia das festas dedicadas a Kali, a terrível deusa. Todo ano eles lhe sacrificavam uma vítima digna dela. O rei lhes pareceu uma vítima perfeita. Todos se alegraram e dançavam, enquanto seu sacerdote recitava ladainhas. De repente, ele deu um grito estranho. A multidão se imobilizou, em silêncio.

O soberano, ansioso, aproveitou para negociar:

— Deixem-me ir embora, eu sou rei, vocês receberão grandes recompensas se me libertarem.

Ninguém estava com ar de compreender sua língua; mas ele repetiu suas promessas:

— Eu lhes darei as mais belas vacas de meu reino, vocês poderão fazer um grande sacrifício, deixem-me ir embora.

O sacerdote, saindo de seu transe, ficou com ar arrebatado.

— Que sorte! Jamais teríamos sonhado poder oferecer um sacrifício de tal qualidade para a deusa. Rei, você é bendito, pois Kali vai acolher você em seu seio!

O rei, apavorado, não tinha nenhum desejo de ser a oblação ritual para Kali. Urrava enquanto pós vermelhos e ocres eram espalhados sobre ele. O sacerdote viu de repente o dedo enrolado. Levantando a mão direita, interrompeu logo as celebrações:

— Parem! — disse ele. — Este homem é indigno da deusa: seu corpo é imperfeito!

Então abriu o curativo, viu que um pedacinho do dedo estava faltando, apressou-se a soltar o rei. Depois purificou o altar, manchado pela insultante oferta.

Enquanto se afastava, tremendo, o rei se lembrou das palavras de Pratapsingh. Sem dificuldade chegou à evidência de que, de fato, seu ferimento acontecera "para o melhor". Ele o salvara da morte! E logo se lamentou por ter tratado tão mal seu tio e conselheiro. E, como em seu coração estava pedindo perdão, o séquito real apareceu entre as cabanas da aldeia. Pratapsingh fizera uma fogueira, os caçadores o haviam encontrado. A marca deixada pela passagem dos Bhils arrastando o rei recalcitrante facilmente os conduzira até ali.

— O senhor está bem? — perguntou Pratapsingh.

— Por Deus – respondeu-lhe o rei. — Fui julgado digno de alimentar a própria Kali, o que não era uma pequena honra.

— Quais são suas ordens?

— Vamos oferecer belas vacas a esses homens. Estavam realizando uma cerimônia, e minha presença e depois a de vocês os interrompeu. Saibamos agradecer, porque "tudo aconteceu para o melhor!"

Pratapsingh, um pouco surpreso, inclinou-se ao rei:

— Não está mais irritado, senhor?

— Não. Você estava com razão, pois este dedo cortado salvou minha vida. Tratei você muito mal, amigo. Perdoe-me!

— Senhor, estou muito contente de o senhor ter-me mandado embora. Esses homens iriam nos encontrar juntos, eu não poderia ter avisado os caçadores e a esta hora estaria morto, porque não tenho nenhum ferimento no corpo. De fato, tudo aconteceu para o melhor, tanto para o senhor como para mim.

História em Busca de Ouvidos

Era o dia de Rathasaptami, sétimo dia depois da lua cheia do fim de dezembro. Os fiéis honravam a luz solar. Enquanto o carro processional deixava o templo para percorrer as ruas, uma velha senhora viúva tomou um banho ritual, pronunciando com fervor as preces. Depois voltou para a casa da família e tomou um punhado de arroz açafroado. Ela desejava contar a um de seus filhos a história de Surýa, o deus solar. Ofereceria o punhado de arroz aos ouvidos atentos. Realizar esse rito nesse dia permite aos brâmanes renascer entre os deuses, aos guerreiros entre os brâmanes, aos mercadores entre os guerreiros, às mulheres alcançar sabedoria nesta vida, contanto que jejuem, e às viúvas nunca mais conhecerem os sofrimentos da viuvez em suas futuras encarnações.

Seus filhos, porém, estavam demasiadamente ocupados com seus afazeres. Ela foi então ver seus netos, mas eles estavam saindo para a escola. Foi atrás de suas noras. A mais velha estava indo ao mercado, e a mais jovem tinha seu bebê para enfaixar, alimentar e pôr a dormir.

A velha senhora viúva foi até o rio. Propôs às lavadeiras que escutassem a história de Surýa, mas haviam acabado de bater e de enxaguar a roupa branca, e se apressavam a voltar para casa, a fim de pô-la a secar e preparar o almoço. Sem se desesperar, ela saiu de novo e propôs a história de Sur´ya ao carpinteiro sobre um telhado, ao oleiro que ativava o fogo, aos vaqueiros que corriam atrás de seus animais, aos brâmanes que eram esperados no templo, aos lenhadores cujo trabalho fazia demasiado barulho para que ouvissem sua história.

Ela sempre saía de novo, triste, mas sem rancor, decidida a encontrar em algum lugar um ouvido disponível. "Tudo vem da graça de Deus, e o que acontece, portanto, é abençoado" – pensava ela a cada passo. Entretanto, todos aqueles que lhe haviam recusado um ouvido compadecido pagavam por sua indiferença. O filho mais velho perdeu seu processo e teve de pagar multa. O mais novo vendeu seus tecidos com prejuízo. Os netos na escola foram empurrados e punidos. A mais velha das noras esqueceu no fogo o almoço, e o bebê da mais nova chorou tão alto o dia inteiro que ela ficou com dor de cabeça. Um infeliz impulso de serra cortou o dedo do carpinteiro. Os potes do oleiro, apanhados demasiadamente rápido, se quebraram no forno. As vacas cansadas pela corrida deram pouco leite para os vaqueiros. Sobre o altar foram colocadas impurezas, e os brâmanes tiveram de recomeçar os rituais. O tronco da árvore rachou ao cair, e os lenhadores dela retiraram apenas lenha para queimar, em vez das boas tábuas esperadas.

A velha senhora viúva ignorava tudo sobre a sequência de punições que recaíam sobre os indiferentes. Entretanto, continuava triste de ser dolorosamente viúva e ameaçada de conhecer ainda esse sofrimento em suas vidas futuras por falta de encontrar um ouvido atento.

Ora, enquanto caminhava pelas vielas mais sórdidas da aldeia, viu uma mendiga sentada e encostada em uma parede. A mulher estava grávida. A velha senhora viúva inclinou-se para ela.

— Você aceitaria ouvir a história de Sur'ya?

— De bom grado — respondeu a mendiga batida. — Mas estou com tanta fome que estou com dificuldade de seguir o que me dizem.

A velha senhora viúva tomou as poucas rúpias que tinha, embrulhadas em uma dobra de seu sári. Comprou arroz, uma tigela de legumes e um copinho de iogurte. E com isso alimentou a mulher. A infeliz, logo que terminou sua refeição e arrotou, adormeceu com um suspiro.

Com o punhado de arroz açafroado na mão, a velha senhora viúva esperava que ela despertasse. Contemplou-a e se perguntou:

— Será que ela vai dormir até amanhã? Precisarei despertá-la para lhe contar a história de Surýa?

O bebê, no ventre da mãe, respondeu:

— Vovó, conte-me a história de Sur'ya. Quero ouvi-la de sua boca. Coloque alguns grãos de arroz no umbigo de minha mãe a fim de que essa recitação ritual liberte a senhora da ignorância, da viuvez e de todo sofrimento.

A velha senhora viúva fez alegremente o que era preciso. Depois contou a história para a criança.

Quando ela estava recitando o final, os três grãos de arroz se tornaram de ouro puro antes de desaparecer. A mãe despertou, que a velha senhora viúva a perdoasse por sua fraqueza, e pediu que lhe contasse a história de Sur'ya.

— Não se incomode — disse a velha senhora, maravilhada com o que ouvira e vira. — Eu já contei a história para seu bebê. Ele será uma criança extraordinária, e terá uma vida bela e boa. Espalhará a paz, a alegria e a prosperidade em todo lugar por onde passar. Mantenha-me informada sobre seu nascimento, pois eu gostaria de encontrá-lo e acolhê-lo neste mundo.

Ela voltou para casa, sempre velha e viúva, mas tranquilizada quanto a suas vidas futuras.

Quando a mendiga deu à luz, mandou informar a velha senhora viúva que sua filha havia nascido. A anciã imediatamente correu até lá, ajudou-a até recuperar suas forças, alimentou a mãe que alimentava a criança. Ela amarrou seu sári de viúva nos galhos baixos das árvores grandes, colocou ternamente a menina nesse berço, pediu que os pássaros do céu cantassem canções para a criança. Quando a mãe recuperou seu vigor, a velha dama voltou para casa. A mãe encontrou um emprego de lavadeira e nunca mais passou fome.

Ora, aconteceu que o rei, passando pelo rio, ouviu os cantos dos pássaros. Jamais ouvira melodias tão delicadas. Desceu do cavalo e se aproximou da árvore cantando. Viu, no berço, o bebê sorridente que também chilreava.

— Rei — disseram os pássaros —, esta menina é sua noiva. Leve-a para seu palácio, alimente-a, eduque-a e case-se com ela. Cuide bem da mãe dela.

O rei tomou a menina nos braços, mandou chamar a lavadeira. Juntos, foram para o palácio. No caminho, as árvores floresceram, os campos se cobriram de pesados feixes de espigas, as fontes secas voltaram a correr, as mulheres estéreis sentiram seus flancos dançarem sob a pressão da vida. Desde que chegaram ao palácio, o reino conheceu grande prosperidade, as querelas terminaram em risos, o sofrimento foi embora para outros céus.

A primeira esposa do rei, há muito tempo estéril, deu um herdeiro para o trono. Ela, entretanto, estava com raiva. "Partilhar o título de rainha com essa filha de mendiga... Fora! — pensava ela — Isso não é digno de mim!". Tentou envenená-la. Mas o veneno se transformou em néctar antes de chegar aos lábios dela, dando-lhe mais beleza ainda.

Quando a jovem se tornou núbil, o rei, fiel a sua palavra, mandou tornar público seu próximo casamento. A primeira esposa, indignada, urdiu uma tramoia. Convidou o rei para seus aposentos, com o motivo de festejar sua felicidade próxima. Ele ficou surpreso ao vê-la de volta a melhores sentimentos. Sabia de sua rabugice e de sua raiva de ver saltitar pelo palácio a jovem noiva encontrada à beira da água. Foi ao encontro dela com os braços cheios de flores e de presentes preciosos, para que ela soubesse bem que permaneceria a primeira dama do reino, e que ele se casava com a jovem apenas para respeitar sua promessa. As intenções da raivosa, porém, eram criminosas. Mandou servir ao rei seu prato favorito, regado com veneno. Ele morreu imediatamente.

Desde que foi informada de seu falecimento súbito, a jovem decidiu imolar-se sobre a pira funerária daquele que havia sempre considerado como seu esposo. Tomou então um banho, vestiu o sári branco das viúvas, e saiu de seus aposentos para se deitar junto do despojo real. Estava comovente e bela, seus cabelos negros cintilavam ao sol, seu rosto respirava a paz, seu olhar parecia já ver o além do mundo. Um brâmane desconhecido atravessou o campo crematório, postou-se diante dela antes que subisse ao leito de lenha seca.

— Antes de cometer esse "satí" para seguir seu esposo, eu lhe peço para lavar seus pés e os meus com esta água.

Ela se ajoelhou no chão, lavou humildemente os pés do sacerdote e depois os seus.

— Agora — disse ele —, queira ungir-me com pasta de sândalo e espalhar este açafrão sobre seus cabelos.

Depois lhe apresentou pó vermelho. Ela o tomou com a ponta do dedo e fez um minúsculo círculo sobre sua fronte.

— Queira agora alimentar-me, e alimentar todos os monges, amigos e membros da família aqui reunidos. Queira por fim juntar-se a essa refeição de núpcias.

Quando a refeição terminou, ele ordenou:

— Distribua estas nozes e folhas de bétele. Queira tomar delas também.

Todos ficaram atônitos. O brâmane pedia a uma filha de mendiga, uma sem-casta, que agisse como brâmane! Ela aquiescia e realizava tudo o que lhe era mandado, mas seu coração e seu espírito dolorosos esperavam impacientemente para se reunir ao esposo.

— Eu ignoro quem é o senhor e o que o leva a agir assim, mas peço-lhe que me deixe por fim deitar-me sobre este leito funerário! — ousou ela, por fim, dizer.

O brâmane lhe respondeu:

— Eu sou Sur´ya, o deus solar de quem você ouviu a história antes mesmo de nascer. Tome estes três grãos de arroz açafroados, coloque o primeiro sobre os lábios de seu esposo e cada um dos outros dois sobre suas pálpebras, e depois asperja seu corpo com o açafrão que aqui está. Ao dizer isso, ele se retirou. Da mão da jovem esposa os três grãos de arroz se transformaram em ouro.

Ela se adiantou, ereta e resoluta, até a pira. Subiu sobre os troncos de sândalo, colocou como um beijo o primeiro grão de arroz sobre os lábios do rei e os outros dois sobre suas pálpebras. Eles imediatamente desapareceram. Quando estava espalhando o açafrão, seu esposo despertou, olhou ao redor, espantou-se de estar de volta a este mundo. A multidão, antes silenciosa, pôs-se a cochichar, e um clamor de alegria invadiu o ar.

— Como você pôde realizar esse prodígio? — perguntou o rei.

— Antes mesmo de nascer, eu havia escutado a história de Surýa que uma velha senhora viúva devia contar para poder escapar ao incessante retorno da ignorância e do sofrimento. Essa mulher me abençoou, e Surýa também aceitou proteger-me nesta vida. Como você nunca traiu seus compromissos a meu respeito, você é meu esposo e beneficiário desta proteção, porque o esposo e a esposa — saibam todos! — são os dois aspectos do Um. Eles dão a perceber o céu da Unidade sob a poeira das diferenças.

Confiança

Um fiel de Vishnu estava desolado por não ter filhos. Orou, jejuou, fez uma longa ascese. Depois, com uma braçada de flores, frutos e incenso, foi atirar-se aos pés do sábio Naráda.

— Ó Naráda, filho de Brahma, o senhor pode pedir a Deus por minha esposa e por mim, a fim de que ele nos abençoe e nos conceda um filho?

Naráda partiu imediatamente para Vaikuntha, a moradia dos deuses, a fim de transmitir logo esse pedido a Vishnu:

— Ó Senhor que protege o mundo, quando concederás um filho para teu fiel servidor e sua esposa?

— O destino desse casal não é o de serem pais, eles não terão filhos nesta vida.

A notícia deixou o sábio triste, e uma grande compaixão o invadiu. Ele sentira o quanto esse casal sonhava com filhos e sabia que apenas um filho pode realizar os ritos funerários indispensáveis para evitar a dolorosa errância entre os mundos. Então murmurou:

— Ó Senhor, abençoa essas pobres pessoas!

Por sorte, nem o fiel de Vishnu nem sua esposa esperavam dele a resposta divina. Ele não saberia como lhes apresentar a terrível verdade. Evitou então passar perto da casa deles durante longos anos, porque não sabia o que responder ao tormento deles. Certo dia, entretanto, foi obrigado a tomar aquele caminho. Quando chegava à casa deles, ouviu risos de crianças no jardim. Deu uma olhadela por cima da mureta, viu a mulher aleitando um bebê enquanto uma menina e seu irmão mais velho brincavam ao redor dela. Era inútil perguntar se o bebê era da mulher. De onde lhe viria leite, no caso, o leite que o bebê saboreava?

Decidido a compreender, ele empurrou o portão, entrou no jardim, abençoou os que ali estavam e saudou a esposa.

— Mãe, diga-me, todas essas crianças são suas?
— Sim, Mestre, como posso agradecer ao senhor?
— Agradecer-me? A mim?
— Sim, sem suas preces eles não teriam nascido.

Naráda acreditou estar sonhando. Imaginou por um instante que o esposo falecera e que ela teria novamente se casado. Mas sabia que o novo casamento de uma viúva é improvável.

Enquanto se perdia em conjecturas, o esposo passou a soleira da casa. Era sempre aquele mesmo homem, fiel de Vishnu, que viera vê-lo muitos anos antes com sua esposa. Naráda foi recebido com devoção por aquelas boas pessoas. Jantou com elas. Quando foi embora, cada uma delas tocou humildemente seus pés.

Ele foi direto a Vishnu.

— Senhor, estou atônito! Como o senhor pôde mentir?
— Mentir? Vejamos, Naráda, clarifique seu pensamento. De onde está vindo esse seu ressentimento?

— Há alguns anos, o senhor se lembra, vim pedir-lhe que concedesse por fim um filho para um casal de seus fiéis, um dos mais sinceros. O senhor me respondeu que o destino daquele homem e de sua mulher não era o de serem pais, que não teriam filhos nesta vida. Acabo de chegar da casa deles: são pais de três belos filhos!

Vishnu ria.

— É sem dúvida a bênção de um santo. O destino deles, de fato, era aquele que eu disse. Mas também é verdade que uma prece pura pode desviar de um ser uma flecha inevitável. Naráda, você não sabe que apenas os santos podem modificar o destino? Você esqueceu de como você os abençoara?

O Rei Shibí

A generosidade do rei Shibí de Ushinára era tal que sua fama atingira os céus. Os deuses, ao discutirem entre si, tomavam mutuamente Shibí como exemplo. Indra e Agni duvidavam. Certo dia, decidiram verificar se essa fama não era usurpada.

Agni transformou-se em pombo, e Indra tomou a forma de um falcão. Revoaram sobre os jardins do palácio de Shibí. O rei estava debaixo das laranjeiras em flor, sentado ao lado de uma fonte. O falcão no azul do céu precipitou-se como raio sobre o pombo. O pássaro, acuado, refugiou-se sobre o joelho direito do monarca. Esvoaçava, tremendo de pavor.

O falcão pousou à beira da fonte.

— Rei, dê-me esse pombo! Ele é minha presa, minha refeição.

— Falcão, como eu poderia entregar a você este pombo que veio se refugiar junto a mim? Veja como ele está com medo. Não posso trair sua confiança. É impuro recusar protegê-lo, tão impuro quanto matar um brâmane ou uma vaca! Aquele que abandona o fraco, o doente, o miserável, também será abandonado quando pedir ajuda. Os grãos que ele semear não germinarão, as chuvas não regarão seu terreno. Os deuses rejeitarão as libações sagradas que ele derramar no fogo do sacrifício. Seus antepassados serão banidos dos mundos divinos.

O falcão se irritou:

— Esta é sua generosidade? O senhor protege esse pombo e me priva de alimento! Existe no mundo algum ser que possa subsistir sem beber nem comer? Ó rei, sem alimento eu vou morrer. E quando eu estiver morto, minha esposa e meus filhos perecerão. É minha caça que os alimenta. Portanto, protegendo uma vida, o senhor causa diversas mortes. A virtude que combate outra virtude é apenas pura ilusão. O que importa é apenas o bem que não tem oposto.

— Eu protegerei este pombo – afirmou o rei. – Entretanto, não desejo que você morra. Diga-me o que deseja, menos este pombo, e eu o alimentarei.

— Se esse pombo é tão importante para você, não quero nenhum outro animal, nada que seja tirado de seu reino. Quero o peso da própria carne do senhor, vindo desse lado direito em que o pombo se refugiou.

O rei chamou seus servos, mandou trazer uma balança e, depois, pegando seu punhal, cortou de sua cocha um pedaço de carne igual ao tamanho do pombo que desejava proteger. Pesou-a. Não era o suficiente. O rei, sem hesitar, cortou mais de sua carne. Entretanto, a cada pesagem, o pombo se tornava mais pesado. Uma lágrima brotou do olho esquerdo do rei e rolou por sua face.

— Ah — zombou o falcão. — Não posso receber um presente oferecido a contragosto!

— Perdoe-me! — disse o rei. — Não estou chorando pelo lado direito que lhe dei. É o lado esquerdo que está desolado por nada poder fazer pelo pombo.

— Que o lado esquerdo participe também, se quiser.

O rei subiu sobre a balança e manteve-se de pé sobre o prato.

Imediatamente Agni e Indra retomaram sua forma divina. O corpo do rei Shibí voltou a ficar intacto.

— Senhor — disseram os deuses —, tínhamos vindo para testar sua generosidade, e ela é magnífica. O senhor viverá muito tempo, para a felicidade deste reino. E quando chegar a hora, o senhor entrará no além, com esse corpo já mais que humano, porque ele foi oferecido por compaixão.

A Mãe

Buda viu-a chegar, com o filho morto nos braços. Estava pálida, os olhos fundos, esvaziados de lágrimas. Toda a água de seu corpo daí havia corrido, desgastando a cor da íris, cavando sulcos na carne das faces.

Ela caminhava, cega para o mundo, decidida a encontrar ajuda, fosse qual fosse o preço a pagar, a fim de ressuscitar seu filho. Uma violência contida a habitava, uma decisão implacável, uma coragem sobre-humana. Veio até ele, e com um gesto espantosamente doce, como se temesse perturbar o sono desse filho que ela desejava despertar, depositou-o em seus joelhos. Sua voz se elevou, imperiosa e implorante, confiante, mas cansada:

— Salve-o! Sei que o senhor pode fazer isso, se quiser!

Buda os olhava com compaixão: a mãe dilacerada, o filho morto.

Ela insistiu:

— Salve-o!

Ele meneou a cabeça e lhe disse:

— Encontre uma casa onde a morte jamais bateu. Peça um punhado de arroz. Quando você o tiver na mão, seu filho reviverá.

Ela foi correndo para a primeira aldeia, rindo e chorando ao mesmo tempo. Ela reviveria, logo, com seu filho.

Bateu à porta da primeira casa. Uma velha senhora veio abrir.

— Um punhado de arroz para salvar meu filho!

— Tome, mulher, e fique em paz!

Ela tomou o arroz, e já ia embora de novo, correndo, mas perguntou:

— Nunca houve ninguém que tenha morrido em sua casa, não é?

A velha sorriu gentilmente e respondeu:

— Na minha idade eu já perdi tantos seres queridos que meus mortos são mais numerosos que meus vivos!

A mãe parou de correr e devolveu-lhe o arroz.

— Obrigado do fundo do coração — disse ela. — O arroz que salvará meu filho deve provir de uma casa virgem, onde nenhum defunto jamais tenha estado.

A velha meneou a cabeça, e seu olhar exprimia tristeza e também profunda compaixão. Ela abençoou a mãe.

— Não se detenha nesta aldeia. Aqui todas as casas já conheceram a morte. Temo que seu caminho seja longo. Vá e guarde este arroz. Ele a alimentará no caminho.

A mãe partiu de novo até a aldeia próxima. Um menino a recebeu na soleira de um casebre. Estava sozinho, pois sua mãe acabava de morrer. Ela foi mais longe na rua. O homem que a recebeu perdera sua mulher. Na terceira porta:

— Por favor, um punhado de arroz para salvar meu filho, se a morte jamais tiver batido aqui.

Mas aqueles que ali viviam tinham perdido seus pais, seus antepassados. Ela bateu em todas as portas, e em todo lugar a morte batera antes dela, em todo lugar os mortos eram mais numerosos que os vivos. E assim foi ela, de aldeia em aldeia. Em todo lugar a morte chegara antes dela.

Então ela voltou até Buda, retomou seu filho dos joelhos do Senhor da Compaixão.

— Tudo o que vem também se vai. Agora sei disso — disse ela. E baixou a cabeça.

— Eu não soube fruir cada instante que me foi dado. Eu acreditava que a felicidade fosse tão natural quanto a vida.

Ao se virar, com o filho nos braços, a revolta de novo ribombou em seu espírito. "Sem dúvida, tudo o que vem também se vai — pensou ela —, mas, por que tão cedo? Esse filho não podia crescer? Por que tê-lo privado de um justo tempo de vida? Que mal fizera ele?"

Então voltou até Buda, e protestou:

— Por que tão jovem?

— Ele foi um homem justo e bom em sua vida anterior. Mas cometeu um erro. Voltou a este mundo apenas para purificar esse falso passo. O sofrimento do menino bastou para restabelecer essa alma na pureza do Ser. Depois de assimilar todo o carma, o corpo, não tendo mais nada a realizar, foi abandonado.

— E meu sofrimento? Ele não conta, não cria carma negativo?

Ela meneou a cabeça, fungou suas lágrimas. Renegava obstinadamente a evidência, recusando aceitar a inominável dor que devastava seu coração. Retomando sua combatividade, colocou mais uma vez o corpo frio e inerte sobre os joelhos de Buda:

— Devolva-o a mim! O senhor pode fazer isso!

— Tal como está agora, ele vai para o Ser. Se voltar para cá, arrisca a novamente acumular carma. Ser-lhe-ia preciso assumir diversas vidas neste mundo de sofrimento antes de reencontrar sua liberdade. Pense o quanto a vida humana é preciosa neste universo. Apenas ela permite caminhar conscientemente para o estado de Buda. Nascer como ser humano é tão raro quanto difícil para uma tartaruga marinha, ignorante a respeito da façanha esperada, de se levantar, passando o pescoço em um anel agitado pela tempestade, até a superfície das ondas. Devo despertá-lo? Devo dizer-lhe que volte para apaziguar o sofrimento de sua mãe?

O menino então abriu a boca:

— Minha mãe? — perguntou ele. — Qual mãe? Desde a noite dos tempos eu tive milhares delas: tigresas, búfalas, cervas, demônios femininos, deusas, cobras, falcões femininos, mulheres.

De qual mãe você fala? Qual mãe deveria eu alcançar e consolar? Por que essa e não uma outra?

Um longo silêncio lhe respondeu.

A mãe empalideceu e se empertigou, determinada. Um leve sorriso desatou a máscara dolorosa e uma profunda ternura franziu docemente as pregas em torno dos olhos fatigados. Ela pôs a mão direita sobre o corpo do filho, e simplesmente abençoou sua partida:

— Sem temor nem desejo esteja em paz — disse-lhe. — Reúna-se ao Ser que você é.

Um Sonho

Duas sombras deslizavam na noite de Ujjaïn. O rei Vikrâm e seu vizir e amigo, Bútti, frequentemente circulavam na cidade sob disfarces variados. Esperavam, dessa forma, flagrar de perto as alegrias e os sofrimentos do povo. Naquela noite, Bútti representava um mercador, e o rei seu empregado. Saíram da cidade antes do fechamento das portas e caminharam para o Oeste. Quando atravessavam um quarteirão miserável, ouviram uma música.

— Está ouvindo? — disse o rei. — Quem pode fazer festa a esta hora tardia e em semelhante lugar? Siga-me, quero saber.

Chegaram junto de uma cabana de taipa. Suas numerosas frestas deixavam passar canções e o som de um tamborim.

— A julgar por sua moradia, os que moram aqui devem conhecer uma pobreza terrível. Até neste quarteirão miserável nenhuma outra casa está em tão mau estado. Como chegam a cantar e a dançar assim?

Vikrâm inclinou-se para olhar dentro e o que viu deixou-o estupefato:

— Bútti, sabe o que estou vendo? Um velho homem que chora, uma avó ou viúva, em suma, uma mulher de cabeça raspada que dança, e um jovem de olhar triste que canta e soa o tamborim. O que estará acontecendo? Você pode me explicar?

— De modo nenhum, senhor. Ignoro completamente.

— Vamos entrar, Bútti. Quero compreender. Vamos perguntar a eles.

— Senhor, parece-me que essas pessoas tentam encontrar um pouco de alegria e que seria indelicado fazer-lhes perguntas.

Ouvindo apenas sua própria impressão, o rei Vikrâm foi até a porta do casebre. Bútti o seguiu prontamente.

— Senhor, permita que eu bata. Represento o mercador e o senhor meu empregado. Deixe-me fazer as perguntas que achar melhor. Vou tentar provocar suas confidências sem ofendê-los.

O jovem homem veio abrir a porta e os examinou atentamente.

— Boa noite! Quem são vocês? O que desejam?

— Somos viajantes a caminho de Ujjaïn. Procuramos um albergue para dormir esta noite. Quando passávamos diante de sua porta, ouvimos a música. Então dissemos: "Eles não estão deitados". Por isso batemos para perguntar sobre o caminho.

— As portas de Ujjaïn estão fechadas a esta hora. Este quarteirão é muito pobre e vocês não encontrarão nele um albergue.

— Oh, de fato? Que problema! Vocês aceitariam receber-nos só por esta noite? Partiremos de manhãzinha. Nós nos contentaríamos com um canto qualquer. Não queremos perturbá-los.

— Esta casa está em luto. Perdoem-me. Não posso convidar vocês.

— Em luto, você disse? Mas estão cantando e dançando! — exclamou Vikrâm.

— Isso é problema nosso. O que vocês têm com isso?

— Desculpem meu empregado — interveio Bútti. — Ele é um homem simples que se espanta facilmente. Todavia, se vocês estão em luto, permitam que nos juntemos ao velório.

— Vocês são desconhecidos. Que motivo os levaria a isso?

— É costume de nossa terra. Quando as pessoas estão alegres e tudo vai bem, podem fazer o que querem, e ninguém tem nada a ver com isso. Mas, quando há luto, nós vamos velar com aqueles que sofrem, a fim de partilhar de sua tristeza e procurar aliviar seu coração. Para vocês somos apenas viajantes, mas somos humanos e ficaríamos honrados se vocês nos aceitassem nessas condições.

— Se for da vontade de vocês, entrem! — respondeu o jovem. — Obrigado por querer partilhar a tristeza que nos abate. Temo que ninguém possa aliviá-la, mas a intenção de vocês nos comove.

Puderam finalmente entrar no casebre. O ancião os cumprimentou. Com um pano de sári, a jovem mulher cobriu sua cabeça raspada, e também uma parte de seu rosto.

— Perdoem minha indiscrição — disse Bútti, fingindo embaraço. — Para que não cometamos disparates, tenham a bondade de nos dizer em algumas palavras o motivo do luto de vocês.

— Meu pai que está aqui é um homem pobre. Ficou viúvo muito cedo e trabalhou duramente para me criar. Um dia ele teve o sonho de que eu seria um homem instruído e que trabalharia como escriba na corte do rei. Ele consumiu sua saúde para pagar meus estudos em uma grande escola. Voltei instruído, sem dúvida, mas não sou escriba na corte.

— Você não concorreu para sê-lo?

— Não há lugar vacante no palácio há muito tempo. Portanto, eu não pude concorrer.

Vikrâm e Bútti meneavam a cabeça. Vikrâm, perplexo, perguntou ainda:

— Mas esse é o luto particular que vocês estão honrando esta noite?

— Não. Meu pai sonhou na última noite que um príncipe iria chegar esta noite e que nossa miséria iria acabar. Mas já passou meia-noite, e nenhum príncipe chegou. Meu pai está desesperado por isso. Ele havia pedido que minha esposa comprasse uma taça de prata para que o príncipe pudesse beber em um recipiente digno dele. Como nossa bolsa estava vazia, ela vendeu seus cabelos para fazer essa bela compra. Esta noite ela está parecendo uma viúva, nós temos uma taça inútil e meu pai está desolado. A fim de tentar consolá-lo, estamos cantando e dançando para ele.

— Ela não recuperará suas tranças já amanhã — disse o rei.
— Mas quem sabe você não seja o vencedor do concurso que haverá amanhã em Ujjaïn para um posto de escriba?
— Há um concurso em Ujjaïn?
— Sim, é claro — retomou Bútti. — É justamente por isso que estamos a caminho. Eu também vim concorrer.
— Como é possível que estrangeiros tenham conhecimento desse concurso, enquanto nós, que vivemos tão perto da cidade, de nada soubemos?
— Agora você ficou sabendo. Portanto, vá tentar sua sorte amanhã!
— Sim, obrigado, obrigado.
Eles continuaram juntos algumas horas, cantando. Depois, Bútti, vendo o dia pelas frestas do alojamento, levantou-se e saudou o pessoal da casa.
— Agradecemos a acolhida que nos deram. Que Deus proteja vocês e lhes traga prosperidade. Quanto a nós, agora precisamos continuar nosso caminho.
Eles deixaram uma bolsa aos pés do ancião.
Voltando sem demora ao palácio, mandaram publicar o concurso para um emprego de escriba no palácio. Todos os eruditos da cidade acorreram até a grande sala. O jovem também estava lá, modestamente vestido em meio a sedas e bordados, muito embaraçado no meio desses homens cheios de soberba.
O assunto da prova foi assim anunciado: "Por que um velho chora, uma religiosa de cabeça raspada dança e um jovem canta, tocando tamborim?".
Evidentemente, apenas o jovem da noite conseguiu contar uma história sensata. E a escreveu tão bem que foi por unanimidade designado como vencedor do concurso.
Quando voltou para casa, levando a notícia, ofereceu a seu pai, rindo, chá na taça. Contou-lhe, sonhador, o tema do concurso e sua primeira entrevista com o rei Vikrâm.

— Ele me parabenizou, e disse que estava feliz por me acolher entre os escribas. Disse-me também que gostava de ter em torno dele homens capazes de cantar na adversidade. E disse esta palavra que me comoveu: "É no maior escuro das noites que germinam as auroras".

Boas Ações

O abrigo de caravanas estava abarrotado: pacotes por todo lugar, braços, pernas, malas, crianças, esteiras estendidas em todos os sentidos, cordeiros e frangos. Embrulhos mal fechados escorregavam da mesa e dos bancos. Em um canto, a mãe sonolenta deixava seu filho voraz abrir-lhe a roupa para se alimentar. No outro, um homem se agitava, murmurava palavras desconexas e se coçava, antes de se virar e tornar a cair de boca aberta em profundo torpor. Sob a lâmpada de óleo, uma velha pacientemente catava piolhos de uma menina adormecida. Penteava cada mecha, abria um sulco, inclinava-se um instante para ver melhor, pegava pacientemente entre o polegar e o indicador um piolho ou uma lêndea que esmagava metodicamente entre duas unhas, e depois recomeçava, incansavelmente. Um monge, na penumbra, desfiava seu rosário.

O bandido que acabava de entrar lançou uma olhada circular. Depois de medir a situação, pulou os pacotes e os corpos estirados para se instalar perto do monge, no espaço que o respeito dos viajantes constituíra ao redor de si.

O monge continuava a recitar seu rosário enquanto o bandido tentava dormir um pouco, com a cabeça sobre a mochila. "Aum namah Shivaya, Aum namah Shivaya, Aum namah Shivaya..." o acalentava. A prece lembrou-lhe as cantigas de sua mãe, outrora. Cada vez que saía um pouco do sono, ele ouvia "Aum" ou "Shivaya", ou uma ladainha de "Aum namah Shivaya", parecida com a ressaca do mar, e novamente o adormecia.

Depois de algumas horas, o bandido despertou. Todo mundo dormia. Antes de sair, recolheu cá e acolá bolsas e pequenos tesouros de viajantes nas sacas meio fechadas. Quando estava para passar pela porta, ouviu o monge dizer:

— Quando você estiver no inferno, pense em mim, e eu irei salvá-lo.

O bandido foi embora rindo: ele também havia roubado o rosário do monge, não pelo valor, mas por brincadeira, para impedir que ele perturbasse com suas ladainhas o sono dos vizinhos até o amanhecer.

Para o malandro a jornada fora proveitosa. Ele encheu os alforjes de seu cavalo com taças de prata, bijuterias, sedas raras, incensos caros. Carregou tudo em seu cavalo ruivo, e rumou pela encosta da montanha para chegar ao acampamento onde o esperavam os outros de seu bando. Foi assim que se encontrou ao cair da noite, surpreendido por uma tempestade, a alguns passos de um pequeno templo abandonado. Nele encontrou refúgio. A água havia entrado e o chão estava muito molhado para sobre ele dormir. Descarregou o cavalo e colocou sua preciosa carga sobre o altar ainda seco acima do chão molhado. Colocou óleo sobre uma mecha em uma taça que pôs também sobre o altar e o iluminou. Então, pegando um tecido em uma saca, enxugou o chão. Quando estava seco, instalou sua esteira e adormeceu pesadamente.

O terremoto foi breve e de intensidade razoável. Mas o templo se encontrava tão fraco que desmoronou sobre o vilão adormecido. O bandido despertou logo no meio de um inferno.

Apavorado, batendo os dentes, ele procurava em todo lugar um ponto de apoio, um socorro. Repentinamente, lembrou-se do monge e de sua promessa: "Quando você estiver no inferno, pense em mim, e eu irei salvá-lo". Logo que pensou no monge, o santo homem apareceu diante dele. De modo nenhum o bandido ria mais. Agarrou os braços do monge, chorou e suplicou, prometendo emendar-se, jurando que nunca mais roubaria nem mataria. Os demônios, impassíveis, o prenderam e empurraram diante deles, para uma fornalha que chamuscava seus pelos de longe.

— Parem! — disse o monge. — Vocês não podem queimar esse homem. Um grão de santidade o guarda e o protege.

Os olhos redondos dos demônios ficaram maiores com a surpresa. Resmungaram, ruidosamente:

— Santidade nesse vadio? Você conhece bem o modo de viver dele?

— Sem dúvida, há um bandido nele, mas olhem o que ele traz em seu pescoço!

Os demônios, intrigados, olharam mais de perto e deram um salto espantado para trás. O homem trazia no pescoço um rosário de cento e oito grãos rudráksha!

— Além disso — disse o monge —, esta noite ele fez uma bela oferta a Shiva!

O bandido sacudia sua memória em todos os sentidos. O que teria oferecido a esse grande deus? Shiva foi chamado para testemunhar em favor dele.

O inferno estremeceu quando apareceu o senhor da morte, com seus cabelos embaraçados de cinzas, presos em um coque cônico por um crescente de lua, com o terceiro olho mais incandescente que o fogo do inferno.

— O que desejam? — perguntou Shiva.

— Senhor — disseram os demônios —, o monge aqui presente pretende que o Senhor recebeu esta noite uma oferta deste vilão.

— É verdade! — admitiu Shiva. — Ele se refugiou em meu templo, depositou sobre meu altar o pesado despojo de sua jornada, depois limpou o chão do santuário. Também recebi a luz de uma lâmpada de óleo, taças de prata, bijuterias, sedas, incenso e seus esforços estendidos a meus pés. Além disso, ele velara uma parte da noite anterior junto do monge. Dessa forma, ele ouviu cento e oito vezes "Aum namah Shivaya" e o repetiu mais uma vez, rindo. Os demônios, despeitados, empurraram sua presa na direção do monge. O bandido caiu aos seus pés. Shiva lhe devolveu cento e oito dias de vida para modificar seu destino. O homem, tremendo, seguiu o monge, raspou a cabeça e começou uma ascese. Empenhou-se nisso com tanto coração, pois se achava pressionado pelo sentimento de urgência, que quando entrou em meditação no centésimo oitavo dia, sua luz se fundiu na Luz.

Discípulo

O asceta Mohan tinha grande porte. Era um daqueles homens de bem, que partiram sem bagagem ou segurança pelos caminhos da Índia, em busca da verdade inexprimível e, apesar de tudo, essencial.

Ele havia se aproximado, no decorrer de sua vida errante, dos homens que chamam de mestres. O primeiro, sentado sob uma árvore, vestido apenas com uma tanga, lhe perguntou:

— Quem é você?

O errante respondeu:

— Mohan.

O santo homem perguntou ainda:

— O que você deseja?

Do fundo do coração, Mohan havia afirmado:

— A Verdade!

O mestre o olhara longamente, gravemente, antes de lhe dizer, sorrindo:

— A verdade é que você está de pé e pode se assentar, que o chá está servido e que proponho que você descanse.

A postura daquele homem era nobre e seu olhar profundo. Mohan achou-o desconcertante, mas digno de interesse. Sentou-se, bebeu, permaneceu um tempo com ele. O homem lhe parecia alguém demasiadamente simples: não apresentava nenhum gosto pelas conversas filosóficas que Mohan tanto esperava. Exposto ao fogo das questões de Mohan, o velho homem sorria e lhe recomendava repetir constantemente o nome de Deus, mas nada mais acrescentava.

Um conflito reinava no coração de Mohan entre o reconhecimento do estado simplesmente luminoso do mestre e a insatisfação de sua inteligência. Ele pensava: "Deus me deu um intelecto para que eu dele me sirva, e não para murmurar incessantemente a mesma fórmula, como um papagaio!" Todavia, esse mestre era de uma presença e uma transparência tais que Mohan prometera voltar e dar uma oportunidade ao método dele, caso não encontrasse o que pudesse considerar capaz de alimentar seu intelecto faminto.

Foi embora e não voltou. Encontrou o homem justo, o mestre incontestável, o erudito perfeito. A presença e o olhar centrados do santo homem o haviam seduzido. Era um puro seguidor dos Vedas, discípulo rigoroso de Shankaracharýa. Mohan pôs-se a serviço dele, cuidando de suas vacas durante o dia e de noite estudando a seus pés. Tornou-se muito sábio nas Escrituras reveladas, textos tradicionais, exegeses. Aprendeu a perscrutar as sutilezas do sânscrito, a desvendar seu sentido essencial e oculto. Foi estudante durante doze anos, conforme exige a tradição, sem compreender bem o espantoso modo de o mestre se apoiar sobre os textos para deles se libertar.

Depois desses doze anos, o mestre deixou seu corpo e este mundo, a fim de que cessasse o apego às aparências e que o espírito se manifestasse. Deixava a Mohan seu ensinamento para meditar. Antes de deixar o mundo das aparências, ele murmurou:

— Vá tão longe quanto você puder no caminho da ciência, dando a si os meios de responder a todas as questões humanas. Mas lembre-se de que a ignorância não é a sombra do saber, e que saber não é conhecer. Nem o mental nem o intelecto podem incluir "Aquilo que É, Um sem segundo".

"Saber não é conhecer, saber não é conhecer... saber não é co-nascer, ver isso não é ser-com..." Mohan, sentindo bem que a última frase do mestre era importante, mascava essas palavras, comprimia seu sentido, ruminava-as. Fazia isso com inquietação porque, caso doravante ele fosse um sábio, apesar de tudo ignorava o que podia ser o estado do sábio.

Retomou o caminho, suas alegrias e suas privações, até o dia em que a fome o deixou esgotado na entrada de uma aldeia. Os aldeões compassivos alimentaram e cuidaram de seu corpo alquebrado. Descobriram seu grande saber, tocaram seus pés respeitosamente, pediram-lhe que permanecesse junto deles e lhes ensinasse o que havia aprendido. Mohan compreendeu que este era seu destino, pois seu corpo recusava andar toda vez que tomava seu bastão de peregrino. Aceitou então revestir-se do papel sagrado do mestre.

O tempo passou, seus longos cabelos e sua barba ficaram grisalhos. Os discípulos vinham, às vezes de longe, para estudar junto dele. Ele lhes transmitiu tudo o que sabia, com eloquência e bondade. Sarálah, um menino da aldeia, decidiu, ao crescer, que Mohan era o único mestre que seu coração desejava. Entretanto, Mohan o havia, gentil, mas firmemente, desencorajado de permanecer junto dele.

— Vá, volte para sua vida. Não quero ser seu mestre.

Sarálah jamais quis ouvir essas palavras mil vezes repetidas. Cheio de confiança, ele depositara seu coração aos pés de Mohan, e não imaginava ser possível encontrar em outro lugar um melhor mensageiro divino. E insistia.

Mohan era um intelectual. Sarálah era um bravo rapaz, honesto, sincero, cândido, um pouco rude e desajeitado. O Vedânta não podia ser seu caminho. Mohan, por outro lado, não excluía que o infeliz fosse demasiadamente limitado para qualquer caminho que houvesse nesta vida. Apesar de tudo, Sarálah perambulava sem cessar em torno do mestre, de sua cabana, de seus discípulos. Esperava o impossível, esperava um olhar do mestre, um gesto de acolhida, uma iniciação, principalmente um mantra, a fórmula sagrada oferecida aos discípulos felizes que a repetiam até chegar à indizível luz.

Mohan exprimia a menor necessidade? Sarálah já estava de volta com o objeto necessário. Mohan, entretanto, lhe repetia para ficar em casa ou para procurar um mestre em outro lugar. Então Sarálah se afastava a um tiro de pedra, se assentava, sem tristeza ou impaciência, depois esperava, esperava... esperava com simplicidade, na certeza de que o mestre estava lá e que um dia chegaria o momento da iniciação.

De noite, sem que Mohan soubesse, ele dormia de atravessado na porta de sua cabana para não perder um suspiro, um movimento, um instante da presença do mestre. Certa noite, como Mohan teve de se levantar para fazer suas necessidades, acabou pisando com o pé, no escuro, o corpo de Sarálah deitado. E resmungou, irritado: "Sempre você!" Louco de felicidade, Sarálah se prostrou aos pés do intratável. Mohan o havia tocado, contactado! O mestre o havia iniciado! O que lhe havia dito? "Sempre você!" Aí estava, sem dúvida nenhuma, o mantra esperado há tantos anos. Mohan, tomado pela urgência que o havia despertado e pouco inclinado ao ensinamento no meio da noite, ficou zangado, intimando Sarálah que desaparecesse imediatamente para nunca mais voltar sem ter sido devidamente chamado.

Sarálah, ébrio de felicidade, com o coração repleto pela grandeza daquele instante, foi embora pelos caminhos, repetindo com fervor, com ternura, esse "Sempre você!", finalmente oferecido a sua candura.

Ele caminhava há meses, há anos. Caminhava sem que a alegria o deixasse por um instante. Dormindo à noite sob as estrelas, sob as nuvens ou na chuva, comendo o que recebia, jejuando quando ninguém se preocupara com ele, permanecia equânime tanto diante da esmola como das zombarias. Não houve uma só respiração em que ele não fosse "Sempre você!", um só olhar em que não fosse o Ser Único. Repetia "Sempre você!" e seu coração ria de O encontrar sob tantas formas. Vestido com uma tanga desgastada e da cor das poeiras do caminho, ele caminhava. Sob seus cabelos em desordem seus olhos negros haviam se tornado profundos, transparentes.

Chegou assim a uma pobre aldeia. Os habitantes transportavam um corpo para o campo crematório. Corriam, voltavam, rodopiavam a fim de enxotar no caminho os espíritos maus e impedir que o do morto voltasse para trás, para este mundo ilusório que acabara de deixar. Ele havia deixado um corpo e era preciso que os apegos passados acabassem. Entretanto, o defunto era filho único de uma viúva. Todos temiam, portanto, que ele se sentisse impedido de partir, retido nesta vida pela aflição de sua mãe. Permanecer entre a morte e a vida, sem poder voltar nem continuar seu caminho, poderia fazer dele um fantasma sinistro, uma criatura sofredora cuja errância iria prejudicar a aldeia.

Quando Sarálah chegou à rua principal, os aldeões vieram a seu encontro, pedindo-lhe que orasse pelo morto, pois eles não tinham nenhum brâmane na aldeia. A mãe, soluçando, pediu-lhe que salvasse seu filho, salvando-a, portanto, da desgraça e da solidão. Sarálah prometeu orar, mas preveniu que não tinha o poder de cuidar dos vivos nem, principalmente, de despertar os mortos.

Todavia, acomodou-se junto do defunto, encerrou-se dentro de sua compaixão para com o sofrimento da mãe, e recitou a única oração da qual estava seguro de ser sublime, porque a recebera de seu mestre: "Sempre você!" Orava com fervor, com sinceridade. Orava por aquela mãe. Orava, e o jovem abriu os olhos, chamou, espantando-se de estar assim deitado sobre uma pira funerária quando estava se sentindo bem vivo.

Aclamaram o milagre. Todos os aldeões se inclinaram aos pés do santo homem com poderes prodigiosos. Para mostrar sua gratidão, ofereceram a Sarálah o que possuíam de mais precioso: um ofereceu tecido, outro arroz, outro algumas moedas. Sarálah recusou as ofertas.

— Eu orei em nome de meu Mestre — disse ele. — É a ele que vocês devem agradecer.

Com o coração cheio de gratidão e os braços carregados de presentes, os aldeões partiram sem demora para o lugar abençoado em que o mestre vivia. Queriam encher seus olhos maravilhados com a visão do santo abençoado dos deuses, capaz de instruir tal discípulo.

Foi um Mohan envelhecido e de cabelos brancos pelos anos que viu chegar o grande grupo cheio de devoção. Como os peregrinos estavam depositando a seus pés todas as suas pobres riquezas, frutos de uma vida inteira de trabalho, ele se espantou, perguntou o motivo de sua presença, de seu fervor e de sua generosidade. As palavras se misturaram, cada um tentou contar sobre a incrível ressurreição do filho da viúva por seu discípulo, discípulo de Mohan. Ele conseguiu mais ou menos apreender toda a história, exceto um detalhe importante: ele não conhecia nenhum discípulo capaz de ressuscitar um morto! Perguntou o nome dele. Disseram-lhe:

— Sarálah.

A surpresa de Mohan foi total. Porém não demonstrou nada. Recebeu cada um e cada uma com doçura, abençoando a todos. Quando se apressavam para ir embora, ele disse:

— Voltem para casa e vivam em paz. Digam a meu discípulo que eu o espero.

Nesse ínterim, Sarálah continuara seu caminho de alegria, sem se preocupar mais com aquela espantosa ressurreição na qual se reconhecera apenas no papel de um instrumento, de um intermediário.

Os aldeões tiveram de procurá-lo. O que não foi muito difícil. Por todo lugar onde havia passado, a transparência de seu olhar, a doçura de seu sorriso e sua benevolência haviam maravilhado as pessoas. Eles o encontraram em uma noite de tempestade, sorrindo para a chuva e murmurando para o céu:
— Sempre você! Sempre você!
Quando recebeu a convocação do mestre, pôs-se prontamente a caminho, sentindo-se abençoado por esse chamado, feliz em seu ser inteiro. Chegou logo até Mohan, prostrou aos pés do mestre seu corpo, seu coração, sua alma de discípulo. Mohan o levantou docemente, com mão delicada, como quando se acaricia uma criança. Olhou Sarálah, apreciou sem dificuldade, como todos aqueles que tiveram a oportunidade de cruzar seu caminho, a qualidade de Presença que nele habitava. E perguntou-lhe baixinho:
— Você é mesmo Sarálah?
— Sim, meu Guru.
— Mas, Sarálah, eu não me lembro de ter iniciado você. Entretanto, você me chamou de seu Mestre.
— Oh, sim, meu Guru. Lembre-se. Era noite. O pé do senhor pousou sobre mim, seus lábios me ditaram o mantra. Depois o senhor ordenou que fosse embora e só voltasse quando o senhor chamasse. O senhor me chamou, e aqui estou.
— Os aldeões pretendem que você ressuscitou um jovem defunto. O que diz disso?
— Na verdade, meu Guru, eu não fiz nada. Apenas recitei o mantra em nome do senhor, e o jovem despertou.
Mohan, perturbado, levantou-se, ficou silencioso por um momento, e depois perguntou:
— E esse poderoso mantra, Sarálah, qual é?
— "Sempre você!", meu Guru.
Num repente, Mohan se lembrou de sua irritação, da presença de Sarálah na noite. Ele ouviu-se rugindo "Sempre você!" e ex-

pulsando Sarálah. Viu o jovem correr sob o luar e desaparecer na esquina da rua. As lágrimas rolaram sobre suas faces enrugadas. E pensou: "Como pude chegar assim ao limiar da morte do corpo sem ter entrado no fervor, sem ter-me abandonado no Indizível, no Incognoscível, de onde brota toda palavra, toda inteligência? Por que me extraviei no caminho árido da inteligência fria? Ando em círculos, com a armadura do saber, e continuo a ensinar, mas sei apenas palavras, fórmulas, ideias, nada que realmente valha a pena. Sarálah, que não sabe nada, conhece o Todo".

Então Mohan prostrou-se profundamente, com simplicidade, aos pés de Sarálah e, nesse abandono de toda soberba, lhe suplicou:

— Ensine-me, ó Mestre!

Escrituras

Jayadéva redigira, em sânscrito elegante, o longo poema lírico chamado Gitagovíndam. Seu mecenas, Lakshmanasêna, rei de Bengala, convidou-o para cantar em sua corte os amores do deus Krishna e da pastora Rádha. A fama de Jayadéva era tão grande que os brâmanes e os príncipes acorreram de todos os lugares para ouvir a récita.

Ora, quando todos já estavam sentados, quando a música introduzia as cores do poema, o próprio deus Shiva entrou repentinamente no vasto salão. Estava disfarçado de brâmane. Vendo seu porte altivo, o rei levantou a mão em sinal de acolhida e esperou que ele se apresentasse antes de novamente passar a palavra a Jayadéva.

— Senhor — disse Shiva —, sou um erudito e jamais encontrei um mestre capaz de discutir as Escrituras comigo. Ouvi dizer que Jayadéva está por aqui, e vim encontrá-lo. O senhor pode indicar-me onde posso encontrá-lo?

Com um gesto, o rei indicou Jayadéva:

— É este aqui, junto de mim.

Shiva o saudou. E olhou o poeta.

— Podemos discutir aqui mesmo — disse-lhe — um dos textos sagrados que o senhor tiver estudado.

Jayadéva ficou mudo por longo tempo. Aquele brâmane o impressionava. Por fim, respondeu:

— Mestre, creio que não conseguirei discutir Escrituras santas com o senhor. Não sou instruído o bastante. O senhor é, com toda evidência, um grande erudito. Eu só poderia ser seu aluno.

Shiva recusou o argumento e, indicando o manuscrito nas mãos de Jayadéva:

— Diga-me: o que é isso?
— O texto que irei recitar esta tarde.
— Qual texto é?
— O Gitagovíndam.
— O Gitagovíndam! E quem é seu autor?

Jayadéva, cada vez mais embaraçado, hesitou:

— Como confessar isso diante do senhor? Entretanto, não dizê-lo seria mentir. Devo, portanto, reconhecer que sou o humilde autor do Gitagovíndam.
— O autor, de verdade?
— Sim, de verdade.
— Então como se explica que eu o conheça de cor?

E, diante da assembleia petrificada, Shiva entoou o poema.

Jayadéva, certo de não ter emprestado o texto a nenhum poeta humano, ouviu comovido, maravilhado. Compreendeu quem era aquele brâmane. E então atirou-se aos pés do Mestre dos iogues:

— Senhor, perdoe-me! Percebo agora que ninguém escreve, pois tudo é escrito por Ti, e que o cálamo, o papel, a tinta, as palavras e as ideias, tudo isso e muito mais é Tua obra — Tu, que não tens nem mão, nem papel, nem tinta, nem pensamento, nem palavras, pois Tu És a mão, o papel, a tinta, o pensamento, as palavras.

Shiva levantou o poeta docemente. E, no mesmo instante, desapareceu da grande sala, deixando apenas um perfume de incenso. Jayadéva, imóvel diante do trono, ouviu então o poema brotar de seus lábios, cada palavra com o gosto do néctar de imortalidade. Ele não era mais um poeta, mas uma nascente, uma fonte, um rio de sabedoria. O Gitagovíndam vivia nele como ele próprio jamais vira, nem lera, nem entendera.

Eu Trago

— Quem copiou o texto cometeu um erro! — exclamou Nirânjan, que estudava as Escrituras debaixo da árvore, no jardim.

Nirânjan era um pândit, um sábio capaz de recitar os Vedas horas a fio e de discuti-lo longamente com outros eruditos. Brâmane, ele oficiava em diversas aldeias das redondezas, realizando os rituais com sincera devoção. Tinha a virtude rara de não considerar a sorte das pessoas. Orava igualmente para pobres aldeões ou ricos doadores.

Naquela manhã, como todo dia, descera até o rio com Prema, sua esposa. Ambos haviam se banhado no tênue filete de água que sobrevivia ao tórrido verão. Tinham voltado para casa, e seus passos levantavam a poeira do caminho. Nirânjan acendera as lamparinas do altar familiar, e oferecera o incenso, recitando as orações. Enquanto recitava, agitou o sininho, saudou com as mãos unidas, dispôs as três folhas rituais de basilisco, aspergiu com água benta o altar, sua cabeça e a de sua esposa, colocou delicadamente a pasta de sândalo sobre a fronte do ídolo, ofereceu a única flor que pudera encontrar por causa da seca, assim como o último punhado de arroz da casa. Suas mãos haviam acolhido o fogo que deixa marca e o que consome tudo, depois haviam cuidadosamente arrumado o altar até a tarde.

Haviam saído novamente para o jardim, apertando os olhos por causa da luz viva. Nirânjan havia docemente levado o grande manuscrito à sombra da árvore para estudar. Prema tomara um tamborete de palha e bambu para secar seus longos cabelos negros ao sol matinal, diante da casa.

— Quem copiou o texto cometeu um erro! — repetiu, com o dedo apontado para as linhas erradas.

Tranquilamente, mas para que ele soubesse que ela ouvira sem parar de trançar seus longos cabelos, Prema respondeu:

— De verdade?

Sabia que ele iria começar um interminável discurso, do qual não compreenderia grande coisa, mas que ele tinha necessidade de expressar seu pensamento para clarificá-lo.

— Veja! — disse ele, continuando, sem esperar que ela se levantasse para ver. — Ele escreveu: "As pessoas que meditam sobre Mim como não separado me adoram em todas as coisas. Com zelo eu lhes trago o que falta e protejo aquilo que têm".

— Sim? — disse ela. — E então?

— O próprio Deus não traz. Ele concede, ele dá. O escriba transcreveu "vahami" em vez de "dadami"!

Ela ficou por um instante silenciosa, e depois arriscou, timidamente:

— Eu, eu creio que ele é capaz de trazer, se o desejar.

Nirânjan suspirou.

— Reflita, então, minha querida. Como poderia ele trazer aquilo que falta a todos aqueles que têm fome, sede ou passam mal? Não, não, ele concede, e isso já é magnífico! Veja. Nós oramos para que ele nos concedesse um belo filho. O filho nasceu, mas não chegou pela porta nos braços do Senhor!

— E que belo filho! — respondeu Prema, feliz. — Ele é tão doce, tão dourado! E seu riso? Você ouviu como ele ri?

— De fato, e mais ainda. Mas tente compreender. Um rei ao qual você dirige um pedido não vem pessoalmente entregar o que você lhe pediu. Krishna trouxe um palácio para Vidúra ou lhe concedeu? Basta que Deus pense, queira, e a ação se realiza sem que ele se perturbe!

— É claro, é claro — disse Prema, entrando apressadamente em casa para evitar uma avalanche de exemplos e se ocupar com o almoço.

Pegou uma panela, derramou nela uma xícara de água para cozer o punhado de arroz que havia consagrado de manhã sobre o altar familiar. A reserva estava vazia, e os poucos grãos eram os últimos. Atiçou o fogo e passou a cabeça pela porta:

— Não sei onde você encontra energia para estudar na situação atual. Você não poderia rezar para que venha chuva? A forme assola em todo lugar. Quanto a nós, aqui está nossa última tigela de arroz, e não sei quando virá o próximo.

— Eu peço e até suplico, mas não basta pedir; é preciso que o Senhor considere justo nosso pedido.

— Poderia ser injustificado querer alimentar-se simplesmente?

— Talvez seja necessário morrermos...

Ele preferiu inclinar-se de novo sobre o texto em vez de continuar sobre o capítulo da fome e da morte tão próximas. Ela baixou a cabeça, inquieta.

— Traga-me a tinta e a caneta. Preciso corrigir isso!

O sol queimava. Ela teve de correr para ficar debaixo da árvore.

— Ninguém deveria atrever-se a modificar os textos santos, pois cada palavra tem sentido: "dadami" não é "vahami"!

Tomou a caneta, riscou depressa "vahami" e escreveu "dadami" na margem, como remitência. Prema sentiu o coração arder, ficar pesado. "Talvez não devesse ter corrido nesse calor..." – pensou. Tentou voltar sem pressa para casa, mas seus pés voaram sobre as pedras em brasa.

Quando o arroz estava cozido, ela chamou Nirânjan. Com a mão direita ele abençoou a refeição, aspergindo gotas miúdas de água da folha de bananeira e tomando o punhado de arroz, do qual fez três bolinhos. Colocou um sobre o altar, o segundo na mão de Prema, de pé, junto dele, e o terceiro em sua boca. Mastigou-o longamente, para dele retirar toda a energia possível.

Terminada a refeição, lavou a mão, agradeceu a Deus e se preparou para sair.

— Para onde vai?

— Vou pedir aos mais ricos da aldeia se lhes resta um pouco de arroz para seu sacerdote. Veja, Prema, se o Senhor quer nos ajudar, ele enternecerá o coração deles para que deem um pouco de suas reservas. Mas não espere vê-lo bater à porta com um cesto sobre a cabeça!

Sorriu-lhe gentilmente, acariciando sua face. Quando estava para sair, Prema tomou em um cântaro algumas gotas de água na ponta dos dedos, passou-as no lóbulo das orelhas e sob o coração de Nirânjan, a fim de refrescá-lo, ainda que por um momento, apesar do ar abrasador que esmagava o caminho. Ele caminhou na luz, e seu corpo pareceu fragmentar-se na vibração tórrida. Com ele e sob o sol, toda a paisagem do arredor ficava sombreada.

Prema se refugiou na sombra, e seu coração ainda estava pesado e ardente de um longo soluço de decepção amorosa. Sempre imaginara o Senhor tão próximo dela, assim como ela próxima dele. Ia frequentemente ao templo levar frutos, flores, incenso. Tinha sempre acreditado que ele viria até ela na dificuldade, e que lhe daria aquilo de que necessitava. Descobri-lo distante era mais doloroso que a fome que a torturava. Deitou-se junto do filho que cochilava, aniquilado pelo calor. Sua cabeça girava um pouco, seu corpo faminto, sobrecarregado, recusava mover-se nessa fornalha desumana. Ela notou o silêncio profundo que reinava: nenhum inseto zumbindo, nenhum pássaro chilreando, o mundo parecia anestesiado.

Enquanto se sentia divagar e flutuar, acreditou perceber um canto a distância. "Quem teria força para cantar neste tempo?" — pensou ela. Afundou por um momento em um coma do qual foi tirada pelo canto, repentinamente próximo. Tão próximo que reconheceu, sob os passos do cantor, o rangido da areia diante de sua casa. Levantou-se com dificuldade. O canto, que agora permanecia diante da porta, a refrescava. Reuniu forças, levantou-se e foi ver quem cantava tão deliciosamente. Um belo adolescente desconhecido esperava diante da porta. Ele lhe sorriu.

— Bom dia, mãe! Onde posso colocar isto? — perguntou-lhe, mostrando o grande cesto que trazia sobre a cabeça.

— O que é isso? Quem mandou você?

— São legumes e arroz que seu esposo me pediu que trouxesse para a senhora.

Ela ficou deslumbrada, juntou as mãos, e depois, afastando-se da porta para deixá-lo passar, pediu que depositasse tudo dentro de casa, na sombra. Ele transpôs a porta, inclinou-se para descarregar o cesto. Foi então que ela viu a cicatriz que atravessava suas costas. Ainda estava sangrando. É claro que acabara de receber uma terrível chicotada. Prema estendeu um dedo para a ferida vermelha. Sua boca começou a tremer e seus olhos se encheram de lágrimas. "Quem teria podido chicotear tão cruelmente um jovem capaz de cantar sob o sol, apesar de sua ferida?" — pensou ela. Precisava saber.

— Quem ousou fazer isso?

— O que, mãe?

— Essa ferida aí, em suas costas?

— Foi seu esposo, mãe!

Ela se apoiou na parede, perdeu o fôlego. Seus olhos se abriram, desvairados. E balbuciou:

— Oh, não! Isso é impossível. Ele é um homem tão bom!

— Foi ele, entretanto — afirmou, tranquilamente.

Então ela olhou o cesto, os legumes e os frutos magníficos que dele transbordavam. Imaginou de relance seu infeliz esposo caminhando, com fome no estômago, debaixo do sol inexorável. "Sem dúvida — pensou —, ele deve ter cruzado com este adolescente carregado com este fardo desejável. Perdeu a razão, obrigou este rapaz a vir aqui em vez da casa onde era esperado". Ela se inclinou, ajuntou os legumes que haviam caído no chão, quis arrumar de novo o cesto, devolvê--lo, livrar-se dele.

— Você poderá de fato perdoá-lo? — perguntou. — Ele estava com muita fome, muito medo por causa do filho e de mim, imagino. Tome de volta o que lhe pertence, entregue-o onde é esperado.

E acrescentou, beijando-lhe a cabeça e ruborizando:
— Agradecida. Agradecida por seu canto...

Ele a olhou com ternura e compreensão infinitas. Seu sorriso estava sempre brilhando. Nenhum sofrimento, nenhuma raiva nele transpareciam.

— Guarde o cesto inteiro, mãe. Ele é para vocês mesmo.

Tudo em sua atitude manifestava que estava dizendo a verdade, que ele era incapaz de mentir. Seus olhos pareciam sorrir. Ele a saudou com as mãos unidas, dizendo:

— Estejam em paz.

Imediatamente, uma grande paz desceu sobre ela, e seu coração se tornou transparente. Ele retomou o caminho, cantando. Um grande frescor a invadira. Uma felicidade indizível corria de uma fonte interior desconhecida.

Quando ela ouviu ranger na areia os passos de Nirânjan, saiu a seu encontro. Ele não estava com o ar de um homem que o calor tornara louco; estava triste e cansado. Mas nenhum de seus gestos traía nervosismo ou violência.

— Recebi apenas esta tigela de arroz. Os pobres se encontram tão privados como nós, e os ricos têm medo e guardam aquilo que lhes resta. Sobreviveremos até amanhã. Depois...

— Mas você mandou aquele adolescente com um cesto cheio de frutos e de legumes!

Ele a olhou, incrédulo, e as lágrimas rolaram por suas faces. "Minha pobre mulher está delirando — pensou ele. — É o calor e a fome. Ó Senhor, salve-a!" Vendo-o chorar, ela pensou que ele estivesse com vergonha do ferimento que fizera no belo adolescente. E desatou em soluços.

— Como você pôde cometer aquele abominável crime? Um rapaz tão alegre, tão belo, tão sorridente! Por que você o feriu? Quem é ele? De onde vinha? Ele parecia um Deus!

Ele quis refrescá-la, apaziguá-la, ajudá-la a recobrar a razão. Entrou em casa, pegou um pote com água e procurou um lenço para lhe molhar as têmporas. Foi então que viu o cesto ao lado da porta.

Sentiu-se gelado, estupefato, e depois se inclinou, tocou docemente as mangas, as beringelas, as cenouras. Em sua cabeça as palavras giravam em turbilhão: "Um rapaz tão belo, tão sorridente... um cesto abundante... parecia um Deus... feri-lo". E, entre gemido e alegria, deu um grito:

— Ó Senhor!

Precipitou-se para fora, debaixo da árvore, tomou o manuscrito, abriu-o na página onde o havia deixado.

Com os olhos inundados de lágrimas, dançou loucamente, prostrou-se no chão, levantou-se maravilhado, contemplou sua esposa, tomou-a pelos ombros, olhou-a como se ela pudesse compreender tudo.

— Era Ele! Era Ele! — dizia, chorando e rindo.

Prema ficou alarmada.

— Meu pobre esposo, você está louco!

— Veja então! Veja!

A página do manuscrito em que pela manhã havia feito um risco, antes de escrever "eu dou", não tinha mais a correção.

— "Eu trago" — murmurou Nirânjan. — Era Ele!

Prema compreendeu. Tomou a mão de seu esposo, apertou-a fortemente, chorando e rindo também.

— Ó Senhor, perdoe-me! — murmurou Nirânjan.

Ela o arrastou para a casa e mostrou-lhe o cesto, assegurando:

— Não vê que ele perdoou você?

Concentração

— Não consigo me concentrar. E durante a meditação é pior ainda. Depois de ter devidamente tomado banho, vestido roupas limpas, oferecido flores e aceso o incenso, basta que me sente tranquilamente. É o momento que meu espírito escolhe para saltitar em todos os sentidos.

O mestre escutou o discípulo queixar-se mais uma vez das dificuldades experimentadas. Depois, de olhos semicerrados, perguntou:

— Para onde vai saltitar seu espírito?

— Senhor, eu fico pensando em minha vaca, em seu bem-estar, naquilo que vivemos juntos, nos prados e bosques onde procuramos relva tenra e água pura que dão ao leite dela um sabor de mel.

— Muito bem! Daqui para a frente você se concentrará unicamente em sua vaca.

— Sobre... minha vaca?

— É o que eu disse.

— Estou ouvindo, senhor, e vou obedecer. Vou me concentrar em minha vaca.

O discípulo voltou para casa, tomou o banho, vestiu roupas brancas que recendiam agradavelmente a relva e a vento, ofereceu um rosário de flores e um pote de manteiga ao deus Krishna, o amigo dos vaqueiros. Depois acendeu o incenso, pendurou em uma estaca o cabresto de sua vaca, no meio do campo, onde a relva é espessa e saborosa. Depois se instalou a três passos dela, para apenas vê-la e pensar somente nela. A vaca olhou-o, espantada: ele estava tão imóvel quanto uma pedra. Esticou a corda para se aproximar dele, esperando uma carícia na ponta do focinho. Sem nenhum movimento da parte dele, resignada, começou a pastar a relva a seu alcance. Ele permanecia tão tranquilo que ela esqueceu sua presença. Quando pastou o que lhe bastava, fixou o horizonte, com olhos suaves, ruminando vagarosamente sua refeição solitária. Algumas moscas que zumbiam em torno de sua garupa luzidia tentaram uma aterrissagem. Ela expulsou-as com um golpe de cauda, de passagem esbofeteando o vaqueiro.

Com o golpe, ele saiu de seu sonho. Foi se instalar a cinco passos da vaca para apenas vê-la, pensar somente nela, sem risco de outros golpes intempestivos.

Permaneceu aí três horas, sem se mexer, enquanto o sol abrasava seu crânio raspado, que se tornou rosado e depois avermelhado. Seu cérebro finalmente ferveu. E ele caiu como árvore morta no meio do campo. Delirou uma semana inteira. Depois voltou até o mestre.

— Senhor, não posso contemplar minha vaca no prado por muitas horas, porque o sol me impede.

— Você não é obrigado a contemplá-la fora. Fique sobre sua almofada de meditação dentro de sua cabana.

— Ah, sim! Agradecido, senhor!

O discípulo voltou para casa, fez suas abluções, vestiu roupas limpas, ofereceu flores e incenso a Krishna. Depois foi procurar sua vaca, que brincava no jardim vizinho. Trouxe-a para dentro da cabana e instalou-se em sua almofada de ervas kusha para apenas vê-la, pensar somente nela. A vaca olhou ao redor muito espantada, passou diversas vezes por cima do vaqueiro, procurando um lugar satisfatório, e depois começou a devorar a única relva do lugar, a da almofada de ervas kusha. O vaqueiro começou a rir. A erva fazia-lhe cócegas. Como não conseguia mais se equilibrar sobre uma nádega só, logo se achou virado de ponta-cabeça. Na mesma tarde, voltou para consultar o mestre.

— Você não consegue pensar em sua vaca sem a presença dela?

— Sem dúvida, senhor, consigo!

— Deixe-a então pastando no campo e concentre sua atenção sobre a imagem que você tem dela.

— Ah, sim, senhor! Agradecido, senhor!

O discípulo voltou para casa, deixou a vaca no campo, purificou-se com o banho, vestiu roupas frescas passadas e estalando de engomadas. Ofereceu flores a Krishna, perfumou-o com incenso, e se instalou sobre uma nova almofada para se concentrar sobre a vaca. Diversos dias passaram e ninguém o viu sair de casa. Os vizinhos ficaram inquietos. O mestre, avisado de que o discípulo talvez estivesse doente ou morto, veio pessoalmente saber notícias.

Bateu três vezes à porta. Nenhuma resposta. Quis empurrá-la. Estava trancada. Chamou o discípulo que, ouvindo sua voz, saiu de sua longa contemplação.

— Sim, mestre!

— O que está fazendo? Ficou doente?

— Mestre, eu estava perseguindo minha vaca que tinha fugido para o meio do mato. Devo deixá-la ir embora?

— Não, não, recupere-a! Está bem, continue.

Passaram-se outros dias sem que o vaqueiro saísse de casa. Os vizinhos temeram por ele. Afinal, ele não comera nem bebera havia tanto tempo! Era estranho.

O mestre voltou com eles, bateu à porta, chamou o discípulo:

— O que está fazendo agora?

— Mestre, recuperei minha vaca, mas ela se feriu nos espinhos. Estou cuidando dela. Devo deixá-la?

— Não, não, cuide dela! Está bem, continue.

Prudente, o mestre não esperou que os vizinhos se inquietassem de novo; voltou na manhã seguinte, bateu levemente na porta com a ponta do dedo.

— Você está me ouvindo? O que faz agora? — perguntou ele.

— *Muuu*! – respondeu, de dentro, uma voz cavernosa.

— Está bem, saia agora! — disse o mestre.

A porta se abriu de par em par, e houve uma grande desarrumação no interior da cabana.

— Senhor, *muuu* chifres são demasiado largos para passar pela porta!

— Seus chifres?

— *Muuu* sim, meus chifres!

O mestre entrou, roçou ternamente seu focinho, dizendo:

— Tudo bem. Agora, concentre seu espírito em Deus do mesmo modo!

O Solitário

O rei tinha como conselheiro um homem sábio e bom, que o tratava como um pai. Apesar disso, o rei era solitário, muito solitário. Tentava por vezes partilhar seu sofrimento, pedir conselho, mas ninguém entendia sua terrível solidão.

Quem lhe falava com simplicidade, abrindo seu coração, sem a menor dissimulação, sem premeditação, sem reserva? A quem ele poderia expor-se com simplicidade, sem temer por si, e principalmente pelo país, por todos aqueles cujo bem-estar dependia dele?

Se o rei se confessava triste, melancólico, ninguém ousava ouvi-lo simplesmente e lhe estender a mão ou o ombro em silêncio. Se o rei estava perplexo, cada um ficava perturbado, inquieto, e logo nuvens sombrias pareciam amontoar-se sobre o reino. Se o rei amava, seu amor ameaçava o amado, desencadeando o ciúme, a vingança dos preteridos. O rei tentou exprimir sua aflição com meias palavras diante do conselheiro.

— Senhor, ninguém é mais solitário do que Deus! — respondeu o homem sábio.

O rei saiu, pensando em Deus. Começou a procurar Deus para, em dois, sentir-se menos solitário. Foi até o fundo do jardim, sob a imensa árvore que abrigava um templo minúsculo onde gerações de ternura e de devoção haviam desgastado a pedra. Cada um dava seu nome preferido Àquilo que a estátua, tão deteriorada, falava por si mesma sobre o "O Mistério", de modo muito mais profundo e intenso do que todas as palavras dos sacerdotes ou dos sábios.

Junto da árvore e dessa indecifrável efígie, o espírito do rei sentiu-se um pouco liberto de seu desejo e de seu corpo. Pareceu--lhe ver sem olhar, ouvir sem ouvidos. Uma visão estranha o habitou: Deus ria, a alegria ria com Ele, o sofrimento acreditava que ele zombava, mas o sorriso divino era sem motivo. Depois Deus chorava da mesma forma. E então ouviu Deus, tão puro, tão inocente, dizer, contemplando-se no espelho do mundo:

— Quem é? Onde estou?

Ele, o onisciente, inconsciente de ser, se acreditava perdido, não se percebia mais. Então o rei, por puro amor, por caridade, desejou entregar Deus a Deus. Sua compaixão era profunda. Solitário, incognoscível para si mesmo, sem nenhum interlocutor, na unidade perfeita, Deus se procurava há... aquilo que os humanos chamam de "milênios". Ele criara o mundo em um impulso de sofrimento, de solidão insuportável, para se conhecer finalmente, nascer para si mesmo, gerar a si próprio. Essa revelação perturbou o rei. Ele acabara de encontrar em Deus a própria imagem de seu sofrimento! Como caminhar para Ele? Como serem, um para o outro, essa mão e esse ombro que ele sabia o quanto eram preciosos quando a cabeça se inclina e quando o passo vacila. Era-lhe necessário encontrar o caminho para O Solitário. E então correu até seu conselheiro.

Quando chegou, os servidores, a esposa e os filhos do conselheiro o receberam como se deve. Todavia, ninguém avisou o senhor da casa sobre a vinda do soberano. Depois de alguns chás, confeitos, frutos e outras guloseimas, o rei se admirou de sua ausência.

— Majestade, é que ele está com Deus. Como perturbá-lo?

— Junto com Deus, de fato?

— Ele se retira todo dia no recôndito de seu oratório, fecha suas portas e recita seu mantra.

— E esse mantra o coloca na presença de Deus?

— Sem dúvida, Majestade. Ele fica tão radiante quando volta para nosso meio!

O soberano voltou para o palácio, pedindo que seu conselheiro o procurasse logo que possível.

Logo que foi anunciado, o rei veio a seu encontro:

— Você conhece Deus?

— Senhor, eu conheço apenas um de seus nomes. E esse nome cada dia se torna mais profundo, mais perfumado, mais vasto. Eu ignoro a insondável grandeza que ele designa!

— Que pena... — disse o rei, decepcionado. — Eu gostaria de encontrar Deus.

— Meu mestre diz que a recitação do mantra permite mais que um encontro.

— Mais que um encontro?

O rei estava sentado na beira de uma mureta, de cotovelos sobre os joelhos, a cabeça entre as mãos, perplexo. E perguntou:

— Qual é o mantra dele?

— Senhor, é o triplo canto santíssimo do Rig-Veda: a Gayátri.

— Inicie-me. Ensine-me a dizê-lo.

— Ó Senhor! Eu sou apenas um pobre homem ignorante, totalmente incapaz de iniciar quem quer que seja!

O rei não insistiu, mas também não desistiu. Foi simplesmente até o brâmane que o instruíra na infância.

— Diga-me novamente, por favor, as palavras da Gayátri. Eu as esqueci. Gostaria de poder recitá-las de novo. Reservei tempo demais para os negócios do mundo.

O brâmane recitou para ele:

— "Aum, bhur bhuvah svah, tat savitur varenyam, bhargo devasya dhimanhi, dhiyo yo nah pracodayat, Aum".

O rei repetiu atentamente:

— "Aum, bhur bhuvah svah, tat savitur varenyam, bhargo devasya dhimanhi, dhiyo yo nah pracodayat, Aum".

Depois se retirou em seus aposentos e se pôs a orar com aplicação. Seu poder de concentração, com isso, ficou reforçado. Sentiu-se muito mais em paz do que antes, mas não encontrou Deus. Alguns meses depois, questionou o velho brâmane, que não lhe ensinou nada de novo. Então chamou seu conselheiro, e recitou a Gayátri para ele.

— Diga-me: eu a recitei como devia?

O homem sábio o confirmou:

— Senhor, sua recitação está correta. Mas o senhor a recebeu de um verdadeiro mestre?

— De um mestre? Não, sem dúvida. Eu a aprendi com o brâmane que me instruiu em minha infância.

— Sem iniciação, senhor, ela não tem força.

— Por quê? Você repete, no entanto exatamente a mesma fórmula!

O conselheiro, sem hesitar, voltou-se para um dos guardas da porta e, indicando o rei, ordenou:

— Guardas, prendam-no!

Os interpelados, estupefatos, abriram a boca e os olhos, mas não mexeram um dedo sequer. Pensaram que o pobre homem estava embriagado ou que um demônio se insinuara em seu corpo. Olharam o rei para saber como ele reagiria à questão. O rei, indignado pela atitude de seu conselheiro, ordenou:

— Agarrem-no! Este homem enlouqueceu.

Os guardas se precipitaram sobre o conselheiro e iam levá-lo, quando este se pôs a rir e disse:

— Senhor, como vê, as palavras de nada valem se aquele que as diz não tem a autoridade necessária para lhes dar poder e Vida.

— Soltem este homem! — ordenou o soberano, convencido.

Apoiou-se então no ombro do conselheiro.

— Onde posso encontrar um mestre verdadeiro?

— Senhor, quando o discípulo está pronto, o mestre aparece.

O rei voltou ao fundo do jardim, sob a imensa árvore junto do minúsculo templo. Embora fosse rei, não podia convocar um mestre, não podia adquirir o estado de discípulo. Sentia amadurecer em si a aceitação de ser um iniciante tão incompetente e desarmado quanto um bebê, indefeso, vulnerável, humilde.

Curiosamente, não ficou perturbado com isso; ao contrário, sentiu-se quase feliz por ser tão pouca coisa. Uma transparência avançou então até ele.

— Você quer de fato ser o amigo de Deus?

— É meu mais caro desejo.

— Eis o mantra que ele lhe dá para que você o alcance: "So'ham".

O rei repetiu "So'ham". E imediatamente sentiu as palavras pulsarem dentro de si, habitá-lo. Uma vida prodigiosa invadiu suas entranhas, seu coração, sua pele, sua boca, seus dentes.

— O que significa "So'ham"? — perguntou.

A transparência já desaparecera. Atrás dela flutuava um delicado perfume de jasmim.

O rei repetiu "So'ham" sem esforço, o dia inteiro. Quando seus lábios repousavam, seu coração cantava. Adormeceu embalado por "So'ham", despertou durante a noite ouvindo "So'ham", que recendia de cada um de seus membros, adormeceu ainda ao ritmo de "So'ham". Em seu sonho ele perguntou:

— O que significa "So'ham"?

Trouxeram-lhe um espelho. Ele riu, e a alegria riu com Ele. O sofrimento acreditou que ele zombava de si mesmo, mas seu riso era sem motivo. Depois ele chorou da mesma forma. Ele estava tão puro, tão inocente que, vendo-se no espelho, dizia:

— Quem é? Onde estou?

Inconsciente de si mesmo, ele acreditava ter perdido a essência de seu Ser.

Então, no fundo sem fundo da alma, o rei reconheceu que o sofrimento de Deus era o seu sofrimento. E compreendeu: "Eu sou Ele, embora Ele seja tão somente eu".

Quando voltou ao palácio, sua face apresentava uma grandeza e uma doçura infinitas. Ele conhecia O Solitário.

Aqui Também?

Quando o homem, rico e poderoso, chegou à margem do rio Dwárka, todo o pequeno grupo de pessoas que aí se banhava terminou suas abluções sem demora e se dispersou ao longo das margens. Apenas o asceta tântrico Vamakshêpa ficou na água, pouco impressionado pelo homem seguido por seus guardas. Esse homem, desejoso de ir orar à Deusa mãe em seu templo de Tarapêeth, viera banhar-se, orar, realizar os rituais justos antes de sua visita ao lugar santo. Então mergulhou na água, purificou-se, depois voltou à margem para secar-se, rezando.

Vamakshêpa o observou por um instante antes de explodir de rir. Aproximou-se e, rindo sempre, pôs-se a aspergi-lo abundantemente.

O homem permanecia polido, mas aquela demonstração ruidosa o aborrecia muito. Perguntava-se quem seria esse louco que o aspergia, achando engraçado perturbá-lo durante suas orações. De repente, chegando ao limite de sua paciência, deu livre curso a sua ira:

— Chega, basta! Você não vê que vim cumprir rituais? Por que me perturba assim?

Seus guardas, vendo sua ira, aproximaram-se para colocar sua força à disposição dele. Vamakshêpa riu mais gostosamente ainda e, molhando-o cada vez mais, perguntou-lhe:

— Você está rezando ou, aqui também, está comprando calçados?

O homem ficou de boca fechada: mesmo banhando seu corpo e recitando orações com os lábios, ele de fato não conseguia parar de pensar nos calçados que iria comprar em Calcutá no caminho de volta. Quem seria então esse fulano que molhava?

Os guardas avançavam na direção de Vamakshêpa.

— Parem! — disse-lhes o homem. — Deixem-no fazer isso, porque ele tem razão.

E aproximou-se de Vamakshêpa com humildade, inclinando-se respeitosamente:

— Quem quer que seja você, abençoe-me para que eu consiga controlar meus pensamentos e que, ao orar, pense apenas em Durga.

Vamakshêpa o abençoou.

— Jamais seja hipócrita! — disse ele. — O senhor não enganará Deus, pois só pode enganar a si mesmo. Se os calçados voltarem em seus pensamentos, pare de imitar a oração, tome o tempo de arranjá-los em outro lugar, mais tarde. Peça a ajuda de Durga, e apenas então retome suas orações.

— Como pedir a ajuda de Durga, quando estou enredado em meus pensamentos? — perguntou o homem.

— Volte a ser uma criancinha. Quando um menino se sujou, ele sabe que não consegue se lavar sozinho, e então chama simplesmente "Mamãe, mamãe!". Sua mãe acorre e faz o que é necessário. Chame Durga com toda simplicidade: "Má, má", e ela acorrerá e o purificará!

O homem retomou o conjunto de suas abluções, deixando seus calçados em Calcutá sob os bons cuidados de Durga, para finalmente habitar seu corpo e suas palavras.

Tranquilidade

O principal doador do templo viu o brâmane encarregado do culto alimentar um asceta andrajoso com a alimentação oferecida ao Deus, e disse:

— Como você ousa oferecer esse alimento sagrado a qualquer um?

— Este asceta chegou há alguns dias; ele nada pediu, mas instalou-se em um canto do templo onde medita incansavelmente. Suas qualidades espirituais me tocaram, e acreditei que faria um bem, oferecendo-lhe este alimento. Não é justo distribuí-lo aos pobres e aos monges?

— Ele não é um monge. É um preguiçoso a mais que fica sem nada fazer durante horas. Não se deve estimular esse tipo de atitude. Peço que você não o alimente mais daqui para a frente.

O brâmane parou então de encher a tigela do asceta uma vez por dia. Apenas lançava olhares desolados para ele. Estava perturbado, envergonhado de ter sido impedido, mas incapaz de ignorar a proibição.

O asceta não se incomodou em nada com a situação. Contentou-se em sair do templo todo dia, com a tigela de mendigo na mão. Depois de se alimentar, voltava a se instalar em seu canto, tranquilo até o dia seguinte. O "doador", que o percebia quotidianamente quando vinha participar dos rituais, interrogou o brâmane:

— Você parou de alimentar esse homem e de estimular sua preguiça?

— Sem dúvida, mas ele se contenta com pouco. Ele sai todos os dias para mendigar sua vida e depois volta para cá, onde permanece assim, tranquilo.

O "doador" não chegava a compreender como um homem podia permanecer sentado sem nada fazer durante dias inteiros.

De modo natural, ao passar diante de cada casa para mendigar, o asceta um dia se encontrou diante da porta daquele que lhe recusara o alimento do templo.

— Eu o alimentarei se você trabalhar para ganhar seu arroz! Está vendo esse monte de lenha? Corte a lenha e a empilhe, e então você será bem alimentado, prometo.

O asceta pegou o machado, cortou a lenha, empilhou as achas e depois foi embora. O proprietário da lenha correu atrás dele:

— Venha, sua refeição está pronta! Você fez por merecê-la!

— Lamento, mas eu não trabalho para me alimentar. Dou meu tempo e minha força por amor, por caridade, e recebo o alimento por amor, por caridade.

E continuou seu caminho, indo mendigar em outras portas.

O homem ficou intrigado. E foi ao templo para questionar o asceta.

— Sadhúji, se você pode cortar e empilhar gratuitamente um monte de lenha em menos tempo que outra pessoa, por que permanece assim sem se mexer durante dias?

— Vou responder-lhe em cinco minutos. Espere, por favor!

O "doador" esperou cinco minutos, depois seis, depois sete; o asceta não respondia.

— Sadhúji, você me prometeu responder em cinco minutos. De que serve esperar assim sem se mexer durante dias?

— Sim, é verdade. Perdoe-me! Você poderia esperar mais cinco minutos?

— Cinco minutos, e não mais. Sou ocupado, e tenho outra coisa a fazer além de permanecer tranquilamente, esperando uma resposta!

Passaram-se mais cinco minutos, depois seis, depois sete; o asceta continuava sem responder.

— Você está zombando de mim, Sadhúji. Há um quarto de hora você me obriga a esperar tranquilamente a resposta para uma só pergunta!

— Perdoe-me, mas vou ter de lhe pedir para esperar ainda mais cinco minutos.

O doador queimava de raiva contida:

— Escute: ou você me responde em cinco minutos, ou eu vou embora!

Passaram-se os cinco minutos. O asceta continuava ali, tranquilamente, sem responder. O "doador", praguejando e resmungando, foi embora, batendo os calcanhares.

Andou apenas alguns metros, e parou, bruscamente. "Como? Não consigo ficar tranquilo um quarto de hora sem que meu espírito saltite, se enerve, se emocione, queira respostas, e esse homem permanece tranquilamente sentado, sem se mexer durante dias inteiros... Que controle!"

Voltou até o brâmane:

— Acho que você tinha razão: esse homem não é comum. Peço que você volte a alimentá-lo com as ofertas durante todo o tempo em que ele estiver entre nós.

Depois ele retomou o caminho de suas mil ocupações, mas parou diante do asceta para se inclinar respeitosamente antes de deixar o templo.

Daí por diante ele vinha quotidianamente ao templo para saudar o asceta, e também sentar-se junto dele em silêncio, pelo tempo que conseguia. Depois voltava para casa, realizava sua jornada de trabalho antes de se instalar sobre um tapete de meditação e de tentar a difícil aventura de pacificar seus pensamentos.

Uma tarde, logo antes de se assentar, pediu um copo-d'água para sua esposa, que foi buscá-lo. Quando ela voltou, ele meditava. Ela pôs o copo junto dele, fazendo tilintar o pires que ela colocou em cima para manter a água a salvo dos insetos. Ele não fazia nenhum movimento. Na manhã seguinte ele ainda estava sentado em seu tapete, com o corpo tranquilo, e até sua respiração era agradável. Sua esposa retirou o copo, cuja água já ficara morna. Nesse dia ele não foi ao templo, nem no dia seguinte, nem no outro dia. Permaneceu assim uma semana inteira, perfeitamente tranquilo. Quando saiu desse longo parêntese, chamou sua esposa com espanto:

— Por que você não me traz água? Estou com sede!
— Eu a trouxe há uma semana, mas você estava em meditação.
— Uma semana?
— Sim, uma semana!

Ele tomou um banho e foi correndo ao templo, com uma guirlanda de flores e incenso na mão. Transbordando de gratidão, prostrou-se diante do asceta.

— Mestre, eu segui seu exemplo e aqui estou depois de uma semana de meditação. Como posso agradecer ao senhor?

— O que você chama de meditação?

— Eu me instalei sobre um tapete, pedi água para minha esposa; porém, antes que ela voltasse, o espírito e o corpo estavam tranquilos. Parece que permaneci assim durante uma semana. É o que minha esposa me disse quando, ao voltar à atividade, lhe pedi meu copo-d'água, admirado de que ela ainda não o tivesse trazido.

— Você lhe pediu imediatamente esse copo-d'água?

— Sim, logo que voltei.

— Então você não meditou. Você imobilizou o corpo e os pensamentos durante uma semana.

— O que é meditar?

— É esvaziar-se de todo a priori, o do ego e o da ausência do ego, para que exista o indizível, o incognoscível, o impensável, o Real. Você nunca meditará, você será, meditando.

Maravilhado com a profundeza insondável do asceta em que havia reconhecido a sabedoria, o homem compôs um poema épico em sua honra. Convidou, conforme reza a tradição, os pândits, os brâmanes e os monges da região a fim de recitar publicamente seu texto para glorificar o mestre. Mas todos levantaram uma objeção:

— Um poema épico só pode ser composto em honra de um herói capaz de dominar o ataque de mil elefantes, e não para um asceta!

— Parece-me que apenas o mestre poderia ajudar-nos a decidir se devo ou não ler esse poema. Venham, vamos vê-lo.

Eles foram então até o asceta e lhe expuseram seu debate.

— O senhor poderia ajudar-nos a responder à questão: "É preciso ou não que o poeta recite publicamente seu texto aqui?"

— Esperem cinco minutos, e responderei à questão de vocês.

Eles se instalaram calmamente em torno dele para respeitar seu silêncio, esperando sua resposta. Mas, no decorrer dos cinco minutos de tranquilidade, todos entraram em meditação. Permaneceram com o espírito e o corpo tranquilos todo o dia e depois a noite, depois um outro dia e, por fim, uma semana inteira. No fim da semana, o espírito do mestre vibrou levemente. Concebeu uma leve onda. Todos retomaram a atividade habitual do corpo e do espírito, e todos então exclamaram:

— O que é dominar o ataque de mil elefantes ao lado da capacidade de induzir a tranquilidade de nossos pensamentos e o silêncio de todos os nossos egos reunidos? É preciso que o poema seja recitado imediatamente em honra do mestre!

Dez Annas

A noite caía às margens do Ganges. Chovia. Siddharta Gautama, o Buda, e alguns discípulos deviam passar para o outro lado do rio para encontrar o abrigo proposto por um devoto.

A barca deslizava, transportando alguns passageiros tardios, o barqueiro gingava inteligentemente, utilizando os remoinhos e a corrente para avançar, manejando seu esforço. Grandes folhas modeladas como navetas, levando flores, incenso e minúsculas lâmpadas de óleo, rodopiavam em torno da barca e do remo, pareciam mergulhar para o fundo antes de reaparecer sobre a crista das vagas, mensageiras teimosas da prece dos homens.

O fundo de madeira deslizou freando sobre a areia, parecendo nela se fixar com ruído fosco e pesado, depois a barca vacilou e deslizou de vez para se deter com a proa na corrente. Em seguida se inclinou, derramando sua carga de passageiros espremidos ou desajeitados por cima de uma borda perigosamente inclinada sobre os remoinhos do rio. Alguns saltavam sem hesitação até a areia, outros desciam na água, levantando calções ou sáris na esperança, estranha sob a chuva, de mantê-los secos. O barqueiro também desceu. Lançou um olhar vazio, desinteressado ou até desdenhoso para esse grupo de monges mais ou menos esfarrapados que somava seus magros recursos.

Finalmente, Sidharta Gautama veio até o barqueiro, explicou que podiam pagar os dez annas do bilhete por todos menos um, e lhe pediu se aceitaria oferecer lugar para um deles.

Fatigado pela jornada, cansado de transportar gratuitamente muitos miseráveis, pouco inclinado a crer que todo monge é naturalmente uma grande alma, o barqueiro se irritou e declarou abruptamente que um monge não pode ir aonde quiser, mas deve permanecer onde Deus o protege. Buda concordou de bom grado. Não insistiu. Voltou até os discípulos e lhes sugeriu que passassem naquele instante, enquanto ele faria o necessário para os alcançar.

Cada um quis sacrificar-se pelo mestre, ficando nessa margem e mendigando uma passagem junto aos viajantes compreensivos. Mas Siddharta Gautama intimou-os firmemente com a ordem de tomar a barca. Eles obedeceram, um pouco tristes, embora também aliviados por não terem de passar ainda uma noite debaixo da chuva.

Os viajantes com seus pacotes se juntaram ao grupo, o barqueiro contou seus clientes, cobrou adiantado antes que subissem à embarcação. Da terra firme ele empurrou a barca, que se arrastou na margem com um gemido da madeira tensa e raspada. Entrando na água, tomou a barca, caminhando com força junto dela, com os músculos inflados, tremendo pelo esforço. Quando por fim ela ficou leve, ele saltou a bordo e, pegando o remo, deu direção e mais impulso ao conjunto.

O Buda contemplou por um instante o sulco traçado, as vagas levantadas pela embarcação. Elas se estendiam ao longo do casco, ameaçando deslizar acima da borda, pois a carga fizera a barca descer. A água veio murmurar suas bolhas a seus pés e depois refluiu em desordem para o leito profundo do rio.

Quando as vozes dos viajantes ficaram distantes, ele avançou para o Ganges. Então, com passo firme, rápido, claro, caminhou sobre a água para alcançar a margem oposta. O barqueiro, incrédulo e depois perturbado, viu o Buda avançar, passar sem esforço, alcançar a margem antes dele. Uma febre repentina o tomou: há tantos anos ele transportava monges em um ou no outro sentido, e nenhum o havia convencido de ser um sábio. O que ele acabara de ver o abatia, deixando-o sentir-se muito mal. "Jamais recusei minha ajuda a um monge e na primeira vez que ouso dizer não, é preciso que seja justamente aquele! – gemia ele em seu coração. – Não dizem que tudo o que damos a um santo homem nos é devolvido mil vezes depois da morte? Recusei minha ajuda a este santo e mil vezes a ajuda me será recusada nesta vida e nas que ainda me esperam!" Remou com a energia do desespero a fim de ir o mais depressa possível lançar-se aos pés de Buda para obter seu perdão. Logo que o barco parou sobre a areia, ele saltou e se precipitou para o Desperto.

— Mestre, o que foi que fiz? Quem é o senhor? Seu poder é imenso. Perdoe-me!

Siddharta sorriu:

— Na Verdade eu sou o "Tathâgata": "aquele que foi à outra margem, para Aquele que É, da ilusão para a Realidade daquilo que é". Esse poder vale apenas dez annas! Não há nada a perdoar se você escutar o Ensinamento e realizar suas promessas.

O barqueiro e o Buda se instalaram lá, sobre a margem. Enquanto a noite caía sobre o rio, o "Tathâgata" expôs as quatro nobres verdades e o caminho óctuplo que permite escapar do desejo e do sofrimento.

A luz sem fim e sem começo transformou o barqueiro em discípulo, o discípulo em Buda.

Oferenda

Arjuna, filho de Indra, o deus da tempestade, deixou um tempo seus irmãos para ir ao encontro do próprio deus Shiva sobre o Himalaia, sua montanha sagrada.

No caminho ele cruzava por vezes com seres celestes que traziam aos deuses braçadas de flores dos altares. Algumas provinham de grandes templos, outras de altares familiares. Vinham também de lugares mais humildes ainda. Arjuna sentiu-se comovido ao ver que nenhuma oferenda era negligenciada nem perdida, mas todas eram recebidas, todas estimadas.

Diversas vezes por dia carros estranhos o ultrapassavam, tão numerosos, tão pesados e tão espremidos entre si que teve de mudar de caminho, esperando encontrar algum menos cheio. Mas em todo lugar esses carros puxados com ternura particular pelos seres celestes pareciam lançar-se para o Himalaia. Quando a montanha santa começou a se tornar visível no horizonte, seu número foi tal que Arjuna, misturando-se ao estranho cortejo, teve de se agarrar a um deles. Ele também se pôs a puxar um desses carros transbordantes. Àquele que o viu atrelado, junto dele, sobre o outro varal, perguntou o nome do príncipe tão fervoroso e generoso que cobria de oferendas o reino divino.

— Ignoro o nome dele — disse o vizinho —, mas sei que se trata do maior devoto de Shiva. O deus recebe sempre suas oferendas antes de olhar qualquer outra.

Na impossibilidade de encontrar um espaço sem carro sobre o caminho, Arjuna continuou a puxar. Mas sua curiosidade espicaçava, pois ele desejava conhecer o nome desse incrível doador. Deixando-se deslizar entre os varais, ele se esticou por baixo da caixa entre as rodas para levantar-se novamente por trás desse carro e diante do seguinte. Atrelando-se de novo a um varal, ele perguntou a um novo companheiro:

— Quem é esse príncipe magnífico que cobre Shiva de oferendas?

O outro lhe respondeu que esse homem era a própria imagem da devoção, que ele servia de exemplo aos próprios deuses, que Shiva o cobria de ternura.

— Quanto ao nome dele — disse-lhe —, eu o ignoro. Puseram-me a puxar este carro, e eu o puxo. É minha parte de serviço e de devoção ao Deus. Não me coloco perguntas supérfluas.

Arjuna saltou para o lado, rolou um instante, deixou passar as rodas que rangiam e novamente se encontrou a puxar outro carro. Estava irritado de ser assim constantemente empurrado pela caravana cada vez mais densa à medida que as rodas se aproximavam do centro espiritual do universo. De repente, exasperado, gritou:

— Mas quem envia tudo isso?

Um touro prodigioso que passava lhe perguntou:

— Você não reconhece os produtos de seu próprio reino?

Arjuna, estupefato, correu até os carregamentos. Examinou-os. Reconheceu os jasmins e as rosas, os cravos da Índia, as mangas firmes, sumarentas e perfumadas, o sândalo dourado e encantador de seu país. Suas pernas fraquejaram um instante, seus olhos se embaçaram. Ele, o mais bravo de todos, teve de se apoiar ao perceber que tudo isso vinha de sua própria casa. Imaginou imediatamente sua terra devastada, desnudada.

— Quem ousa? — gritou.

E o touro mugiu:

— É o grande Bhima.

Arjuna foi agitado por uma gargalhada.

Os irmãos Pandava eram de origem divina. Eram cinco. Chamavam-se Yudishtira, Bhima, Arjuna, Nakula e Sahadeva. Nas horas em que os irmãos realizavam os rituais, no entanto, e ofereciam sacrifícios aos deuses com constância e devoção, Bhima "o Terrível", filho de "Vayu", deus da tempestade, de fato não se preocupava com isso. Enquanto a fumaça de incenso invadia a sombra dos templos, que as guirlandas de flores recobriam as estátuas que simbolizavam o imaterial indizível, e que se dava a beber para os deuses seu néctar favorito, Bhima media o campo com suas prodigiosas passadas.

Ele era alto e largo como uma montanha de vida. Tinha o peso, o poder e a flexibilidade do elefante, a pisada e a violência sem crueldade do tigre. Esposo cada noite de uma demônia, ele era cada dia com seus quatro irmãos um dos cinco esposos de Draupádi, nobre princesa repleta de devoção pelo deus Krishna.

— Bhima? — disse Arjuna. — Bhima, esse descrente que despreza os templos, que ninguém jamais viu ou ouviu orar, que gosta tanto de seu campo e de suas florestas, que brama como um cervo com a garganta cortada a cada vez que colhemos quatro flores para os rituais costumeiros? Com ele vivo, ninguém poderia apoderar-se dos frutos e das flores do reino! Quem é você, touro que pensa e fala a torto e a direito?

— Sou Nandi, o carregador de Shiva. Vivo em sua intimidade. Conheço seus amigos. É por isso que digo e afirmo que esse místico incomparável, amado do Senhor, é justamente Bhima. Ele não exibe seu fervor, ele deixa que os sábios profiram suas fórmulas, enfeitem os rituais, imitem o verdadeiro sacrifício. A obra divina lhe é tão cara que ele não pode resignar-se a se apropriar de um fio de relva para oferecer sobre o altar. Sem cessar ele percorre o universo sem nada perturbar nem colher. Ele o contempla amorosamente. A cada passada, seu ser transportado se maravilha, e sua alma canta:

— Tudo vem de Ti e de ninguém mais! Este mundo que Tu manifestas, eu o deponho a teus pés adoráveis!

Shiva, que o ouve, recebe o mundo e o coração de Bhima.

Reler

— Não há mais cereal nem legumes nesta casa. Se você quiser se alimentar hoje, precisará encontrar alimento! — disse a esposa.

— Mulher, onde você quer que eu procure tudo isso? — respondeu o brâmane. — Esta aldeia é demasiado miserável. Nestes últimos tempos, não houve nem nascimento, nem casamento, nem morto, nenhuma outra festa costumeira. Eu, portanto, nada recebi de oferta para realizar rituais. Quanto ao que me foi concedido para a manutenção do templo, você o distribuiu sem medida a todos esses mendigos que desfilam diante de nossa porta!

— Como recusar? Esses infelizes estão ainda mais desprovidos do que nós!

Ela hesitou um instante e acrescentou:

— Que um homem de sua casta, conhecedor das Escrituras, esteja assim desprovido, é propriamente indigno! Por que não tenta um emprego junto ao soberano? Os velhos pândits que têm o cargo de ensinar no palácio não têm tanta reputação para que não possas ao menos igualar seu saber!

O brâmane hesitou: ensinar na corte era um velho sonho do qual ele tentava segurar as rédeas. Temia que a glória lhe subisse à cabeça e poluísse seu pensamento. Resolvera esperar que quisessem convocá-lo. "Assim – pensava ele –, se Deus o quiser, eu nada poderei fazer". No fundo de si mesmo, porém, ele sabia que era uma impostura, uma loucura do orgulho. Solicitar isso o comprometia a aceitar seu sonho de ser escolhido e reconhecido. Esperar ser convocado o impelia a se acreditar humilde e a imaginar que seu mérito seria o suficiente para que se interessassem por ele. Ele não era bastante cego para se iludir sobre essas questões. Esperava sair da sombra em que pretendia se manter. "Seja o que for que eu fizer — pensava —, tenho muito medo de agir errado." Ele se achava completamente atado por dúvidas, desejos, pesares, esperanças inconfessadas. A vida parecia correr em outros lugares e não nele, tão grande era sua hesitação em vivê-la. Toda luz passava longe de seus gestos, de suas palavras, de seus instantes, por falta de encontrar uma pequena paz onde pousar.

A sugestão de sua esposa esbofeteara o equilíbrio precário de suas dúvidas e de suas opções, que repentinamente rodopiavam e desmoronavam. Sem dúvida, era preciso encontrar uma solução para prover suas necessidades! Doravante, solicitar junto ao rei significava menos ser reconhecido e glorificado, do que receber um salário. "É exigir demasiado? Certamente não!" — pensou.

Vestiu-se dignamente e foi humildemente ao palácio. Logo ao passar a primeira porta, chegou à antecâmara, onde todos os tipos de pessoas esperavam: príncipes, letrados, camponeses, mendigos e outros queixosos. O desejo e seu cúmplice, o medo, o pegaram pela nuca. O orgulho voltou e o endireitou novamente. Ele era de casta honrosa. O rei o acolheu, portanto, com grande respeito. Sua crista de galo demasiado verde com isso se inflou, tornando-se mais bela.

— Majestade — disse ele —, saudações. Sou especialista nas Escrituras. Venho propor ensinar o Bhagavatam na corte. Posso, se o senhor desejar, recitá-lo para o senhor de uma só vez, e assim demonstrar-lhe sua grandeza.

O rei deu um leve sorriso. Meneou a cabeça.

— Sem dúvida, o Bhagavatam é um grande texto. Poderia eu ouvi-lo sem me preparar para isso como seria preciso? Proponho então que você o releia uma ou duas vezes e depois volte. Durante esse tempo, aprenderei a ouvir.

O brâmane não era ingênuo. O sorriso e o tom do rei traíam sua ironia. O orgulho rude se transformou em ira. "Quem ele pensa que é? Depois de tudo, ele não passa de um guerreiro! O que sabe das Escrituras? Pelo fato de ser rei deveria eu me calar, e voltar para casa de mãos vazias! Estudei os textos sagrados durante doze anos. Posso recitar de cor os rituais mais complicados, o Bhagavad Gita, o Bhagavatam e muitos versos dos Purânas!"

Voltou para casa sombrio e taciturno, sentou-se nos degraus da varanda, onde permaneceu pregado pela violência de seu rancor. Sua esposa, vendo-o furibundo, preferiu ficar em silêncio diante do fogo apagado da cozinha.

Chegou a noite, e ele ainda fulminava. A manhã o encontrou desamparado, esgotado, arcado contra o muro do jardim como um elefante decidido a derrubar o obstáculo. Um vaqueiro vizinho trouxe leite, a esposa preparou chá e o trouxe, com cuidado, mas com medo também.

— Você não quer me dizer o que aconteceu ontem? — ousou.

Ele não conseguiu conter as lágrimas. Ela hesitou. Deveria permanecer e ver o esposo chorar, ou desaparecer antes que ele perdesse o brio? Antes que resolvesse, ele tomou as mãos dela, fez com que sentasse a seu lado e, chorando, se alterando, gemendo, tudo ao mesmo tempo, explicou:

— Esse rei é um idiota. Ele não sabe distinguir entre um erudito e um velho macaco!

— Ele não quer seu trabalho?

— Ele exige que eu releia o Bhagavatam uma ou duas vezes, eu que o conheço tão bem!

— Obedeça! Releia-o uma ou duas vezes!

— Mas eu já o conheço de cor!

— E o que importa? Se isso é tudo o que é preciso para garantir nosso futuro, o obstáculo é facilmente superável!

Ele decidiu então reler duas vezes o Bhagavatam. Calculou o dia mais favorável de todos para um retorno oportuno ao encontro com o rei. Ficou aliviado ao ver que ele aconteceria apenas três meses mais tarde. Teve tempo para reler à vontade a história de Krishna. Comoveu-se com passagens que conhecia de cor, mas das quais, estranhamente, ainda não havia degustado todo o sabor.

Quando, no fim de três meses, ele voltou ao palácio, havia menos orgulho em sua atitude, e sua voz não trombeteava mais. Uma bela nobreza a tornava simplesmente alta e clara. Ele pensava que conseguiria responder a toda questão.

O rei o recebeu respeitosamente, e o olhou diretamente nos olhos, perguntando:

— Você releu o Bhagavatam?

— Sim, senhor, duas vezes! Agora posso dizer e expor sua mensagem a fim de que a grandeza de Sua Majestade seja amplificada pela sabedoria das Escrituras!

O rei meneou a cabeça:

— Brâmane, saiba que estudarei esse grande texto com você. Todavia, peço-lhe que volte para casa e o releia mais uma vez.

O brâmane, frustrado, permaneceu um instante surpreso, voltou para casa com o espírito murmurando perguntas sem respostas.

A resposta do rei surpreendeu também a rainha, sentada junto de seu esposo na sala do trono. Ela se inclinou até ele.

— Por que você ordena sem cessar que esse brâmane releia esse texto que ele claramente sabe de cor?

— Senhora — respondeu o rei —, se esse homem tivesse compreendido o que lia, esteja segura que ele jamais haveria tentado almejar um posto de honra. Ele seria um asceta austero e meditador, ou um sábio indiferente às bijuterias do mundo!

Voltando para casa, o brâmane estava tão perturbado que foi direto à cozinha, sinal de que não estava com a cabeça no lugar, pois esses tipos de lugares, como se sabe, são impuros. Mas ele precisava falar com sua esposa, contar a alguém sobre sua aflição, sua surpresa, sua incompreensão.

— É estranho! Ele disse que estudará esse texto comigo, mas manda-me sempre de volta para o reler!

— É perturbador, de fato, mas ele é o rei, e somente ele decide sobre o momento em que receberá você no palácio. O que fazer, senão reler novamente? Você nunca ouviu falar de um mistério cuja solução está no próprio texto? Pode ser que o rei espere que você descubra a chave de um tesouro. Procure, encontre, e ficaremos ricos!

— Talvez — murmurou o brâmane, sonhador.

Ele se pôs à obra, leu e releu com uma atenção tão obstinada que deixou de calcular o dia mais favorável de todos para voltar diante do rei. Em primeiro lugar estava a intenção de encontrar a chave do mistério, de compreender o que estava escondido por baixo das palavras.

Algum tempo depois, ele foi para a floresta, a fim de não ser distraído nem pelas coisas do mundo nem pelos rituais do templo. Meditou cada parágrafo, cada frase, cada palavra. As palavras pouco a pouco desapareceram, e não restou mais que o sentido delas.

Depois o sentido se volatilizou. Permanecia apenas a devoção que Krishna havia plantado em seu coração. Ele esqueceu de dormir, de comer, de beber. Dançava ao som de uma flauta que apenas ele ouvia.

O dinheiro, a glória, o poder? Fumaças que se desfizeram no fundo dos céus. Todo o desejo estava fundido com o sol da Verdade. O brâmane não lia mais, não recitava mais, não meditava mais. O Bhagavatam era cantado, o amor dançava, a meditação enchia o espaço e o tempo.

Sua esposa, consternada, ficou perturbada com esse estado bizarro. Tentou lembrá-lo de seu próximo encontro com o rei.

— Sua felicidade me alegra. Entretanto, não esqueça que tudo foi realizado por causa do pedido do rei, pense nesse cargo que você precisa conquistar. Encontre de novo, eu lhe peço, uma postura de brâmane e volte ao palácio.

Sua palavra parecia perder-se em um oceano de ternura mística onde nada podia mais levantar nem desejo, nem tempestade, nem costume.

Certa manhã, não sabendo mais como trazer seu esposo para o pé no chão, ela foi ao palácio a fim de solicitar a ajuda do soberano, pois suas ordens haviam causado esse estado desconcertante. O rei juntou as mãos e pareceu muito contente. Ofereceu à esposa perturbada uma casa, terras e uma renda. Depois mandou arrear seu cavalo sem demora, entregando o reino para seu filho.

Ele foi até o brâmane para transformar em ouro o chumbo de seu ser, para finalmente se saciar com a infinita sabedoria do Bhagavatam.

Código de Honra

A distância diminuiu entre o caçador e o tigre que o perseguia. A respiração do homem tornou-se curta. Na orla do bosque um cipó balançava em uma réstia de sol. Ele o agarrou, trepando rapidamente fora do alcance da fera, depois ficou por um momento de olhos fechados, suspenso entre o céu e a terra, tentando recuperar o fôlego para apaziguar as batidas do coração. Debaixo dele, o cheiro forte do tigre encheu o espaço. A fera rondava, seguindo na relva o movimento do cipó. Ele ouviu, exasperado, seu bocejar. Abriu os olhos. Viu o animal levantado. Suas patas golpeavam o ar tão perto de seus calcanhares que ele sentiu o vento se deslocando. Esticou o braço, tentando subir mais. O cipó, com o impulso, gemeu e se desprendeu, descendo cerca de um metro. O caçador, aterrorizado, lançou seus punhos suados o mais alto que pôde, subindo fora de alcance. O cipó, desestabilizado, girava, carregando em suas voltas o caçador tomado de vertigem e de náusea. De repente, a valsa se transformou em sacudidas. O tigre, rosnando, dependurado, agarrara o cipó entre os dentes. Ele o puxava, sacudindo-o para que sua presa caísse. O homem levantou os olhos, divisou um galho próximo, conseguiu agarrá-lo e, segurando o galho com uma das mãos e com a outra o cipó, empreendeu um equilíbrio perigoso. Por fim, deixou-se cair de barriga em uma profusão ruidosa de folhagem.

Foi então que viu o urso muito interessado por suas manobras. Ele estava no mesmo galho, entre o tronco da árvore e ele. O tigre, embaixo, começou a rir.

— Hei, irmão urso, esse homem é um predador para você e para mim. É nosso inimigo comum. Jogue-o da árvore para baixo, e eu o devorarei!

— De jeito nenhum, irmão tigre — respondeu o urso. — Esse predador que chegou a mim torna-se um convidado, e eu não poderia expulsá-lo daqui. As leis da hospitalidade proíbem formalmente que eu faça isso!

O urso contemplou por um instante o homem ridiculamente pendurado no galho, depois, já contente para o dia com o espetáculo, subiu até outro galho, aí se deitou e adormeceu, satisfeito. Pôs-se logo a roncar, franzindo o focinho quando as moscas azuis roubavam de sua goela um resto de mel.

O caçador, retomando espírito e força, deslizou do galho para o tronco, e finalmente se pôs de pé. Respirou abundantemente, enxugou a fronte e lambeu, no canto dos lábios, o suor que o queimava. O tigre, embaixo, decidiu trocar de presa. Sentou-se na relva, e se dirigiu ao caçador:

— Homem, esse urso bem alimentado dorme; ao despertar, estará com fome. Então perderá todo senso de hospitalidade e olhará você como caça. Seria prudente que você o empurrasse para o chão. Quanto a mim, eu me alimentaria dele. Quanto a você, poderia ir embora, sem preocupação comigo, pois eu teria festejado lautamente, e com ele também, pois ele teria morrido.

O negócio ficou fechado com duas piscadas de olho, cúmplices. O homem ergueu-se até o urso adormecido. Mas o urso não era surdo nem tolo. Deixou seu leito de folhagem, agarrou um galho, balançou-se tranquilamente e se deixou escorregar para um galho próximo, fora do alcance dos dois compadres.

— Esses homens... São todos iguais! — resmungou o tigre. — Você viu esse aí? Ele ia empurrar você sem o menor escrúpulo. Agora você pode mandá-lo para mim com uma patada. Vingue-se! Eu fico esperando.

— Não! — disse o urso. — Ninguém autoriza que o código de honra seja violado, nem sequer a duplicidade e as intenções malignas de outrem. Por todo o tempo que estiver nesta árvore, esse homem permanece sob minha proteção. Em seguida, que Deus o proteja!

O urso instalou-se sobre um galho inacessível ao caçador. O tigre deitou-se à sombra da grande árvore. Ele cochilava com um olho só. Sabia que os frutos sempre caem dos galhos. O homem ficou acordado por três noites, sem beber ou comer. Depois, esgotado, caiu precipitadamente na goela de seu destino, fruto de suas ações passadas.

A Fio de Espada

Em Gokarna, a cidade santa à margem do mar de Oman, a poetisa Prabhulinga encontrou um dia Goraknát, praticante de hatha-yoga, de grande fama. O domínio do corpo estimava esse grande homem, é o único que nos pode conduzir à imortalidade. Ambos fiéis de Shiva, eles se inclinaram um diante do outro.
— Eu saúdo você, mãe – disse Goraknát. – Quem é você? De onde vem?
— Não tenho lugar nem nome. Apenas aquele que conhece a si mesmo pode saber Aquilo que eu sou. O que dizer, para que me conheça, àquele que se crê modelado de um corpo terrestre? — respondeu-lhe Prabhulinga.
Goraknát era o mestre incontestado dos natha-iogues. Tinha o costume de ser levado a sério, e achou a senhora arrogante, respondendo-lhe, então, energicamente:
— Apenas aquele cujo corpo não conhece a morte pode se dizer eterno. Qualquer outro ser vivo é mortal, transitório. Este corpo que possuo jamais perecerá, pela graça insigne de Shiva, pelo exercício perfeito de hatha-yoga e pelo uso de ervas sagradas.
Prabhulinga sorriu delicadamente.
— O corpo é apenas um aspecto do Todo — disse ela. — É eterno aquele que realiza a Essência de seu Ser, e não aquele que faz durar essa associação de matérias, de líquidos e de humores que se chama um corpo! Nenhum corpo jamais atingiu a imor-

talidade. Mas o que importa, uma vez que o corpo está no Ser e não o Ser fechado no corpo?

Goraknát tomou uma espada afiada e a estendeu a Prabhulinga.

— Mãe, tente atravessar meu corpo com esta espada e verá o que a imortalidade quer dizer!

Prabhulinga, sem hesitar, pegou com as duas mãos a empunhadura da espada e atravessou com um golpe da lâmina o peito de Goraknát, que permaneceu impassível. Foi a espada quem sofreu, saindo gravemente cega da prova. Prabhulinga tomou uma outra espada igualmente afiada e a estendeu ao grande iogue.

— Vejamos se esta espada conseguirá romper meu corpo!

— Mãe, temo por você. Não quero matá-la. Desse modo o que eu teria provado?

— Tente, eu lhe peço.

— Mãe, sem dúvida você é uma santa mulher. Como ousaria eu cortar esta vida?

— Do que você tem medo? Você é imortal: que carma poderia temer? Assumo integralmente a responsabilidade por este ato, e você nada sofrerá.

Diante de tanta insistência e segurança, Goraknát empunhou a espada e abateu-a sobre Prabhulinga. A lâmina atravessou o espaço sem nada encontrar. Seu fio não ficou cego.

O que chamamos Prabhulinga sorria para sempre.

O Tesouro

Gokul era um camponês pobre. Seu caminho diário passava diante da gruta em que vivia um asceta. Todo dia ele depositava ali um pouco de arroz, algumas bolachas amanteigadas e um punhado de legumes sobre uma folha de bananeira.

Naquela manhã, ele se aproximou do santo homem, prostrou-se a seus pés, e lhe disse:

— Perdoe-me. Não pude trazer-lhe refeição hoje. Há vários dias já minha mulher e eu não temos podido alimentar-nos. Ontem não tínhamos nada a dar para nossos filhos. Esta manhã minhas mãos estão vazias. Não tenho mais nada.

O asceta abençoou Gokul, levantou o indicador e o aconselhou:

— Se você não teme sair de seus caminhos habituais, vá atrás da colina, onde há lenha para ajuntar. Você a venderá na cidade e poderá alimentar sua mulher e seus filhos.

Gokul tocou respeitosamente os pés do asceta e, confundindo-se com agradecimentos, foi até atrás da colina. Havia, de fato, atrás da colina, galhos secos em quantidade. Nesse dia fez quatro pesados carregamentos. Na mesma tarde veio trazer uma refeição para o asceta. Havia ganhado tanto que também pôde oferecer-lhe um rosário de cento e oito flores douradas.

Gokul, daí para a frente, depositou todo dia no limiar da gruta, com um pouco de arroz, algumas fatias de pão com manteiga, uma grande porção de legumes sobre uma bela folha de bananeira, iogurte cremoso e também um rosário de cento e oito flores douradas. Certa manhã não pôde levar o rosário de flores, na manhã seguinte o iogurte havia desaparecido. Em poucos dias, veio prostrar-se aos pés do asceta, de mãos vazias, pedindo-lhe que o desculpasse por não ter mais nada para partilhar.

— Gokul — disse-lhe o asceta —, se você não tem medo de deixar por um tempo sua aldeia, seus costumes de camponês e os encontros quotidianos, transponha a segunda colina e depois tome o caminho à direita. Quando você vir o mato se tornar espesso, enfie-se por entre a ramagem. Ali você descobrirá uma mina de prata. Ela foi muitíssimo explorada, mas na galeria central resta um filão a explorar. Vá e, quando voltar, você poderá alimentar sua família.

Gokul prostrou-se aos pés do asceta e o agradeceu do fundo do coração. Depois partiu, transpondo a primeira e a segunda colina.

Quando voltou, cem dias mais tarde, estava rico. Sua mulher e seus filhos doravante puderam viver despreocupados com o amanhã. Entretanto, Gokul foi ver o asceta com uma pergunta que o embasbacava.

— Que o senhor tenha deixado a lenha onde ela estava, santo homem, eu posso compreender. Que não tenha cavado a colina para pegar a prata, porém, me espanta.

— É que minha riqueza é maior do que um filão de prata.

— Pode haver riqueza maior do que esse carro transbordante que eu trouxe para casa?

— Sem dúvida. Se você não tem medo da fadiga, da distância, do desconhecido e da loucura, caminhe até o lago além das colinas. O fundo da água é pavimentado de ouro. Quando você voltar, será mais rico que um rei.

— Irei. Primeiro vou me certificar de que minha família alimentará o senhor em minha ausência, e lhe trará todo dia flores, incenso e leite. Depois partirei para procurar o ouro do lago.

Ele fez conforme havia dito. Em sua ausência, o asceta recebeu alimento, flores, incenso, leite e respeito.

Depois de cinco semanas de ausência, Gokul voltou tão carregado de ouro que era coisa que ninguém jamais vira, e menos ainda possuíra. Estava feliz, sem dúvida. Uma pergunta, contudo, ocupava seu espírito. E foi ver o asceta.

— Este ouro pode alimentar a aldeia durante várias gerações. Ninguém aqui conhecerá mais a miséria. O senhor poderia ter realizado pessoalmente essa façanha. Por que não fez isso?

— Vejo que você não sucumbiu à loucura do ouro e que pretende partilhá-lo. Alegro-me com isso. Esteja abençoado. Mas, quanto ao que a mim se refere, minha riqueza é maior, saiba, do que todo o ouro das terras e das águas.

— Não consigo conceber uma fortuna mais vasta do que esses cem carros de ouro que ocupam desde ontem a praça da aldeia!

— Como você não tem medo da dúvida, do esgotamento, do desconhecido e da loucura, se também não tiver medo de jamais voltar, nem de morrer, além das colinas e do lago, na outra vertente do Himalaia, onde os animais e os seres humanos podem conversar, onde as nuvens amorosas acariciam a pele da estepe, ao pé de uma árvore imensa e solitária abre-se uma caverna que conduz até o centro do mundo. Lá vivem os nagas. Se você ousar, vá vê-los. Pergunte-lhes sobre os tesouros que eles vigiam. Você trará mil carros de diamantes maiores do que o Koh-i-noor. Tome cuidado, porém, porque você arrisca se perder!

Como resistir a uma caravana de mil carros, carregada de diamantes maiores do que o Koh-i-noor? Gokul se prostrou aos pés do asceta, e partiu sem demora.

O caminho foi longo e penoso. Era por vezes tão esgotante que ele esquecia por que havia partido para tão longe de casa, de seus costumes, de seus amigos. As paisagens eram tão diferentes, e de tal forma desconhecidas que ele temia jamais reencontrar o caminho de volta. Uma febre estranha o arrastava. Não tinha afundado sob a loucura do ouro, mas não conseguia acalmar seu desejo de alcançar esses diamantes, de apalpá-los, enfim, de possuí-los, de neles se afogar.

Ele sentiu frio no alto, perto das neves do Himalaia, tanto frio que seus membros pesados recusaram se mexer, que seu espírito se evadiu. Acreditou ver luzes, seres estranhos. Quase parou de respirar enquanto uma embriaguez nele girava, impelindo-o nas estrelas, no azul, em um espaço sem cor, sem luz, sem noite. Os homens o encontraram caído sobre um rochedo. Esfregaram seus braços, suas pernas, envolveram-no com peles para o trazer de volta a este mundo.

Ao recobrar algumas forças, sem dar ouvidos a nenhum aviso, continuou seu caminho.

Encontrou-se logo em um deserto escuro onde tudo, até a areia, era de um negro cintilante. Seus lábios e sua pele se racharam, seu coração bateu pesadamente, seu espírito se enviscou. Arrastou-se até os rochedos, encontrou um pouco de sombra sobre a ardósia brilhante. Quando se levantou, ela reteve a pele de suas mãos e de seus joelhos. De noite ele pôde caminhar, um clarão lunar iluminava esse mundo repentinamente frio. Na cavidade dos rochedos, a manhãzinha depositou uma bruma de orvalho. Ele a esponjou com o pano de sua camisa que sugou cuidadosamente para tentar umedecer sua língua que se transformara em pergaminho. O dia inteiro ele permaneceu esmagado pelo calor na sombra que rodeava um rochedo. Um resto de vida lhe permitia arrastar-se regularmente para fora da luz fulgurante do sol. Quantas noites, quantos dias teve de caminhar e de esperar assim? Ele mesmo perdeu a conta. Quando a dor é demasiado forte, ela apaga a memória.

Certa manhã ele viu a estepe estender-se diante dele tendo, ao longe, a árvore solitária. Caiu de joelhos no chão duro. Para se alimentar, arrancou a erva seca, ensanguentando as mãos. Então, com o rosto na erva seca, ele pastou, mascou raízes. Depois deu três passos até a sombra, e desmoronou sobre uma rocha. Quantas horas se passaram? Quantos dias, talvez? Quando voltou à vida, nada lhe permitiu que soubesse. Tudo o que pôde verificar é que o sol caía no horizonte. Caminhou até a árvore. Viu, no entrelaçamento das raízes, a entrada da caverna. O que tinha a perder? Mais nada. Não tinha sequer a esperança de um dia rever sua aldeia. Quis apenas abrigar-se do sol antes da manhã seguinte. E penetrou na terra.

Descobriu imediatamente um mundo fabuloso, fontes de água e árvores, pássaros desconhecidos, frutos apetitosos. Ajoelhou-se junto à água, inclinou-se para beber, mas uma voz trovejou:

— Quem é você?
— Eu me chamo Gokul.
— O que é Gokul?
— Eu sou um homem!
— Não toque essa água! Ela não é para um homem.
— Estou com tanta sede!
— Quem tem sede?
— Eu, Gokul!
— Não é uma água para Gokul.
— Por quê?

Ninguém respondeu. Tremendo, Gokul quis apenas molhar um dedo para o lamber. A água desapareceu antes que ele a tocasse. Ele se levantou novamente, indeciso, inquieto no meio desse jardim desconhecido. Vendo os frutos, quis pegar um para se alimentar e se desalterar, ainda que fosse envenenado, pouco lhe importava doravante, mas a voz imediatamente ressoou:

— Quem é você?

Gokul não ousou mais dizer "Eu sou Gokul". Tentou:

— Eu.

— Você é eu?

— Enfim, eu, não você. Eu sou...

"Mas o que sou eu então?" — perguntou-se Gokul, que não sabia mais como exprimir o que ele era.

— Diga-me aquilo que você é a fim de que eu compreenda — disse a voz.

— Eu sou... Eu sou... Em todo caso, eu sou! — disse Gokul.

— Eu sou aquele que fala aqui, agora... Eu sou, sem dúvida.

— Você É?

— Sim, é bem isso, eu sou aquele que é, aqui, agora — murmurou Gokul.

O rio imediatamente voltou a correr, mas ele não conhecia mais a sede. Os frutos se inclinavam até ele, mas ele ignorava a fome. Diante dele os nagas se levantaram, coroados de tiaras com diamantes, mas ele estava indiferente aos diamantes. O corpo se inclinou para sentar, ele já estava sentado e sob seus olhos apareceu a imagem do asceta meditando. Não desejando mais nada das riquezas do mundo, ele teve apenas um desejo: meditar também ao lado daquele homem, na gruta perto da aldeia. No mesmo instante, ele se encontrou diante do asceta e da gruta. Não longe deles ouviu os ruídos familiares da aldeia.

— Onde estão os diamantes? — perguntou o asceta.

— Agora eu sei que existe um tesouro maior do que a prata, do que o ouro e do que os diamantes.

— De qual tesouro você está falando?

— Conhecer a mim mesmo, conhecer o Ser que eu sou.

O Falsário

Era um monge inconsequente. Havia renunciado aos prazeres do mundo apenas com a esperança de alcançar a sabedoria e fundar um ashram povoado de obedientes discípulos.

Os deuses, considerando que ele arriscava perder sua alma, prosseguindo naquele sentido, haviam se escondido dele e o haviam cuidadosamente cegado. Sabiam bem que, armada com uma finalidade verdadeira, ele se arriscava tornar-se suficientemente crível para atrair almas inocentes. Petrificando seu esboço de saber como dogma, a fim de esconder a extensão de sua ignorância, ele teria podido reduzir à escravidão os infelizes pegos na rede de sua fome de poder.

Após numerosos anos de busca infrutífera, ele se fechou no sofrimento de não ser reconhecido. É ao menos o que achava, porque reconhecido ele de fato era, mas como falsário notório, o que ele não desejava confessar.

Acabou por decidir que os aldeões, que se mostravam corteses mas pouco solícitos a seu respeito, não o mereciam. Tomando sua trouxa, foi para a cidade. "Os citadinos agitados sem dúvida têm necessidade de minhas luzes" — pensava. Perambulou com o olhar superior e o nariz ao vento, trombeteando pelas avenidas:

— Tenho respostas, quem tem perguntas?

Os citadinos cruzaram com ele sem parar, sem sequer percebê-lo. "Esse aí — pensavam eles — é apenas um pobre louco a mais em um mundo onde cada um anda de cabeça baixa, fechado em seus projetos e pesares, recusando arriscar suas certezas pelo contato com alguém".

Fugindo da multidão compacta das avenidas, ele andou a passos largos por ruas e vielas, refúgios da vida morna e simples, sem que ninguém se inquietasse com sua saúde, sem que nenhum alimento, nenhum assento, nenhuma xícara de chá lhe fosse oferecida. Quando a noite se tornou palpável, espessa, ele se esgueirou até o templo. O brâmane, de olho vivo, expulsou-o para fora do lugar santo. De estômago vazio, ele se deitou fora, sob o pórtico, onde os cães errantes o importunaram. Ao amanhecer, teve de expulsar vacas que o tomavam por um arbusto. O vaqueiro o insultou, acusando-o aos gritos de perturbar seus animais. Ele fugiu, de coração apertado.

Vários dias assim se passaram. Sua tigela permanecia vazia, seu espírito começou a divagar. Ele pensou na aldeia, nas refeições que os aldeões lhe ofereciam com simplicidade, com a tolerância de bom menino. Sem dúvida, não o tratavam como mestre, mas estava bem entre eles. Decidiu voltar para lá. Estava tão sujo e andrajoso que primeiro foi se lavar. Queria mudar de vida, purificar-se das ilusões acumuladas pelo caminho, tornar-se enfim um monge renunciante, procurar a verdade apenas por sua beleza. Na luz úmida e vibrante, uma nuvem ligeira de repente o sombreou. Um canto despontou ao longe, no rumor das ruas.

Ele desceu até o campo crematório, à margem do rio. As cinzas dos mortos, coladas na areia pela bruma matinal, formavam poças de sombra. Ele andou em meandros entre elas até a água, colocou sua trouxa no chão para se banhar longamente na corrente. Tentou afogar nela seu demônio, saiu tiritando. A fome perturbava sua visão, a paisagem rodopiava em torno dele. Um pedaço de pão seco partiu-se do bico de uma pega em voo e caiu perto. Ele o pegou e o levou aos lábios. Tinha cheiro de lixo rançoso. Foi tentado a jogá-lo ao cão que se precipitara para isso. Olharam-se por um instante. O olhar do cão era tão somente esperança e resignação, seu corpo estava pelado, com o couro esticado sobre as costelas. O monge, lendo seu futuro, recuou. Cãibras lhe moíam a barriga. Partiu o pedaço de pão. Só conseguiu engoli-lo graças a goles-d'água, de tão seco e malcheiroso. O cão farejou o chão, lambeu migalhas espalhadas e foi embora, trotando devagar.

Quando sua tanga ficou seca, o monge retomou a trouxa e se afastou também, errando um instante por entre as cinzas já mais leves pelo sol. Parou, indeciso, entregou-se a Shiva, para que o conduzisse para o melhor. Imitando o Grande Iogue, ele pulverizou seus cabelos e recobriu seu corpo com cinzas funerárias. Depois, com passo lento, tanto pelas privações como pelo cansaço, atravessou a aldeia. Os cães se afastaram dele, as vacas o roçavam sem o empurrar, as pessoas jogaram algumas moedinhas em sua tigela. Ele acreditou ver nessas atenções a misericórdia dos deuses. Suas provas o teriam santificado? Ele ousou dizer-se isso. Um sopro de felicidade o invadiu.

Chegou com dificuldade ao subúrbio da aldeia. Suas pernas tremiam, a cabeça rodopiava. O pedaço de pão pouco o alimentara. Uma fome esmagadora o enfraquecia. Em um pátio aberto divisou uma casinhola. Ele a abençoou e depois foi assentar-se na sombra da varanda, apoiando-se em uma coluna. Um macaco tentou roubar sua trouxa. Ele a introduziu atrás da porta, ao seguro, dentro da casa. O macaco, frustrado, gingou para outros lugares. Esgotado, o monge adormeceu. Repentinamente sobressaltou-se, com uma voz de mulher que o chamava:

— Senhor, está doente?

Seu velho demônio despertou ao mesmo tempo em que ele, e ouviu que respondia:

— Não, eu descansava enquanto esperava a senhora.

— O senhor me esperava?

— Sim. Eu dirijo um ashram. Tive de vir à aldeia pôr em ordem alguns negócios. Discípulos que a conhecem me falaram muito bem da senhora. Sua casa, disseram eles, é honrada e acolhedora para com os renunciantes. Esta manhã eu encarreguei meu discípulo de lhe anunciar minha vinda.

— Senhor, não vi ninguém hoje.

— É curioso, ele disse que havia deixado minha bagagem com a senhora.

— Ela não está aqui, senhor.

— Ele pode tê-la deixado a seu esposo, a seus filhos. A senhora pode verificar?

— Sim, senhor, sim, vou fazer isso.

Ela desapareceu dentro da casa e voltou sem demora, segurando uma trouxa.

— É esta, senhor?

— É ela mesmo, graças a Deus!

— Seu discípulo deve ter encontrado meu esposo que saía para os campos. Queira entrar então, senhor. Seja bem-vindo.

O monge, aliviado por encontrar finalmente um teto e uma refeição, apressou-se em segui-la. Instalou-se sobre a esteira que ela estendeu, fez menção de aceitar de bom grado chá doce e frutas. Fingindo humildade e desapego, devorou tudo o que lhe foi oferecido, depois ficou com vontade de dormir. Esticou seu rosário com gesto largo e, para fazer a digestão à vontade, pôs-se a ronronar, de olhos fechados, um mantra. Sua hospedeira retirou depressa a bandeja, tornou a pôr incenso diante do altar familiar e desapareceu na ponta dos pés.

Quando seu esposo voltou dos campos, ela o recebeu diante da porta.

— O senhor está lá, meditando. Não o perturbe — disse ela.

Ele era um homem honesto, e aceitou sem discutir que sua esposa tivesse acolhido um religioso. E se instalou na varanda para esperar tranquilamente a ceia. Ela esperava na cozinha a volta do discípulo, a fim de o alimentar junto com seu mestre. Ora, o discípulo tardava. O monge, temendo que sua sesta-

-meditação fosse a causa do atraso da refeição, foi assentar-se com o camponês. A mulher veio lhe perguntar se devia esperar o discípulo.

— Pessoas piedosas sem dúvida o retiveram. Seu marido me parece cansado, as jornadas de trabalho são longas. Deve estar precisando dormir. Jantemos.

A noite descera, e nenhum discípulo aparecia.

— Senhor, não teme que alguma coisa ruim tenha acontecido a ele?

— Não, não, não se inquiete. Pelo que dele sei, é um discípulo muito consciencioso, e deve ter desejado fazer mais do que eu lhe havia pedido. Vocês devem ir dormir. Vou esperá-lo aqui, na fresca da varanda. Ao chegar, ele me verá e poderá dormir comigo. Não queremos perturbar vocês.

Aquelas pessoas, embora simples, não eram, porém, ingênuas. Com um piscar de olho cúmplice e sem dizer uma palavra, foram dormir, deixando o homem a sonhar. Logo que a mecha da lâmpada foi apagada, ouviram um ruído de passos, e depois a voz de seu convidado, resmungando:

— De onde vem você, a esta hora?

— Senhor — respondeu uma voz lamentosa —, consegui terminar tudo o que o senhor me pedira. Basta que o senhor passe no templo amanhã de manhã. Pessoas afáveis me deram o jantar. Eu os deixei já de noite, conheço mal a aldeia e me perdi.

— Está bem, nossos hospedeiros já dormem, não vamos acordá-los. Massageie minhas pernas cansadas.

Surpresos e confusos por terem subestimado o monge, a mulher e seu esposo arriscaram uma olhadela por entre as tábuas separadas a fim de ver o discípulo. Com a mão na boca abafaram o riso. Seu convidado estava representando sua comédia sozinho.

— Está bem, estou melhor, vamos dormir agora — disse o monge.

Ele se deitou e adormeceu, finalmente, com a alma aparentemente em repouso.

Pela manhã, a mesma comédia:

— Levante-se! Vá avisar o responsável pelo templo que irei vê-lo esta manhã. Cuidado para não se perder, e espere-me lá!

O casal entrou no jogo. Os dois apareceram na porta e ficaram espantados de o discípulo já ter ido embora.

— Vocês sabem, nós monges jamais permanecemos muito tempo fora de nosso ashram. Precisamos, portanto, terminar hoje nossas diligências e voltar. Por outro lado, devo ir também ao templo em passo miúdo.

Foi embora com passos largos. Fazendo o papel dos atarefados, acabou esquecendo sua trouxa. Na porta do templo lembrou-se disso de repente, e voltou pelo meio da multidão para recuperar o que era seu.

— Ah, senhor — disseram os hospedeiros —, seu discípulo veio procurar sua trouxa. Ele nos disse que suas pernas cansadas não podiam voltar até aqui, que havia massageado suas pernas a noite passada, mas que o senhor ainda estava sofrendo. Ele não deve estar muito longe, pois acaba de sair.

O monge meneou a cabeça: o que responder a isso? Foi embora sem bagagem, com o orgulho derrotado, tentando conservar um ar digno. Gostaria de desaparecer como fumaça. Seu coração ardia, cheio de amargo arrependimento de já ter perdido a simplicidade da véspera. Uma prece subiu a seus lábios, um ato de contrição, um chamado de socorro. Como andava recurvado, ouviu:

— Eis aí você, nu, finalmente, e vazio de si mesmo. Caminhe, eu caminho com você!

Ele se sentiu ainda mais pesado, mais indigno. Caminhou ao acaso, refugiou-se no fundo de uma gruta não longe da aldeia. Enfiou-se no mais escuro, tornou-se invisível. Orou, chorou, bateu no peito por sua culpa, meditou. Permaneceu ali por tanto tempo que os cipós fecharam a entrada da gruta, protegendo-o de si mesmo e dos curiosos.

Certa manhã ele foi assentar-se à beira da gruta, contemplou o mundo que conheceu um dia estranhamente belo, luminoso. Na manhã seguinte ainda estava lá e também na semana seguinte. Os meses e os anos passaram, seu corpo secou e se mumificou. Os viajantes o perceberam, perguntaram o nome do santo estatuado na montanha. Ninguém sabia. Ficaram espantados. Foram ver aquele ser de onde emanavam uma força e uma doçura indizíveis. Um pequeno templo foi construído, depois um ashram em torno desse santo desconhecido, cuja presença trouxe felicidade e prosperidade para a aldeia.

Savítri

Ashvapáti, rei dos Madras, chegara a uma idade avançada sem conhecer a felicidade de ser pai. O que fazer? Começou uma longa ascese. Restringindo seus sentidos e alimentando-se apenas uma vez por dia, ofereceu ao fogo sagrado dez mil oblações por dia, recitando os Vedas que Savítri, a deusa-mãe, esposa de Brahma, oferecera aos brâmanes.

Ele realizou escrupulosamente essa ascese durante dezoito anos. Então a própria Savítri se manifestou no fogo. Apareceu, sentada sobre um lótus rosa, com suas cinco faces coroadas por um arco-íris rosa, vermelho, amarelo, azul e branco. Seus dez braços delicados e dourados ofereciam dois lótus em botão, uma concha marinha, uma taça transbordante, um rosário de cento e oito flores douradas, um disco brilhante, um gancho de cornaca e um chicote. Ashvapáti prostrou-se diante dessa visão sublime.

— Levante-se — disse a deusa —, e ouça o favor que o Sem--Origem lhe concede: sua esposa conceberá, como fruto de suas orações, uma filha digna do sol, cuja virtude enobrecerá sua casa até a noite dos tempos.

— Que a palavra da Senhora logo se realize — murmurou o rei, deslumbrado.

Depois de algumas semanas, a rainha Malávi sentiu seu flanco acariciado por dentro. Pousou a mão sobre o ventre, abriu a boca, esqueceu de respirar por um instante. Duas grandes lágrimas de felicidade cintilaram na margem de suas pálpebras.

— Senhor, senhor, a rainha! — disseram ao rei as servas, resfolegantes por terem corrido até ele.

— Sim, como vai a rainha?

— Ela está grávida, senhor! — disseram elas, inclinando-se a seus pés e retomando por fim a calma e o senso do protocolo.

O rei sorriu, dirigiu em seu coração um hino de louvor a Savítri, e foi às pressas até sua esposa.

Jamais um pai indiano esperou uma filha com tanta alegria, orgulho, ternura. O mármore do palácio parecia sob suas sandálias um longo tapete de flores. Em nome da criança esperada, o rei mandou distribuir aos necessitados um cofre cheio de joias e sedas.

A menina nasceu sem que a rainha sofresse. Sua tez era de mel. Seus olhos pariam lótus em botão, tão profundos como a noite. Seu corpo perfeito recendia o incenso. Os brâmanes que fizeram seu horóscopo não ousaram mostrá-lo aos pais de tanto que ele era glorioso. Temeram ser acusados de vil lisonja. Os cálculos, cem vezes recomeçados, disseram cem vezes a mesma coisa. Qualquer que fosse o modo como abordavam os cálculos, o futuro da criança era resplandecente.

Em honra da benfeitora deusa, com o acordo dos brâmanes, Ashvapáti deu-lhe o nome de "Savítri".

Savítri cresceu belamente, de modo simples, espalhando a alegria em torno de si. Quando chegou à idade de aceder ao papel sagrado de esposa, os príncipes vieram de todos os lugares para se encontrar com seu pai. Ela era tão graciosa, tão maravilhosa, tão virtuosa e sábia, que todos logo voltaram, convictos de que tal maravilha era mais divina do que humana, e que não podiam igualar-se a suas qualidades incomparáveis. Ela chegou, portanto, aos dezoito anos, sem noivo e sem pretendente. Seu pai, certo dia, mandou chamá-la:

— Savítri, minha querida filha, um pai que não casa sua filha cai na desgraça do mesmo modo que o esposo que negligencia honrar sua esposa ou o filho que não sustenta sua mãe viúva. Peço-lhe, portanto, que percorra o mundo e nele escolha um esposo de acordo com seu coração e seus desejos.

Savítri, de cabeça baixa, ouviu seu pai.

— Estou ouvindo e vou obedecer — respondeu-lhe, com sua doce voz.

Ela partiu com a lua nova em uma grande caravana, acompanhada por suas amas e por conselheiros em cavalos brancos. Quis que sua vida de mulher começasse pela oração, assim como sua encarnação havia começado. Foi então para os bosques onde vivem os ascetas virtuosos. Permaneceu dezoito luas em oração, distribuindo ricas ofertas aos felizes renunciantes, aperfeiçoando sua educação espiritual. Sentada modestamente aos pés dos sábios, ela se alimentou com suas palavras, bebeu seu silêncio, encheu seu coração com a visão deles. Depois partiu para os reinos amigos, a fim de tentar reconhecer o esposo que seu destino escolhera.

Ora, ao atravessar uma ermida, um jovem chamou seu olhar e fez seu coração bater. Ela ordenou que parassem, exigiu que os anciãos se informassem imediatamente sobre a casta desse jovem, sobre as virtudes de seus antepassados, sobre suas qualidades. Ouvindo o relatório deles, soube que seu destino estava selado e voltou para o palácio. Ela havia reconhecido o esposo que já acompanhara de vidas em vidas.

Quando chegou ao pé do trono, o sábio Naráda, mestre espiritual do rei, estava conversando com ele. Ela ouviu que ele se espantava pelo fato de seu discípulo não vê-la casada.

— Senhor — dizia ele —, não aconselho que siga a inclinação de seu coração. Deixe essa menina viver a vida dela. Que o coração do senhor não se torne uma gaiola para ela.

— Mestre — respondeu-lhe o rei. — Aí está Savítri. Ela está voltando de uma longa viagem para encontrar o esposo que esperava. Se for do agrado dos deuses que ela se case, ouçamos o que ela tem a dizer.

Savítri permanecia modestamente diante deles, de olhos baixados. Preferiria abrir seu coração com seu pai sozinho. O rei pediu que ela falasse livremente diante deles dois. Ela corou ligeiramente, engoliu a saliva, procurou as palavras para exprimir sem excesso a música de seu coração, a doçura de seus sonhos, a determinação de todo o seu ser.

— Na floresta — disse ela —, mora o velho rei Dyumatsêna, da linhagem dos Salva. Quando ele reinava em seu país, foi atingido pela cegueira. Seus inimigos se aproveitaram de sua provação para expulsá-lo de seu palácio. Ele se exilou na floresta, e Saivýa, sua esposa grávida, o seguiu sem hesitar. Ela trouxe ao mundo um filho em seu abrigo de ramos. É esse filho, Satyavân, que eu desejo como esposo.

— Mas como? — disse Naráda. — Como você pôde tomar essa decisão sem ter primeiro consultado seu pai e os brâmanes do reino?

Ashvapáti franziu as sobrancelhas acinzentadas.

— Esse jovem não merece o amor de Savítri? — inquietou-se o rei.

— Ele tem a energia do sol, a sabedoria de Brahma, a bravura do Senhor dos Astros e a indulgência da terra. Modelo de generosidade, de humildade e de sinceridade, ele domina perfeitamente suas paixões. Além do mais, na verdade, ele é belo como a lua.

— Mas...? — disse o rei. — Porque é preciso um "mas" depois desse discurso, para compreender a reprovação que o senhor dirigiu a Savítri.

— Esse jovem não tem nenhum defeito, mas um destino pesa sobre ele e seus dias estão contados. Resta-lhe apenas um ano de vida.

O rei voltou-se para Savítri, repentinamente pálida e vacilante.

— Ah, minha filha... Temo que você precisará procurar um outro esposo.

— Pai, esse homem é o esposo que eu escolhi, e não haverá um outro. Se ele deve viver apenas um ano, meu dever será o de cuidar dele, quero que esse ano seja doce para ele. Se for preciso que eu use os véus brancos das viúvas, eu os usarei. A fé dada não pode ser retomada, e nenhum outro poderá encontrar lugar em meu coração repleto com ele.

O rei interrogou Naráda com o olhar. O sábio inclinou-se diante de Savítri.

— Sua virtude é grande, e alegra os corações. Que seja celebrado, portanto, o casamento de dois incomparáveis seres vivos. Vocês têm minha bênção.

Naráda voltou-se para os céus. Ashvapáti foi organizar as núpcias. Os emissários levaram uma noz de coco ao rei cego, como sinal de desejo de aliança. Quando os brâmanes e astrólogos designaram o dia mais propício para a cerimônia, o rei partiu com Savítri para o retiro de Dyumatsêna, na margem da floresta sagrada. Os reis trocaram saudações com grande cortesia, e depois se retiraram dentro da cabana a fim de falar a sós. Ashvapáti tomou a palavra:

— Meu reino é vasto, sua casta é a minha, suas virtudes são conhecidas. Eu tenho uma filha, e o senhor um filho. Aceite receber Savítri como nora, e que nossos filhos sejam unidos para a honra de nossos clãs.

Dyumatsêna lhe respondeu:

— Sua casta é a minha, suas virtudes são conhecidas. Eu tenho um filho, e o senhor uma filha. Todavia, sou um rei destituído, um homem empobrecido que consagra sua vida à oração. Como uma jovem princesa educada em um palácio refinado poderia viver aqui, em nosso despojamento?

— Minha filha sabe, como nós, que tudo aquilo que vem vai embora também, que tudo é passageiro, tanto a fortuna como o despojamento. Permanece apenas o ser, imortal. Seu filho é virtuoso, e ela quer esposar o que ele é, não o que ele tem.

Dyumatsêna inclinou-se.

— Outrora, quando eu era rei e poderoso, eu teria desejado esta aliança. Hoje, na pobreza, o senhor a oferece a mim e eu a aceito. Sua filha será minha nora com a única condição de que Satyavân permaneça conosco e que ela se una com seu esposo aqui. Somos velhos e dependemos de sua ajuda afetuosa.

O casamento foi magnífico. As testemunhas foram os sábios da floresta e os celebrantes os brâmanes mais sábios do universo. Ashvapáti, satisfeito, voltou para seu palácio, enquanto Satyavân, jubiloso com a beleza e as qualidades de Savítri, depositava seu coração aos seus pés. Savítri exultava de alegria de estar unida com o homem que ela amava.

Ela se desfez rapidamente de seus adornos de corte, não adequados a sua vida nova, e vestiu-se com a roupa de fio batido e tingido de vermelho dos moradores da floresta. Seus trapos só exaltaram sua beleza. A postura e a contenção dessa nobre dama encantavam os corações. Ela assumiu simplesmente as tarefas domésticas, cuidando de seus sogros com doce respeito. Na intimidade, esposa amante e amada, ela se entregava com profunda volúpia. Todas as estrelas do céu reunidas eram menos luminosas e menos ardentes que suas noites.

Entretanto, sob sua face lisa e sorridente, queimava uma angústia terrível. Ela contava os dias, as horas, não conseguindo afastar seu pensamento das palavras de Naráda.

A quarta manhã antes da morte predita despontou. Savítri começou um jejum. Ela se absteve de dormir durante três dias e três noites, a fim de se consagrar totalmente à oração. Seu sogro, temendo por sua saúde, ignorando o perigo que seu filho corria, aconselhou que ela não se pusesse em perigo.

— Se você tivesse de quebrar esse voto de jejum e de oração, os efeitos seriam dolorosos. Ora, é difícil de fato manter assim, sem alimento e sem sono, por três dias e três noites, um corpo já fatigado pelas privações!

— Pai, não se inquiete. Meu corpo e minha alma estão firmes, e meu voto deve ser cumprido.

— Assim seja. Eu mesmo, um asceta, iria desaconselhar a você o caminho que me faz viver? – respondeu Dyumatsêna, abençoando-a.

A última noite foi terrível. Savítri, com o coração dilacerado, quis impedir que a aurora se levantasse unicamente com a força de sua oração. Tentou parar o tempo, a fim de que a morte jamais levasse Satyavân. Lá, sob o horizonte, todo o seu pensamento concentrado em um só ponto enfrentou o sol. Ele vibrava sem conseguir avançar. O mundo permanecia na noite. Os deuses se espantaram com a ausência do dia. Um instante, um minúsculo instante, Savítri abriu os olhos para se certificar de que a noite permanecia em torno da cabana. O sol, libertado, saltou sobre o horizonte, ofuscou o orvalho, despertou os pássaros, reduzindo a nada a ascese e o combate de Savítri. Ela estava esgotada, mas não derrotada. Preparou a refeição da manhã, foi banhar-se no rio, voltou antes que Satyavân se levantasse.

Serviu seu sogro, seu esposo, depois sua sogra. Todos lhe chamaram a atenção de que três dias e três noites já haviam passado e que ela doravante podia alimentar-se.

— Eu me alimentarei quando ao pôr do sol — prometeu ela.

Depois, dirigindo-se a seu esposo:

— Hoje eu quero ir com você à floresta.

— A floresta é densa, por vezes perigosa, e você acaba de fazer um jejum sem dormir durante três dias e três noites. Parece-me que seu desejo não é razoável...

— Não estou enfraquecida por esse jejum, a oração me deu mais força do que o sono. Tenho apenas um medo, e não é o de passear na floresta.

— Qual é o medo?

— Como mulher amante, peço para morrer antes de meu esposo.

— Sim! Claro! — disse Satyavân, vendo nisso apenas uma declaração de princípio. — Quero que você me acompanhe, se meu pai e minha mãe estiverem de acordo.

Savítri foi de mãos unidas inclinar-se diante de seus sogros.

— Menina, o que você deseja?

— Desejo acompanhar Satyavân na floresta. Jamais deixei este lar. Permitam-me que eu vá com ele ver as flores cujo perfume chega até nós.

— Vá. Há um ano que você nunca pediu nada para si mesma. Você tem sido nossa alegria e nosso bem-estar. Você realizou sem fraquejar essa notável ascese. Nós ficamos alegres de poder oferecer-lhe este belo dia. Vá com alegria, acompanhe Satyavân.

Ela deslizou sua delicada mãozinha na mão forte de seu belo esposo e partiram a passos largos para a floresta, ele, sorrindo de senti-la a seu lado, ela, sorrindo por fora e chorando por dentro. Repartiram o trabalho. Ela colheu as bagas, ele cortou lenha. Dentro do bosque o calor era úmido. Depois de algumas horas, ele veio até ela segurando a fronte.

— Estou com dor de cabeça. Talvez eu tenha me movimentado muito. Vou descansar.

O coração de Savítri gritou de aflição, suas mãos tremeram, ela se assentou sobre o musgo, tomou o rosto amado na concha de seus joelhos unidos e acariciou sua fronte. Ela teve a força de sorrir. Em seu corpo esmagado, o mundo inteiro desmoronava com violência apocalíptica. Ele dormia, placidamente.

Ela não precisou levantar os olhos. Sentiu sua presença. Era um ser imenso, e negro, vestido de vermelho. Seus olhos também eram vermelhos, terríveis. Segurava um laço e olhava Satyavân. Repentinamente calma, Savítri pousou delicadamente a cabeça de Satyavân sobre o musgo, levantou-se, e se manteve de pé. Ela viera para esse momento, e ele ia decidir sua vida.

— Quem é você? — perguntou Savítri.

O ser pareceu surpreso. Os humanos não tinham o costume de vê-lo. Respondeu:

— Eu sou Yâma, o primeiro dos vivos e o primeiro dos mortos. Eu sou a morte de Satyavân. Não tema, Savítri. Não foi você que eu vim procurar.

Então, tomando seu laço, amarrou a alma de Satyavân que saiu do corpo, deixando-o sem vida. Depois colocou-se no caminho para o além das aparências. Savítri, de mãos unidas, acompanhou seus passos.

— Vá embora! — disse-lhe Yâma. — Você já fez tudo o que uma esposa pode fazer por seu esposo. Volte para o mundo, pois sua hora não chegou. Não se aflija. O que deve acontecer, acontece, e a morte é o único acontecimento de que se está seguro desde o nascimento!

— Eu tenho uma pergunta — disse Savítri.

— Qual é?

— Eu pensava que apenas seus emissários vinham procurar os seres humanos. Ora, você veio pessoalmente. Diga-me por que, ó Yâma.

— Satyavân era perfeito entre os seres humanos, sua beleza e suas virtudes exigiam que eu viesse pessoalmente, e não meus assistentes. Agora que respondi a sua pergunta, volte para o mundo. Não posso levar você, pois o fio de seus dias não se desenrolou.

— Ó Yâma! Dizem que a esposa deve seguir seu esposo em tudo o que ele faz e para onde ele for. É um dever sagrado. Como poderia eu renunciar a isso?

— Também é seu dever participar de seus funerais. Vá, Savítri, o corpo de Satyavân espera os rituais adequados!

— Os sábios me disseram que aceitando dar sete passos juntos, os seres manifestam que há amizade entre si e a selam. Isso é verdade aqui também?

— Isso é verdade em todo lugar em que os seres estiverem.

— Já demos mais de sete passos juntos. Eu e você, portanto, estamos ligados, ó Yâma. Posso confiar-lhe o que tenho no coração? Parece-me que, mesmo na floresta, aquele que falta ao controle não realiza uma ascese; ele não realizará também seus deveres se for renunciante, celibatário ou casado. É por isso que os sábios dizem que não é o estado que leva à sabedoria, e sim o modo perfeito de vivê-lo.

Ao ouvi-la, Yâma ficou tocado pela qualidade do discurso de Savítri. Queria, entretanto, que ela renunciasse a segui-lo, pois estava muito embaraçado com a presença dela em um mundo onde ela ainda não tinha seu lugar.

— Savítri, você fala muito bem. Tenho o desejo de lhe oferecer um presente. Peça o que você quiser, menos a vida para seu esposo.

— Meu sogro é cego e idoso. Desejo que ele recupere a visão e o vigor do corpo.

— Concedido. Agora vá. Não se afadigue mais caminhando atrás de mim.

— Como estaria eu cansada enquanto meu esposo está perto de mim?

Yâma retomou seu caminho, carregando Satyavân. De mãos piedosamente unidas, ela os seguiu.

— Ó Yâma, encontrar um santo homem, ainda que por uma vez só, é coisa inteiramente almejável. Tornar-se amigo dele é desejável. Esposá-lo é uma bênção. É preciso viver em companhia da perfeição!

— Sem dúvida. Sua palavra é profunda e me alegra. Apresente-me um segundo desejo antes de voltar para o mundo dos humanos. Sem ser a vida de seu esposo, Savítri, o que você deseja?

— Meu sogro foi destituído da realeza por traição. Faça com que ele reencontre seu lugar e também seus bens. Que tudo lhe seja devolvido, mas que ele permaneça sempre o homem sábio e santo que ele é hoje.

— Assim será. Agora vá, renuncie e volte para lá. Não procure confusão para você.

— Onde está a confusão junto de um esposo virtuoso?

— Ó Yâma, você não age por capricho. Seu trabalho é inevitável. O primeiro dever, no entanto, não é o de jamais danificar seja quem for pelo pensamento, pela palavra, pela ação ou pela omissão? Ouça minha palavra: o dever eterno dos justos é a misericórdia, ainda que para com o inimigo, se ele lhes apelar para ser protegido.

— Suas palavras são como água pura para a alma ressequida. Faça um terceiro pedido. Sem ser a vida para seu esposo, ele será atendido.

— Meu pai teve apenas uma única filha. Conceda-lhe cem filhos a fim de que sua descendência perdure.

— Seu pai terá cem filhos que se tornarão ilustres. Agora, você já veio demasiadamente longe. Savítri, volte para o lugar de onde veio.

— Caminhamos tanto assim? Junto de meu esposo não percebi nem a distância nem o tempo.

— Diga-me, ó Yâma: dizem que você é o Senhor da Justiça e o filho do sol. Dizem também que é por suas ações justas e suas austeridades que os virtuosos fazem o sol se mover e sustentam a terra. Dizem, por fim, que as ações justas para com os virtuosos produzem sempre frutos, que os justos são os protetores das criaturas.

— O que você quer para si mesma, Savítri? Suas palavras me comovem e eu desejo por fim satisfazer um pedido para sua felicidade, a sua, não a de seus pais. Antes de partir, apresente um pedido para você mesma, sem ser a vida para seu esposo. Esse pedido será o último, pois eu lhe proíbo de continuar mais longe.

— Desejo cem filhos fortes e poderosos que perpetuarão nossa descendência.

— Sim, você terá cem filhos fortes e grandes como árvores. Eles tornarão você feliz. Agora vá! Adeus!

Ela permaneceu contemplando-o, imóvel, de pé, sorridente. Ele a olhou ao se voltar, sem compreender.

— Vá, já disse a você, vá! — disse-lhe ele, docemente.

E retomou seu caminho, carregando Satyavân.

— Ó Yâma! — disse ela. — Você não me prometeu cem filhos?

— Sim, mulher. Eles virão até você.

— Como poderei ter cem filhos se você levar meu esposo? Esse pedido que você me concedeu não pode produzir fruto sem esposo!

Yâma sorriu. Não estava descontente com a peça que ela lhe havia pregado. E soltou a alma de Satyavân.

— Vá, seu esposo está vivo. Vocês viverão felizes e com saúde durante quatrocentos anos e terão os cem filhos prometidos. Vá, Savítri! Estou contente de tê-la encontrado!

Então ele foi embora, sozinho, e ela voltou para a floresta, retomou sobre os joelhos a bela cabeça de seu esposo, que despertou, dizendo:

— Tive um sonho. Eu acho que Yâma me levava para além do conhecido, e que você me salvava.

— Vamos embora, Satyavân. A noite está chegando e seus pais poderiam ficar preocupados. Tomemos a lenha que você cortou e também minha colheita, e vamos para casa.

Quando chegaram ao acampamento, Dyumatsêna, que havia recuperado a visão, recebia emissários de seu reino que vinham anunciar-lhe a morte do usurpador e o desejo da população de ver seu rei de volta sobre o trono. Um emissário chegava de Madras para anunciar que as rainhas todas estavam esperando filhos.

Por todos os caminhos da floresta, os sábios chegavam e se prostravam em silêncio aos pés de Savítri.

Satyavân olhou sua bela esposa com deslumbramento: ele, de fato, não sonhara, pois essa mulher, sua mulher, havia realizado todos esses prodígios! Como ele abraçava ternamente sua esposa pela cintura, um ligeiro roçar respondeu sob sua mão.

Unicamente pela força do amor, a morte soltara sua presa, e a alegria e a vida brotavam em abundância.

Embriaguez

Swâmi Muktanânda era um sábio abandonado a Deus. Naquele dia ele andava pela aldeia.

Apareceu um homem que cambaleava e resmungava, agitando os braços. A cabeça parecia ir para a frente, enquanto a parte de trás desejava voltar para o ponto de partida. Ele ergueu a cabeça para avaliar as distâncias, medir os eventuais obstáculos, considerar uma estratégia.

Foi então que percebeu swâmi Muktanânda. Sua face se fendeu em um sorriso radiante e ele se precipitou, repentinamente capaz de andar em linha reta.

— Você, você me agrada — disse ele. — Venha beber comigo!

Swâmi Muktanânda, impassível, respondeu docemente:

— Você não está vendo que já estou embriagado?

Oração

A rainha era piedosa, generosa, compassiva. Quando não empregava seu tempo para socorrer os pobres, ela meditava no templo. A santa mulher acolhia sempre com simplicidade e reconhecimento as vontades de Deus. Ela seria feliz se não tivesse a tristeza de ter um esposo descrente. Jamais, nunca mesmo, ninguém vira ou ouvira o rei inclinar-se ou orar diante de uma imagem ou em um templo. Ele era um bravo homem, um bom rei e um esposo atencioso. Ela gostaria que suas virtudes morais lhe abrissem as portas celestes, mas ele parecia inacessível aos argumentos espirituais. Contentava-se em sorrir a respeito.

Ora, em uma pesada noite de monção, como a rainha, abatida pelo calor, não conseguia dormir, ela se levantou, tentou tomar ar aproximando-se da janela, encontrou apenas umidade e voltou a se deitar para relaxar seu corpo lânguido. De olhos fechados, ela esperava o sono quando ouviu o rei pronunciar "Ram, Ram" em seu sonho. Ela se sentou no leito e contemplou, incrédula e arrebatada, seu esposo. Viu então seus lábios pronunciarem mais uma vez "Ram, Ram". Então ela se levantou às pressas, foi até o altar familiar, acendeu o incenso e as lâmpadas diante da estátua que representava Râma. E permaneceu até raiar o dia em oração, feliz.

De manhã, ela mandou organizar faustosas celebrações ao nome de Râma em todo o reino. O rei lhe perguntou:

— Por que de repente essa necessidade de festas em torno de Râma? Pelo que sei, senhora, Ramnávmi e Dipaváli, essas festas a ele relacionadas ou já passaram, ou estão para vir!

— Meu amigo, na última noite você pronunciou o nome dele. Para mim a felicidade é tanta que eu quero celebrá-lo. Seja qual for a razão, quero agradecer o Senhor por ter vindo até você pela porta de um sonho!

A notícia pareceu ter abatido o rei. Ele permaneceu o dia inteiro pensativo, recusou acompanhar a rainha em suas celebrações. Nas refeições, chegou a se indispor até com seus pratos preferidos, ordenados por sua delicada esposa.

Quando, no fim do dia, entrou em seu quarto a fim de vestir um sári para as cerimônias da tarde, ela o encontrou chorando dolorosamente. Ele não a ouvira entrar porque a emoção o devastava.

— Senhor, Senhor! — dizia ele. — Como pude deixar teu Nome santíssimo deslizar de meu coração para os lábios, e de meus lábios para o mundo?

A rainha teria desejado consolá-lo, mas o que ela ouviu ultrapassava sua compreensão. Ele continuava:

— Senhor, Senhor! Se teu Nome me abandonou, a vida não tem nenhum sentido. Não posso viver sem Ti nem continuar a mostrar meu amor aos rumores do mundo. Como pude ousar ter convidado uma testemunha para nossas sagradas núpcias? Senhor, permite que eu deixe este mundo a fim de que em Ti, sem risco de Te perder, eu permaneça para sempre!

Então a rainha viu a estátua de Râma descer do altar familiar, irradiar o quarto, recobrir o rei, que caminhou longamente na claridade, tornando-se cada vez mais distante, cada vez mais transparente. Depois a estatueta retomou seu lugar, e nada teria permitido saber o que o soberano se tornara caso sua esposa não tivesse assistido à fusão dele na Luz.

O Sem-casta e o Espinhoso

Havia um sábio chamado Umapáthi Shivacharýa. Ele habitava na cidade santa de Chidambáram, consagrada a Shiva, Senhor da dança cósmica. Umapáthi Shivachar´ya era um sábio especialista nos Vedas e poeta sutil. Nascera na casta dos brâmanes. Tendo alcançado a liberdade essencial do Ser, ele não dava mais atenção aos rituais e a outras práticas dos brâmanes que com elas se ofuscavam. Os sacerdotes que serviam nesse lugar de oração não tinham outros ganhos além do que era pago para os ritos. Temiam que, a seu exemplo, as pessoas lhes voltassem as costas. E, para mostrar que ele estava errado, proibiram-lhe que vivesse em Chidambáram e que se aproximasse do templo. Umapáthi Shivachar´ya não ficou um instante sequer perturbado com isso. Partiu para se instalar a boa distância, aí construiu uma pequena cabana e retomou sua meditação.

Pethân Sambân era um homem simples e bom. Ficou então simplesmente feliz ao ver aquele sábio estabelecer-se perto da casa dele e se pôs sem demora a serviço do meditador. Isso era, pensava ele, mais que um dever sagrado, um puro presente divino. De manhã e de tarde ele o provia de água, de alimento, de lenha seca para o fogo. Esforçou-se para manter limpo esse lugar que se tornara, aos seus olhos, tão sagrado quanto um templo. Observava com devoção tudo o que Umapáthi Shivacharýa fazia e se impregnava disso como de um néctar.

Em Chidambáram as línguas corriam soltas: Umapáthi Shivachar'ya, um brâmane que fora rejeitado pelos seus, deixava-se aproximar por um sem-casta e não temia poluir sua alma comendo o alimento cozido por esse tal de Pethân Sambân. "Decididamente — fofocavam em toda a cidade —, ele gosta da sujeira. Fizemos bem ao expulsá-lo!" O rumor cresceu, depois diminuiu. Cada um voltou para suas preocupações.

Uma tarde, voltando de recolher lenha, Pethân Sambân cruzou, no caminho, com um grande e belo monge desconhecido, que o fez parar.

— Entregue isto a Umapáthi Shivachar'ya — disse ele.

Sobre uma folha de palmeira estava gravada uma mensagem. Pethân Sambân tomou o documento, olhou-o por um instante. Quando levantou novamente os olhos, o grande monge havia desaparecido. Apressou o passo, postou-se diante do sábio com tal intensidade que este saiu de sua meditação.

— O que aconteceu?

— Mestre, encontrei um monge, e ele me entregou isso para o senhor. Depois, não sei por qual milagre, ele imediatamente desapareceu.

Umapáthi Shivachar'ya tomou a folha e leu em voz alta as palavras inscritas:

— Eu, Shiva Nataráj, peço que você confira a mais alta iniciação a Pethân Sambân, sem levar em consideração sua casta nem a opinião dos brâmanes de Chidambáram.

À medida que continuava a leitura, as letras se iluminaram, um odor de incenso se espalhou no ar tranquilo.

O sábio agiu conforme a ordem. Conferiu a Pethân Sambân a mais alta iniciação, a que permite alcançar o nirvikálpa samádhi, o estado do ser unificado com o Infinito imaterial, eterno e impensável. Realizou esse prodígio em silêncio, unicamente com a intensidade de seu olhar. Naturalmente, o homem chamado

Pethân Sambân, deixando de se identificar com o mental e com o corpo, volatilizou-se. Então o sábio ficou sabendo que esse homem simples chegara além do fim de todo caminho, que sua sabedoria discreta ultrapassava tudo aquilo que, cá embaixo, é possível imaginar. Tomou suas sandálias que haviam permanecido diante da porta da cabana, colocou-as sobre um rochedo, envolveu-as com uma guirlanda de flores e acendeu o incenso para honrar a grande alma. Ninguém encontrou mais Pethân Sambân. Curiosos, escondendo-se nos bosquetes, aproximaram-se da cabana de Umapáthi Shivachar´ya e observaram seus feitos e gestos. Foi com estupor que viram o sábio honrar com flores e incenso as sandálias desgastadas do sem-casta. E com inquietação não descobriram nenhum sinal do próprio homem.

Rapidamente espalhou-se o rumor de que Umapáthi Shivachar´ya sacrificara Pethân Sambân. Pareceu a todos que esse brâmane, que não realizava mais os rituais prescritos, sem dúvida havia mergulhado na magia negra. O rumor, tímido no início, aumentou tanto que acabou chegando aos ouvidos do rei. Ele declarou:

— Seja qual for sua casta, um assassino é um miserável que deve sem nenhuma dúvida ser condenado e punido. Primeiro ainda é preciso certificar-se da culpabilidade do acusado.

Ele foi então, com seu séquito, à cabana onde vivia o sábio suspeito.

— O que foi feito do sem-casta que servia o senhor?

— Senhor, recebi a ordem de lhe conferir a mais alta iniciação e, portanto, eu o iniciei.

— Quem deu essa ordem ao senhor?

Umapáthi Shivachar´ya lhe mostrou a mensagem. Entre as mãos do rei, a mensagem permaneceu neutra, uma simples gravura sobre uma folha de palmeira, sem luz, sem incenso.

— É com base nesse documento que o senhor conferiu a mais alta iniciação a um sem-casta? Não acredita que qualquer brincalhão possa tê-lo redigido?

— Senhor, eu recebi sinais mostrando que esse documento é autêntico.
— Admitamos, admitamos. Mas o que foi feito desse iniciado?
— Senhor, ele imediatamente desapareceu.
— Desapareceu? Como?
— Ele se desfez no ar, Senhor. Tornou-se brilhante como o sol, meus olhos não puderam suportar, e eu os fechei. Quando me refiz do deslumbramento, ele não estava mais presente.
— O senhor está a ponto de confessar que queimou esse homem?
— Não, senhor, esse homem não foi queimado, mas desapareceu.

Umapáthi Shivacharýa permanecia de pé e totalmente tranquilo diante do rei, que pensou: "Ou esse homem é um grande charlatão ou é um santo extraordinário".

— O senhor poderia iniciar do mesmo modo, neste instante, diante de mim, alguém de sua escolha?
— Senhor, aqui estou vendo apenas este espinheiro, suscetível de receber semelhante iniciação. Ele era um renunciante em sua vida anterior. Um dia ele teve um pensamento mau a respeito dos cardadores de lã. Se nesta vida ele é um espinheiro, é para se purificar dessa vileza, oferecendo seus espinhos para esses humildes trabalhadores. Seu tempo de libertação, graças ao senhor, chegou.

Então ele se manteve silencioso e, apenas com a intensidade de seu olhar, conferiu a mais alta iniciação ao espinheiro, que se iluminou mais que mil sóis juntos. Todos tiveram de fechar os olhos. Quando puderam abri-los, restava apenas o chão nu.

— Desta vez a questão ficou clara — disse o rei. — O senhor pratica magia negra!
— Senhor, não se trata de magia, eu lhe asseguro.
— O senhor diz que essa mensagem veio de Shiva. Muito bem. Vamos apresentar-lhe a questão em seu templo, em Chidambáram!

— Sinto muito, senhor. Não tenho mais o direito de entrar no templo, nem em Chidambáram.
— Quem o proibiu?
— Os brâmanes de Chidambáram e, com eles, o povo da cidade.
— Eu, o rei, ordeno que o senhor me siga. Nem os brâmanes nem o povo irão contradizer minhas ordens.

Quando chegaram ao templo, todo o povo da cidade aí estava reunido, ávido de assistir à derrota de Umapáthi Shivacharýa.

Os brâmanes tentaram interditar o santo dos santos do templo para o rei e para Umapáthi Shivachar´ya, mas a espada nua do monarca e de sua guarda desencorajou a resistência deles. O rei postou-se nobremente diante da estátua que representava Shiva, Senhor da dança cósmica:
— Este homem aqui pretende ter recebido de Ti a ordem de conferir a mais alta iniciação a um sem-casta. Devemos crer nisso?

Nenhuma voz respondeu. Aos lados da estátua, no entanto, apareceram Pethân Sambân, sorridente, e um espinheiro coberto de flores. Umapáthi Shivacharýa brilhou repentinamente como mil sóis. Cada um cobriu os olhos com as mãos.

A Essência da Sabedoria

O velho rei morrera demasiadamente cedo. Seu filho não era maduro. Subiu ao trono, inquieto por ser tão pouco formado para o cargo que lhe incumbia. Tinha a penosa impressão de que a coroa escorregava de sua cabeça, e que era demasiado grande e demasiado pesada. Ousou dizer isso. Os conselheiros ficaram confortados, pensando: "Sua consciência de não saber, de não estar pronto, o predispõe a ser um bom rei, capaz de pedir conselho, de ouvir as sugestões sem se precipitar para tomar decisões, de reconhecer um erro e aceitar corrigi-lo. Alegremo-nos pelo reino". Ele, preocupado em se instruir, mandou vir todos os homens sábios do reino: eruditos, monges e sábios reconhecidos. Tomou alguns como conselheiros e pediu que os outros fossem por todos os lugares do mundo a fim de pesquisar e relatar toda a ciência conhecida em sua época, para dela extrair o conhecimento, e até a sabedoria.

Alguns partiram para o mais distante que a terra os podia levar, outros usaram as vias marítimas até os confins do horizonte. Voltaram dezesseis anos mais tarde, carregados de rolos, de livros, de documentos secretos e símbolos. O palácio era vasto. Não conseguiu, no entanto, conter tão prodigiosa abundância de ciência. Só o que voltara da China havia trazido, sobre inumeráveis camelos, os vinte e três mil volumes da enciclopédia Cang-Xi, assim como as obras de Lao Tse, de Confúcio, de Mêncio e muitos outros, famosos e desconhecidos!

O rei percorreu a cavalo a cidade do saber que ele tivera de mandar construir para receber tal abundância. Ficou satisfeito com seus mensageiros, mas compreendeu que uma vida apenas não poderia ser suficiente para ler tudo e compreender tudo. Pediu então que os eruditos lessem os livros em seu lugar, deles tirassem o suprassumo essencial e redigissem, para cada ciência, uma obra compreensível.

Oito anos se passaram antes que os eruditos pudessem entregar ao rei uma biblioteca constituída apenas dos resumos de toda a ciência humana. O rei percorreu a pé a imensa biblioteca que tinha sido constituída. Ele não era mais um jovem, via a velhice chegando a passo rápido, e compreendeu que não teria tempo nesta vida para ler e assimilar tudo aquilo. Pediu então aos eruditos que haviam estudado aqueles textos para produzirem apenas um artigo por ciência, indo diretamente ao essencial.

Oito anos se passaram antes que todos os artigos estivessem prontos, porque muitos dos eruditos que haviam partido ao fim do mundo para coletar toda aquela ciência já haviam morrido, e os eruditos jovens que retomavam a obra em curso deviam previamente reler tudo, antes de produzir um artigo.

Finalmente, um livro em diversos volumes foi entregue ao velho rei, acamado e doente. Ele pediu que cada um resumisse rapidamente seu artigo em uma frase.

Resumir uma ciência em poucas palavras não é coisa fácil. Foram necessários mais oito anos. Foi então concebido um livro que continha uma frase sobre cada uma das ciências e das sabedorias estudadas.

Ao velho conselheiro que lhe trazia o livro, o rei, moribundo, murmurou:

— Diga-me uma só frase que resuma todo esse saber, toda essa sabedoria. Uma só frase antes de minha morte!

— Senhor — disse o conselheiro —, toda a sabedoria do mundo cabe em duas palavras: "Viver o presente".

Glossário
De Termos em Sânscrito e Hindi

Anad (ou *Anadi*): "Sem princípio" = não criado.

Anna: Moeda de pouco valor.

Ashram: Mosteiro que reúne discípulos, leigos ou religiosos, em torno de um Mestre ou Guru.

Aum: A sílaba sagrada, com três letras, simbolizando a *Trimúrti*, a Trindade em Um, ou triunidade dos hindus. É a sílaba mística, emblema da divindade, ou seja, da Trindade na Unidade: Brahma, Vishnu, Shiva. É o mistério dos mistérios, a palavra mais sagrada na Índia, expressão de louvor e glorificação com que começam os *Vedas* e todos os livros sagrados ou místicos. Seu primordial criador, ele manifesta os mundos, desencadeia a multiplicação e a expansão. Meditar sobre Aum, pronunciando-o, primeiro de modo audível e depois dentro de si mesmo, permite voltar ao instante único da criação e de transpor o muro da ilusão que nos separa de nossa fonte absoluta.

Avatar: Literalmente "descida", encarnação divina. É a descida de algum deus ou ser glorioso no corpo de um simples mortal, que se torna manifestação e revelação da divindade que ele representa. O Dalai Lama é considerado um avatar de Avalokitezvara.

Baniano: Trata-se da *ficus religiosa*, ou seja, a figueira sagrada.

Bétele: Planta sarmentosa e aromática, da família das piperáceas, originária da Índia. Suas folhas são utilizadas para mascar, e sua noz, por produzir cor vermelha, é empregada em tinturaria.

Bhagavad Gita: Literalmente "O Canto do Senhor". É um episódio do *Maabárata*, o grande poema épico da Índia. Contém o diálogo no qual Krishna, "condutor do carro", e Arjuna, seu *chela* (discípulo), têm uma discussão sobre a mais elevada filosofia espiritual.

Brahma: Devemos distinguir entre *Brahman* (neutro) e *Brahma* (masculino). *Brahman* é o impessoal, supremo e incognoscível Princípio do Universo, de cuja essência emana tudo e ao qual tudo retorna, e que é incorpóreo, imaterial, inato, eterno, sem princípio nem fim. É onipresente, onisciente, anima desde o deus mais elevado até o átomo mineral mais diminuto. *Brahma*, por sua vez, é o Criador masculino, formando, juntamente com *Vishnu* e *Shiva*, a *Trimúrti* ou Trindade hindu.

Brâmane: É o sacerdote, pertencente à primeira e mais importante das quatro castas da Índia. Sua tarefa é o exercício do sacerdócio e do estudo e ensino dos *Vedas*.

Casta: Camada social hereditária e endógama, cujos membros pertencem à mesma etnia, profissão ou religião. Embora o sistema de castas tenha sido oficialmente abolido em 1948, ele perdura, ao contrário e apesar de tudo, ainda hoje, criando quotidianamente dramas. → Intocáveis, Sem-casta.

Chintamâni: "A gema do desejo". Pedra preciosa que proporciona a seu possuidor tudo o que ele deseje. O mesmo que "pedra filosofal" da Alquimia. É também um sobrenome de Brahma.

Daitya: Ou, no plural, *Daityas*, são gigantes, titãs e, exotericamente, demônios. São semelhantes aos deuses adversários dos deuses do ritualismo e inimigos dos sacrifícios. Fizeram guerra contra os deuses, mas, derrotados, fugiram para o inferno. Estão associados com os → *Danávas*, dos quais apenas se distinguem.

Danávas: Associados aos ➞ *Daityas*, adversários dos deuses do ritualismo. Filhos de Danu, vencido pelo deus Indra e de Kashyapa, um dos sete sábios dos tempos védicos. São propriamente formalizações das intenções dos brâmanes, em geral contrários aos sacrifícios e ao caráter materialista e mágico das religiões populares.

Durga: ➞ *Parváti*.

Ganésha: É a divindade com cabeça de elefante, filho de Shiva e deus da sabedoria. Ao perder a cabeça humana, recebeu uma de elefante. Era filho de Shiva e de Parváti, ou apenas de Parváti, esposa de Shiva. Em sua qualidade de deus da sabedoria e de eliminador dos obstáculos, as pessoas lhe pedem auxílio ao começar um empreendimento importante e também é invocado no início dos livros.

Ganges: É o principal rio sagrado da Índia, e seu mito de origem conhece duas versões: a primeira o atribui à deusa *Ganga*, que se transformou em rio que nasce do dedão do pé de Vishnu; a segunda o vê como rio que ameaçava inundar a terra e destruir a raça humana, e por isso Shiva o recebeu sobre sua cabeça, a fim de conter sua impetuosidade. Desse modo, ele se tornou divino, nutritivo e purificador. Tradicional e popularmente, as águas do Ganges têm a virtude de lavar os pecados, como as águas do Jordão para os judeus e as águas batismais para os cristãos. Suas águas correm até o leste da Índia, onde se reúnem com as do Bramaputra, outro rio sagrado da região do Himalaia, antes de desembocar no Golfo de Bengala.

Gayátri: Tríplice canto de 24 sílabas em três versos do Rig-Veda. Também chamado de *Savítri*, é um verso muito sagrado, dirigido ao sol e que os brâmanes devem recitar mentalmente todos os dias, pela manhã e no final da tarde. É a principal forma métrica, que consta de três divisões de oito sílabas, porque leva ao conhecimento de Brahma.

Guru: Instrutor espiritual, mestre ou preceptor nas doutrinas éticas e metafísicas. Também se aplica ao mestre de uma ciência qualquer. Coloquialmente é usado para se dirigir a uma pessoa digna de respeito ou veneração.

Hatha-Yoga: Ou Hata-ioga, → Yoga.

Intocável (-eis): Outra forma de designar os *sem-casta*, ou excluídos, cujo contato acarreta impureza e aviltação. Constituem os verdadeiros marginalizados de todo o sistema da sociedade hindu. → Casta, Sem-casta.

Jaya–Vijáya: Dois gigantes ou divindades que personificam a vitória. *Jaya* significa vitória, vitorioso, vencedor, e *Vijáya*, conquista, vitória, despojo. São os guardiões de Vaikuntha, a moradia celeste de Vishnu.

Káilas: Na metafísica, designa o "céu", a mansão dos deuses e moradia de Shiva. Geograficamente é uma cadeia de montanhas no Himalaia, ao norte do lago Mansaravára, também chamado Manása. Designado tradicionalmente como o "monte Káilas", ele adquire o mesmo sentido popular do "monte Olimpo" dos gregos.

Káli: Literalmente, "a negra". Atualmente é o nome de Parváti, esposa de Shiva; na origem, porém, era o nome de uma das sete línguas de Agni, deus do fogo: "a língua negra, ígnea".

Koh-i-noor: Literalmente "montanha de luz". Diamante indiano de 106 quilates, atualmente parte das joias da coroa britânica.

Krishna: É o mais célebre → *avatar* de Vishnu, o "Salvador" dos hindus e seu deus mais popular. A história da concepção, nascimento e infância de Krishna é muitíssimo semelhante à de Jesus. Também pregava desde a juventude, e percorreu a Índia pregando a moral mais pura e realizando prodígios inauditos. Conforme a tradição, morto pela flecha de um caçador, Krishna voltará no fim dos tempos para destruir a iniquidade e inaugurar uma nova era de justiça. No *Bhagavad Gita*, Krishna representa a divindade suprema que desce para iluminar e salvar o homem, representado por Arjuna.

Kusha: Erva sagrada usada pelos ascetas da Índia e chamada de "erva de bom agouro". Tem significado e propriedades ocultas e, por suas virtudes purificadoras, é empregada com muita frequência nas cerimônias religiosas da Índia.

Lingam: Signo e símbolo da força criadora, em todos os sentidos. Essa força caracteriza a divindade criadora e também a humanidade, que participa da virtude criativa. A ideia original é a de que a força criadora ou procriadora é sagrada, divina. Por esse motivo, Shiva, em seu aspecto criador, é geralmente representado pelo *lingam*, um pilar ou obelisco, como no Egito. Apenas posteriormente *lingam* passa a indicar o falo ou órgão masculino, em relação ao *yoni*, que representa a matriz, o correspondente órgão feminino. Juntos, são objeto de veneração e simbolizam o equilíbrio interior, a complementação e a harmonia das relações entre o aspecto masculino e o feminino, e também das relações entre o homem e a mulher.

Maabárata: Famoso poema épico da Índia, que inclui uma síntese do *Ramaiâna* e do *Bhagavad Gita*. O tema mais conhecido do Maabárata se refere à "grande guerra dos Bháratas" ou guerra entre os dois ramos rivais descendentes do rei Bharata, que lutaram para alcançar a soberania de Hastinapura: os *kaurávas* (descendentes do rei Kuru) e os *pandávas*, descendentes de Pandú, pai putativo dos cinco principais chefes de Hastinapura. Mas o tema central desses 18 livros é o de responder à questão: "quem, do bem ou do mal, deve reinar sobre o mundo?".

Mantra: Um *mantra* é uma fórmula mística e mágica de comprimento variável. Por vezes constituído de um único termo inteligível, outras vezes apresentado em uma frase, ele pode também ser apenas uma sonoridade que faz vibrar nossas cordas sensíveis ou elementos que constituem a matéria. O mantra mais sagrado é o ➜ "Aum".

Moksha: Ou Mocsa. Segundo a maioria dos sistemas filosóficos da Índia, a finalidade principal da vida humana, que é atingir um estado de perfeição, liberto de paixões e de inquietudes, resultado e função específica do conhecimento verdadeiro.

Nad (ou *Nadî*): Rio, torrente, corrente, corrente de água.

Naga: Os *nagas* são geralmente serpentes míticas com diversas cabeças. Podem entretanto ter uma só e lembrar a serpente *naja*. Seu corpo gigantesco se assemelha ao das cobras, enquanto as cabeças são de dragões, ou de cobras, ou até de humanos. Mas o mesmo termo é frequentemente usado para evocar os elefantes sagrados. Os nagas são divindades ctônicas, espíritos das águas, que guardam prodigiosos tesouros escondidos, tanto nas profundidades da terra como no mais profundo da própria pessoa.

Nandi: O sagrado touro branco de Shiva, que serve a esse deus como veículo. É considerado o guardião de todos os quadrúpedes.

Pândit: Sábio, doutor, erudito, professor. É título honorífico dado, na Índia, aos brâmanes versados na ciência religiosa e aos fundadores das seitas e até os homens verdadeiramente competentes em todo tipo de conhecimentos.

Pária: No sistema hindu de castas, é a mais baixa, constituída pelos indivíduos privados de todos os direitos religiosos ou sociais, quer pelo nascimento, quer pela exclusão da sociedade bramânica. É o mesmo que → Intocável e Sem-casta.

Parváti: Nome da esposa de Shiva, também chamada de *Durga*.

Rakshásas: Literalmente "comedores de carne crua" e, segundo a superstição popular, são maus espíritos ou demônios. Uma classe deles é servidora de Kuvera, deus das riquezas, e guardiã de seus tesouros.

Ramaiâna: Famoso poema épico hindu, tão conhecido quanto o *Maabárata*. Conforme seu próprio nome indica, ele descreve "as aventuras de Rama". É o mais antigo dos poemas épicos em sânscrito e foi escrito por Valmíki, pelo séc. V a.C., recebendo sua forma definitiva um ou dois séculos mais tarde. É provável que esse poema tenha sido o original da *Ilíada* de Homero, ou vice-versa, apesar de que, no *Ramaiâna*, os aliados de Rama são macacos, chefiados por Hanuman, e por aves e outros animais monstruosos, todos lutando contra os *rakshásas* ou demônios e gigantes de Lanka.

Renunciante: É aquele que pratica a renúncia, que pode abranger muitos aspectos da vida. O asceta se abstém das comodidades e da satisfação dos prazeres, a fim de purificar seu corpo e dominar seu ego. Também as obras devem ser executadas sem egoísmo e sem desejo de recompensa nesta ou na outra vida. Desse modo, as ações deixam de produzir carma (= consequências). A renúncia máxima é praticada pela pessoa que renuncia até à sabedoria, a fim de se identificar, pela compaixão, com o sofrimento do mundo, em vista da libertação de todos.

Rig-Veda: De *rich*, celebrar, cantar, e *veda*, ciência, o Rig-Veda é o mais antigo e o mais importante dos *Vedas*. Conforme a tradição, foi criado pela boca oriental de Brahma, e comunicado pelos grandes sábios no lago Mansaravara, além do Himalaia, dezenas de milhares de anos atrás. Nessa espécie de bíblia cósmica ou universal foram colocadas, no amanhecer da humanidade intelectual, as pedras fundamentais de todos os credos e a distinta fé de cada grupo humano e de cada templo erigido, do primeiro ao último. O Rig-Veda conteria, portanto, a estrutura mais básica e profunda do significado da vida.

Sadhu: Ou *sadhúji* ("meu santo..."), é o santo, designando as qualidades da pessoa que conhece o Absoluto. Daí o homem bom, puro, justo, reto, virtuoso, agradável, belo, excelente.

Sanquia: Sistema ortodoxo de filosofia da Índia, surgido no séc. IV a.C., de caráter dualista, em oposição ao → *vedânta*, e que atribui aos espíritos caráter inativo e à natureza caráter dinâmico regido pela lei do → *carma*.

Santo (ou *Sat*): A única Realidade sempre presente no mundo infinito; a essência Divina que *é*, mas da qual não se pode dizer que *existe*, pois ela é o Absoluto, o próprio *ato de ser*. Significa ser, existência, essência, realidade, o real, o bem, a bondade, a pureza, a verdade, qualquer coisa boa ou útil. Como adjetivo aplicado a uma pessoa, designa a pessoa verdadeira, boa, pura, justa, harmônica, útil, proveitosa, respeitável, excelente. O homem santo é aquele que conhece e vive a realidade do *Sat*, ou seja, a do Absoluto. Tal estado é inclusivo, sem nenhuma oposição. Compreende tudo aquilo que existe, incluindo nisso a ausência de luz, a estupidez e o poder, e até a violência. Apenas os seres humanos mergulhados na ignorância acreditam que exista bem e mal. O *Sat* absoluto ignora os conceitos de bem e de mal, pois está além de todo conceito.

Sári: A mais importante vestimenta típica da mulher indiana: longa peça de tecido enrolada em volta do corpo, com uma das pontas formando a saia, e a outra ponta, drapeada, em torno do seio, de um ombro e, às vezes, da cabeça.

Satí: Literalmente, "esposa casta e virtuosa". Indica a cremação de uma viúva viva junto com seu marido defunto, sobre a pira funerária. Costume abolido na Índia atual.

Sem-casta: Pessoas que não pertencem a nenhuma das "castas", um sistema de organização social com base nas classes hereditárias. As castas primitivas eram quatro, mas depois centenas delas se formaram, devido à miscigenação entre as pessoas de uma e de outra casta. Os "sem-casta" ou → "intocáveis" são os completamente excluídos da sociedade hindu, pobres seres humanos cujo contato avilta e torna impuro.

Shiva: Terceira pessoa da *Trimúrti* ou Trindade hindu. Tem o caráter de *Destruidor*, aquele que destrói apenas para regenerar em um plano superior. Nasce como *Rudra*, e é o patrono de todos os iogues, motivo pelo qual é chamado de *Máha-Yógi*, o *grande asceta*.

Stupa: Um monumento cônico na Índia e no Ceilão, erigido sobre relíquias de Buda ou de outros grandes homens.

Sumêru: O mesmo que *Mêru*, a montanha do mundo. O prefixo *su* implica elogio e exaltação do objeto ou do nome pessoal que o segue.

Swâmi: Senhor, mestre; letrado, erudito.

Upanixades: É uma doutrina esotérica ou interpretação dos *Vedas*. O termo é explicado como "aquele que destrói a ignorância, produzindo assim a libertação" do espírito, através do conhecimento da verdade suprema, embora *oculta*, ou seja, não perceptível à mente racional. Os orientalistas com frequência pensam que os primeiros datam de 600 a.C., embora sua elaboração não tenha terminado, e o último upanixade data do início do séc. XX.

Vaikuntha: Montanha ou elevação fabulosa onde reside Vishnu. Daí *Vaikunthaloka*, a mansão de Vishnu.

Vayu: Ar; o deus e soberano do ar. Um dos cinco estados da matéria, ou seja, o gasoso. Também é o ar, vento, alento, respiração.

Vedânta: Literalmente, "o fim ou finalidade dos *Vedas*". É o principal sistema filosófico da Índia, graças ao esforço de gerações de sábios para interpretar o significado dos → *Upanixades*, produzindo o que se poderia chamar de *Cabala da Índia*.

Vedas: A "revelação" ou Escrituras dos hindus. A palavra deriva da raiz *vid* ("conhecer" ou "conhecimento divino"). São as mais antigas e sagradas obras em sânscrito. Inicialmente os *Vedas* foram ensinados oralmente por milhares de anos. Sua transcrição poderia ter acontecido por ocasião da migração das populações para a Índia. Até o momento ninguém conseguiu verdadeiramente datar essa migração. Sem nenhuma dúvida, esses textos multimilenares são parte dos primeiríssimos livros da humanidade, pelo menos os conhecidos até o presente momento.

Vina: Uma espécie de grande alaúde ou viola, usada na Índia e no Tibet, e cuja invenção é atribuída diversamente a Shiva, Naráda e outros.

Vishnu: Segunda pessoa da *Trimúrti* ou Trindade hindu. O nome provém da raiz *vish*, "penetrar ou preencher". É o grande conservador e renovador, aquele que tem "mil nomes". Também manifesta a energia solar, motivo pelo qual é considerado como chefe dos deuses solares. Como deus supremo, reúne as qualidades de Brahma, como criador, as dele próprio, como conservador, e as de Shiva ou Rudra, o poder destruidor.

Yoga: Ou Ioga, é o sistema ortodoxo de filosofia da Índia, que constitui o lado prático do sistema → *anquia* para atingir o → *moksha*, e no qual são expostos os meios fisiológicos e psíquicos que se desenvolveram nos métodos de treinamento que caracterizam cada uma de suas partes: a *bacti-ioga* (na devoção), a *carma-ioga* (na ação), a *adiana-ioga* (na meditação), a *hata-ioga (nas posturas e exercícios respiratórios) e a japa-ioga (na repetição ininterrupta, oral, mental ou escrita, de um mantra).*

Índice

Introdução 5
Ganésha 9
O papagaio 15
Mais tarde 18
Vina 23
Quando chegar a hora 26
Satí 30
Seja aquilo que você é 35
Pegadas 46
O ouro do lago 47
O que você vê? 51
Julgamento 55
Treze a dúzia 58
Na verdade 61
Muletas 64
O indizível 68
O destino 72
Vitória! 78
Peregrinação 80
Vidas cômicas 83
Espelhos 86
O escravo 88
Sri Nag 93
Bem melhor 104
A busca 107
Grandeza 112

Shiva lingam 119
Compaixão 125
Injúrias 127
Está bem 129
Caridade 133
Aplanando os obstáculos 135
Obsessão 139
Sabor da ilusão 143
Shivo'ham Shivo'ham 147
O monge e o noviço 149
A peste 151
Jaya e Vijáya 154
Devoção 157
Comunicação 162
Agra 166
O segredo do rei 168
Tudo acontece para o melhor 175
História em busca de ouvidos 182
Confiança 188
O rei Shibí 190
A mãe 192
Um sonho 196
Boas ações 201
Discípulo 205
Escrituras 213
Eu trago 215
Concentração 222
O solitário 226
Aqui também? 231
Tranquilidade 233
Dez annas 238
Oferenda 241
Reler 244

Código de honra 250
A fio de espada 253
O tesouro 255
O Falsário 261
Savítri 268
Embriaguez 281
Oração 282
O Sem-casta e o espinheiro 284
A essência da sabedoria 289
Glossário 291

Editoração, impressão e acabamento
GRÁFICA E EDITORA SANTUÁRIO
Rua Pe. Claro Monteiro, 342
Fone 012 3104-2000 / Fax 012 3104-2036